夢をかなえるゾウ0《ゼロ》

ガネーシャと夢を食べるバク

水野敬也

文響社

挿画　矢野信一郎
装丁　池田進吾 (next door design)

「夢が、ない……やて？」

ゾウの頭を持ち、なぜか関西弁で話す神様、ガネーシャ（敬称略）は、アゴが外れるんじゃないかと心配になるくらい口を大きく開けて言った。

「す、すみません」

僕が恐縮して頭を下げると、ガネーシャはしばらくの間、驚いた表情のまま固まっていたが、突然、ぎゃははは！　と笑い出し、僕の肩をバンバンと叩いて言った。

「自分、めちゃめちゃおもろいやん！　ワシが巷《ちまた》で『夢をかなえるゾウ』て呼ばれてることを知ってて、あえて『夢がない』ちゅうパワーワードで度肝《どぎも》を抜いてきたわけやろ？　これ、『美容院に来たのに帽子取ったらスキンヘッドでした』みたいな構図やん！　自分、見た目は地味やけど中身は相当なお笑いモンスターやないか！」

そしてガネーシャは、もう一度、ぎゃははは！　と大声で笑ったが、僕の顔を見ているうちに、ははは……はは……と徐々に声を落とし、最後は真剣な表情になって言った。

「ほんまに、ないん？」

「はい」

「お金持ちになりたいとか、有名になりたいとか、他の人にできへんようなでっかい仕事がしたいとかは？」

「そういうのが、ないんです」

「でも、世界一周旅行はしてみたいやんな？」

「英語が話せないので……」

「女の子にモテモテになりたいとかは？」

「……すみません」

「なんでやねん！！！」

ガネーシャは、いら立ちをぶつけるように自分の膝《ひざ》を凄《すさ》まじい勢いで叩いたが、ハッと何かに気づいた様子で言った。

「今はないて言うてるけど、昔はあったんちゃうか？　そんで大人になるにつれて昔の夢を忘れていったんや！　間違いなくそのパターンや！　自分、子どものころに『将来の夢』とか作文で書けへんかったか？」

「書きました」

「ほらきた！　で？　で？　何て書いたん？」

「『将来はお医者さんになりたい』と書いた覚えがあります。でも、それは本心ではなかったというか……両親や先生を喜ばせるために書いたんです」

「そ、そんな……」

ガネーシャは膝から崩れ落ち、床に両手をついてぶつぶつとつぶやいた。

「人が偉業を成し遂《と》げるためには、ただの夢やのうてバクちゃんお墨付《すみつ》きの〝本物の夢〟が必要やのに……そもそもの夢がないやなんて、そんなん絶対育ちようがないやん……」

うなだれるガネーシャに向かって、僕は言った。

「ガネーシャ様……」

そして僕は、この三か月間で心の奥底に溜《た》まっていた気持ちを吐き出した。

「夢って、必要なものでしょうか」

僕は続けた。

「『将来の夢は何？』と質問されて答えられない自分はダメな人間な気がしてしまうのですが、夢がなくても幸せそうに生きている人はいますし……」

「そういう哲学的な話はどうでもええねん！」

ガネーシャはそう叫んで立ち上がると、四本の手で僕の胸倉《むなぐら》をつかんで揺らしながら言った。

「ええか？　ワシはなぁ、自分のとこに降臨《こうりん》する前、他の神々に対して『この、何の取り柄《え》もない平凡な男を歴史に名を刻む偉人に育て上げたるから、カタツムリみたいに目ん玉突き出してよう見とけや！』て大見得《おおみえ》切ってきてんねんで⁉　しかも、もし自分を偉人にできへんかったら、『神様の資格返上して普通のゾウに生まれ変わって、一生、名前にゾウがつくもんしか食べへんわ！』て言うてもうてんねん！　名前に『ゾウ』がつく食べ物て何や⁉　『雑煮《ぞうに》』と『雑炊《ぞうすい》』くらいしかあれへんやろ！　自分のせいでゾウになってもうたワシは、毎日、熱々の『雑煮』と『雑炊』を食べながら……」

「ゴルゴンゾーラはどうですか？」

「おお！　三大ブルーチーズの中で最もマイルドやと称《しょう》され、パスタやピッツァに重宝されるあのチーズも食べれんねや……ってそういう話とちゃうやろが！」

「す、すみません」僕があわてて頭を下げると、ガネーシャは、

「ああ、何でこんなことになってもうたんや……」

と再び頭を抱えたが、一縷《いちる》の望みを見つけたように目をキラリと輝かせた。

「ちょっと、状況を整理してみよか。今、ワシの身に何が起きてるか正確に把握し

たら、この混乱が単なる勘違いやったって気づくかもしれへん」

「で、でも……」

「分かるで。確かに『状況を整理したら何か変わるかもしれへん』言うて、かれこれ十五回くらい整理させてるもんな。でも、これが最後や。ほんまに最後の最後やから自分の記憶、もう一ぺん死ぬ気でたどってみてや。ワシが自分と出会うたきっかけってどんなんやったっけ?」

僕は小さくため息をつきながら、もう一度最初から説明を始めた。

「私がガネーシャ様と出会ったのは――――」

夢をかなえるゾウ0《ゼロ》

ガネーシャと夢を食べるバク

（今日こそは絶対に言うぞ。「会社を辞《や》めます」って）

僕は、デスクの下で震える両足を手で必死に押さえつけながら自分に言い聞かせていた。

――三か月前。

この部署に新たに配属された課長の歓迎会が開かれたのだけど、会の冒頭で、課長はみんなにこんな質問を投げかけた。

「優秀な人間の特徴って何だと思う？」

日焼けして精悍《せいかん》な顔つきをした課長の左手首で、高級そうな腕時計が光を放っている。

今後の会社生活を左右する上司の質問に対して、同僚たちが口々に答え始めたが、課長は発言者の顔を見ずに片手でスマートフォンを操作し続けた。そして、あらかた意見が出そろったタイミングで顔を上げて言った。

「優秀な人間の特徴は、自分の夢にコミットしていることだ」

（コミット……）

普段の会話ではあまり聞かない横文字に戸惑ったが、課長はそのまま続けた。

「最近の若いやつは、酒を飲まない、ブランドものの服を着ない、車の免許も持ってないって聞くけどな。インセンティブは何でも良いんだよ。良い部屋に住みたい、社会的にインパクトの大きな仕事がしたい、グローバルに活躍したい……そういう夢があるかないか。そして、夢にどれだけ真剣にコミットできているかでパフォーマンスは全然違ってくるんだ」

（インセンティブってどういう意味だったたっけ……）

頻出《ひんしゅつ》する横文字を必死に頭の中で追っていると、突然、課長の口調が変わった。

「『夢なき者は理想なし。理想なき者は信念なし。信念なき者は計画なし。計画なき者は実行なし。実行なき者は成果なし。成果なき者は幸福なし。ゆえに幸福を求むる者は夢なかるべからず』」

――何の話だろう？　同僚たちも戸惑っている様子だったが、課長が、

「日本資本主義の父、渋沢栄一の言葉だよ」

と言うと、「おお……」とため息を漏《も》らした。僕も同じように反応する。

「じゃあ」

スマホをテーブルの上に置いた課長は両肘《ひじ》をつき、手を組んで言った。

「今日はアイスブレイクもかねて、みんなの夢を教えてもらおうかな」

僕は嫌な予感がして目をそらしたが――ヘビは逃げるために動き始めたカエルに襲いかかるという――「君の夢は？」と、最初に指名されてしまった。

「わ、私の夢は、今の仕事で会社の事業に貢献して……」

たどたどしい口調で答え始めると、課長は僕の言葉を途中でさえぎって言った。

「そういう建前じゃなくてさ、本音を言えよ」

口調に棘《とげ》が含《ふく》まれたのを感じ、全身に緊張が走る。ただ、「本音」と言われてもどう答えれば良いのか分からず口をつぐんでいると、課長はスマホを操作しながら言った。

「今日、君が会社でランチを食べてるの見たけど、遅いよね」

何を意図する話なのか分からなかったが、反射的に「す、すみません」と頭を下げると、課長は続けた。

「日本電産の永守会長は、入社試験で早く弁当を食べた学生から採用したくらいだから。もっと時間、大事にしようよ」

そして課長は、僕の返答を待たずに隣を指差して言った。

「じゃ、次」

指名された同僚は、緊張した面持ちで自分の夢を答え始めた。

でも、その言葉は一切耳に入って来ず、

(課長に悪い印象を持たれてしまった——)

という焦《あせ》りと不安が頭の中を駆け巡り続けた。

——こうして、新たな上司との関係に早くも暗雲《あんうん》が垂《た》れ込めたのだが、実際に僕を待っていたのは暗雲という表現では生易《なまやさ》しすぎる、どす黒い雨雲だった。


課長は、相手によってかなり態度を変えるタイプの人だった。

彼の上司である部長やお気に入りの社員には柔和《にゅうわ》に受け答えをするが、そうではない社員には冷たく接し、その中で最も風当たりが強くなったのが、僕だった。

他の社員が名前で呼ばれる中、僕は「君」とか「おい」という風に声をかけられ、他の作業がどれだけうまくいっていても小さなミスが一つあると延々と怒られ、反省文を書かされることもしばしばだった。

また、課長は思いつきでものを言う性格で、ある日突然、

「最近読んだビジネス誌に書いてあったんだけど、小説家のヘミングウェイは立ったまま文章を書いていたらしいね。人間は立って作業をした方が脳が活性化されてパフォーマンスが高まるんだ」

と言い出し、僕だけ一日中立ったまま電話をかけさせられたり、パソコンの作業をさせられたりしたこともあった。

こういった課長の振る舞いはすごく理不尽に感じられたけれど、

（課長の期待に応《こた》えられない僕の責任でもあるんだ……）

と自分に言い聞かせ、最初の悪印象をなんとか覆《くつがえ》そうとできる限りの努力を試みた。課長の言葉を理解するために『ビジネスカタカナ語辞典』を暗記し、食事やトイレはなるべく早く済ませ、仕事に取り組む時間を増やした。

その結果、今から二週間ほど前――。

課長が朝礼の席で、みんなに向かってこう言った。

「この部署で、一人だけ遅くまで会社に残って作業をしている人がいる」

――この言葉を聞いたとき、すぐに自分のことだと分かった。

僕は同僚からの頼みを断るのが苦手で仕事を抱え込んでしまい、残業に追われる

ことが多かった。

ついに努力が認められ、労《ねぎら》いの言葉をかけられるのを期待していると、課長は言った。

「『最も重要な決定とは、何をするかではなく、何をしないかを決めることだ』――スティーブ・ジョブズの言葉だよ」

何が起きたのか分からずきょとんとする僕を指差して、課長は続けた。

「君は、仕事のプライオリティがまったく分かっていない。だから他の社員が就業時間内で終わらせられる仕事を、延々と続けているんだ」

僕は助けを求めるように他の同僚たちを見たが、彼らは顔をうつむけたままだった。みんな、課長から目を付けられて僕のようになるのを恐れているのかもしれない。

「会社員は、自分の給料の3倍のプロフィットを出す必要があると言われている。君の残業代の3倍の売り上げを計算すると……」

課長がスマホの計算機アプリをタップするのを見て頭の奥が痛み出した。胃がせり上がるような感覚になり、吐き気をもよおしてくる。それでも僕は、課長に向かって「すみません」と頭を下げ続けた。

――この日を境に、朝、目を覚ますと体がベッドに貼《は》りついているかのように重くて、起き上がるのに苦労するようになった。

会社に向かう満員電車の中では動悸《どうき》が激しくなり、会社のビルが視界に入ると、腕や背中に蕁麻疹《じんましん》が出てくる。課長に呼びつけられると、皮膚の表面がぴりぴりと痛み出し、頭がくらくらするので話を集中して聞くことができなくなった。すると指示を聞き逃し、さらに怒られるという悪循環に陥《おちい》っていった。

部長に相談して異動を願い出ることも考えた。

（でも、今の部署でこんなに評価が低い自分が、異動したところで何が変わるのだろう。しかも課長を飛び越して部長に不満を伝えたことが知られたら、どんなひどい扱いが待っているのか分からないぞ……）

次から次へと浮かんでくる不安を前に、行動を起こすことができなかった。

そんな八方塞《ふさ》がりの状況の中、大学時代の知人がフェイスブックに投稿したある記事が目に留まった。

「転職活動は、会社に勤めながらよりも、辞めてからした方が良い場合がある」

彼の記事によると、会社に勤めながらの転職活動には、突然の面接に対応できなかったり、どんな職種を選んだ方が良いかを落ち着いて考えられなかったりするデメリットがあるらしい。会社の仕事をこなすどころか、会社にたどり着くのが精いっぱいの僕にとって、次の職場を探す前に会社を辞める方が正しい選択に思えた。

(よし、言うぞ)

椅子《いす》から立ち上がった僕は、がくがくと震える足を、一歩、また一歩と前に進めていく。

(なぁに、簡単なことじゃないか。課長に「ちょっとよろしいですか」と声をかけ、会議室に来てもらい「会社を辞めたいです」と伝える。それだけだ)

心の中で繰り返し唱《とな》えながら進んで行った僕は、ついに、課長のデスクの前に立った。

そして覚悟を決め、課長に向かって口を開いた。

「あ、あの……」

「何?」

顔を上げた課長は、相手が僕だと分かると、あからさまな嫌悪感をにじませた。

そんな課長に向かって、僕は告げた。

「コーヒー買いに行きますけど、何か買ってきましょうか?」

＊

（ああ、僕はなんて情けない男なんだ……）

オフィスを出た廊下《ろうか》の端にある自動販売機の前の椅子に腰を下ろし、両手で頭を抱えた。

課長の顔を前にした瞬間、言おうと決めていたのとまったく違う言葉が口をついて出てしまった。

――いや、本当はそうじゃない。

（「会社を辞める」と言うんだ）と自分に言い聞かせていたときから、心の奥には猛烈な不安が渦巻いていた。

会社を辞めてしまって、僕は生きていけるのだろうか？

次の仕事は本当に見つかるのか？　「どうして前の会社を辞めたんですか？」と聞かれてこの状況を話したら、僕を雇いたいと思ってくれるような会社はあるのだろうか？

もし転職できたとしても、これまで培《つちか》ったスキルや肩書を捨てることになるかもしれない。給料が低くなり、生活水準が下がることに僕は耐えられるのだろうか？

両親にはどう報告すればいいんだ？

この会社に内定したときは二人ともすごく喜んでくれた。たまに帰る実家でも、必ず会社のことを聞かれる。「うまくいってるよ」と答えてその場を取り繕《つくろ》うと、両親はうれしそうに「会社の広告を見た」などと言ってウチの会社を持ち上げてくれる。そんな両親に対して「会社を辞めた」と報告したら、どんな風に取り乱すのか想像もつかない。

そして、何よりも――。

新卒で入ったこの会社以外の職場を知らない僕にとって、「会社を辞める」ことは、真っ暗闇の谷底に命綱なしで身を投げるような行為であり、どうしようもなく、怖かった。

（こんなに悩むくらいなら、会社を辞めるなんて考えない方が良いのかもしれない――）

そう思い直そうとしたが、一方で、僕の心を覆《おお》っている雨雲はさらに色濃くなっていく。

果たして僕は、この状況にどこまで耐えられるのだろう。

「このまま耐えていれば、何かが変わるかもしれない」——そんな希望を頼りに会社生活を続けてきたが、状況が変化する前に僕の心と体が壊れてしまうんじゃないだろうか。

結局、結論を出せない僕に次の行動を取らせたのは、頭に浮かんだこの言葉だった。

（課長にコーヒーを買いに行くって言ったんだから、すぐに届けないとサボってると思われるぞ！）

この期《ご》に及んで課長の顔色を気にしてしまう自分のことがまた少し嫌いになりつつも、椅子から立ち上がってコーヒーを買い、オフィスに戻ろうとした、そのときだった。

「自分、そっち行ったら、死ぬで」

え——。

振り向くと、立っていたのはビルの清掃のおじさんだった。

（いつの間に……）

　考え事をしていたから気づかなかったのだろうか。突然、姿を現したように見えたおじさんは言った。

「いきなり話しかけてすまんな。ただ、こういうビルの掃除してるとよう分かんねん。入社してきたときはみんなほんまに活《い》き活きとした顔してるんやけどな。三か月経ち、一年経ち、三年経つと……ほとんどの人が、心が死んでもうた顔になってまうんや」

　そしておじさんは、手に持ったモップで僕を指して言った。

「ちょうど、今の自分みたいにな」

「えっ……」

　自分の顔がどう映っているのか急に不安になったが、おじさんは優しい口調で続けた。

「自分、何か悩みごと抱えてるんちゃうか？　ワシで良かったら相談に乗るで」

　見ず知らずのおじさんにこんな話をしていいのか迷ったけれど、軽妙な関西弁で話すおじさんに親しみやすさを覚えた僕は、

「実は……」

と話し始めてしまっていた。

するとと、ポケットからタバコの箱を取り出したおじさんは、

「ここやったら吸われへんな」

と言って続けた。

「場所、変えよか」

＊

非常口の階段を上り、扉を開けて屋上に出ると、差し込んできた強い日差しに目を細めた。

風は少し冷たく感じられたが、見上げると真っ白な雲が遠くに浮かんでいて、美しい青空が広がっていた。

(このビルに、こんな場所があったんだ)

毎日のように通っていた場所のすぐそばに隠れていた素晴らしい景色に感動していると、隣でライターにボッと火がつく音が聞こえた。

おじさんは、空に向かってタバコの煙を気持ち良さそうに吐き出しながら言った。

「何があったんや？」

おじさんの温かい雰囲気に後押しされた僕は、この三か月で起きたことについて語り始めた。

最初は言葉を選びながら、たどたどしい口調で話していたが、途中からは溜まっていたものがあふれ出るように勢い良く続けていった。

ときおり相槌《あいづち》を打ちながら真剣な表情で耳を傾《かたむ》けてくれていたおじさんは、僕の話が終わると携帯灰皿にタバコを入れ、こちらに顔を向けて言った。

「自分、これまでの人生で、一度もレールから外れたことがないやろ？」

「は、はい」

僕がうなずくと、おじさんは歩き出した。僕もあとをついていく。

フェンス際までやってきたおじさんは、眼下に広がる街を見渡した。大量に並び立つビルは、生い茂る植物のようにも見える。

おじさんは言った。

「周りがするから受験して、周りがするから就職して、周りと一緒に行動してたら不安にならんと済むからそうしてきたんやな。でも自分は、そないして得られる安心感と引き換えに――」

おじさんは、手に持ったモップの柄でコンクリートの床をコンコンと叩いて言った。

「囚人《しゅうじん》になってもうたんや」

「しゅ、囚人?」

思いがけない言葉に驚くと、おじさんはこちらに向かって手を差し出した。

最初は何の動作か分からなかったが、どうやらコーヒーを要求しているようだ。

迷いながらも自分用に買ったものを差し出すと、おじさんは「おおきに」と受け取り、課長のために買ったコーヒーを僕に飲むよう、うながしてから言った。

「もし、自分がこれまでに仕事選びで色んな失敗をしてきたんやったら、職場を変えることを恐れすぎることはあれへんかった。もし、過去に貧乏生活をしたことがあるんやったら、一時的に収入がなくなることに怯《おび》えすぎることもあれへんかった。でも、自分はそういう経験をしてこうへんかったんやな」

僕がおずおずとうなずくのを見て、おじさんは続けた。

「人間ちゅうのはな、経験してへんことにはどこまでも不安を広げてまうもんやねん。そんで、不安が大きゅうなればなるほど、ますます行動できへんようになる。その結果、世の中のほとんどの人が、『不安で作られた鉄格子』に囲まれたまま一生を過ごしていくことになるんやで。いや……」

おじさんは、ゆっくりと首を横に振って言った。

「過ごしていけるんやったらまだマシや」

「……どういう意味ですか？」

僕が眉をひそめると、新たなタバコに火をつけたおじさんは、

「ちょうど、去年の今ごろやなぁ」

と遠い目をして言った。

「そんときは違うビルの清掃しててんけど、自分みたいな子と知り合《お》うて、顔合わせるたびに話すようになってん」

おじさんはタバコを強く吸い込むと、ひときわ長い煙を吐き出してから続けた。

「その子も職場が合うてへんみたいやったからな。色々相談乗ってるうちに『違う仕事を探してみます』て言い出してな。『おじさんと会えなくなるのは寂《さび》しいから同じビルの中で転職しようかな』なんて冗談も言うとったんや。ただその子は、急に仕事が忙しなってもうたみたいでな……」

おじさんは寂しそうに続けた。

「人間、環境を変えるのは体力がいんねん。せやから疲れてくると、そこから抜け

出すことすら考えられへんようになんねんな。ワシはその子を見かけるたびに声かけるようにしてたんやけど、途中からは反応も無くなってもうて……」

僕は唾《つば》をゴクリと飲み込んでたずねた。

「その方は、どうなったんですか……」

するとおじさんは何も言わず、フェンスの外を見下ろした。

「ま、まさか……」

おじさんは無言でうなずき、しばらくしてから言った。

「ワシ、さっき自分に声かけたとき『そっち行ったら、死ぬで』言うたやろ？　あれ、心の話だけちゃうねん。鉄格子に囲まれてどっからも出られへんようになってもうた人間は、自分自身を消すちゅう最後の出口に向かってまうこともあんねんで」

僕は、フェンスに顔を近づけ、おそるおそる足元をのぞき込んだ。

道行く人がミニチュアの人形のように小さく見える。ここからあの場所まで落ちていくのを想像すると、足ががくがくと震え出した。

おじさんは静かな口調で続けた。

「ワシと違《ちご》て自分みたいな会社勤めのエリートは、幼いころに親から『勉強しろ』

言われて、成績が悪いと『なんでもっと頑張らないんだ』て怒られたやろ。そんで社会人になったら上司から『仕事しろ』言われて、成績が悪いと『なんでもっと働かないんだ』て怒られる。自分はそうやって、怒られて、怒られて、今日まで生きてきたんやな」

僕がうなずくと、おじさんは続けた。

「でもな、人が生きる上で一番大事にせなあかんのは、勉強することでも、仕事することでもないねん」

そしておじさんは、僕の目をまっすぐ見て言った。

「人が生きる上で一番大事なことはな、本当につらいときに『助けて』と口に出して言えることやねんで」

太陽がちょうどおじさんの背後に隠れ、おじさんの背中から後光が差しているように見えた。

涙ぐむ僕に向かって、おじさんは続けた。

「人間ちゅうのはな、どれだけしんどいことが重なっても、ぎりぎりまで追い込まれても、なかなか人に助けを求められへんねん。人に弱みを見せたないし、『あいつは落ちこぼれだ』て思われたないからな。でも……」

おじさんは、優しく微笑《ほほえ》んで言った。

「笑われたってええやんか。無様《ぶざま》な格好さらしてもええやんか。ビルの上から放り投げてええのは、自分の体やのうて、プライドや」

おじさんは、僕の肩にそっと手を置いて言った。

「ワシは、今くらいの時間はたいがいこのビルにおるし、ワシやのうても、友人や会社の同僚、上司でもええ。自分は上司に、『会社を辞める』て言おう思てたみたいやけど、その前にせなあかんのは、相談や。自分にとって上司ちゅうのは、評価を下すだけの厳しい人に映ってるみたいやけど、人って意外と温かいもんやで。思い切って自分をさらけ出して助け求めたら、親身になって考えてくれるかも分からん。場合によっては、部署を異動するとか、会社を移ることになるかもしれへんけど、今より自分に合うてる場所が必ず見つかるはずやで」

「あ、ありがとうございます」

僕はおじさんの手を両手で握って言った。

「このお礼は必ず……」

するとおじさんは、飲み干したコーヒーの缶を振りながら言った。

「これもろたから充分《じゅうぶん》や」

そしておじさんは出入り口に向かって歩き出したが途中で立ち止まり、振り向いた。

「自分がワシにできる一番の礼はな……」

おじさんはモップを高々と持ち上げると、屋上から見えるたくさんのビルを指して言った。

「自分がどのビルで働いとったとしても、自動販売機の前で、活き活きとした顔でおることとやで」

＊

「で、何？」

課長は、会議室の椅子に座るなりそっけない口調で言った。前もって予定を入れずに面談を申し込んだことにいら立っているのだろう。

どうやって切り出せば良いのか分からず、会議室は気まずい沈黙に包まれた。課長の指が机の上で小刻みに上下するのを見てさらに不安が高まったが、

「生きる上で一番大事なことはな、本当につらいときに『助けて』と口に出して言

えることやねんで」

という清掃のおじさんの言葉を思い出し、覚悟を決めて口を開いた。

「朝起きると体が重くて……仕事に集中できないんです」

課長とのコミュニケーションが原因であることを伝えるタイミングをうかがいながら、まずは今の自分の状態を話し始めた。

すると課長は、話の途中でぶっきらぼうに言った。

「メンタルクリニックは行ったか？」

「いえ……」

僕が力なく首を振ると、課長は表情を歪《ゆが》ませて言った。

「どうして行かないんだ？」

「それは……」

心療内科に行くことを考えたこともあったけれど、どうしても扉を開く気になれなかった。心療内科に通っているのを同僚に知られて、白い目で見られるのが怖かったのだ。

「すみません」

僕が頭を下げると、課長は言った。

「俺、うつになるやつ、許せないんだよ」

言葉の意味が分からず沈黙していると、課長はスマホをいじりながら続けた。

「まず、何よりも責任感が足りないよな。少し想像すれば、自分がうつになったとき穴埋めするのは周りの社員だってことくらい分かるだろ。うつに限らず健康状態に気を配るのは、ビジネスマンとしてのデフォルトだぞ」

課長は僕の沈黙に対して、言葉が理解できていないと判断したようで、

「デフォルトっていうのは『初期設定』のことな」

と付け加えて続けた。

「『働く者の責任とは、成果をあげることだけではない。成果をあげる上で必要なことのすべてを行い、それらの成果にも全力を傾けることである』――ピーター・ドラッカーの言葉だよ」

そして、課長は、「どうせインフルエンザの予防接種も打ってないんだろ?」と話を続けたが、僕は、「すみません……」と謝りながら涙をこぼしてしまった。

今、自分は、苦しんでいる――そのことを伝えただけなのに、どうしてこんな風に言われなければならないんだろう。

でも、何より悲しかったのは、こんな状況に追い込まれても思ったことを口に出

せず、ただただ、「すみません」と頭を下げ続けることしかできない、自分だった。

「ちょっとちょっと……」

僕の様子を見て焦った課長は、小さくため息をついて言った。

「勘弁してよ。これでパワハラとか言われたら、たまったもんじゃないからな」

「いえ……そういうわけでは」

僕は首を横に振って否定したが、課長は眉をひそめて言った。

「もしかして、この会話、レコードしてないよな?」

(レコードって録音のことだよな……)

課長の言葉に耳を疑ったが、課長はうわずった声で続けた。

「これ一応、アドバイスしとくけど、会社と揉《も》め事起こすと次の就職が厳しくなるぞ。最近は、人事がAIを導入しているからネット上の情報でプロファイリングして……」

——課長の言葉を聞いていると頭の奥が猛烈に痛み出し、その痛みは首筋を通って全身に広がっていった。

まだ口には出せていないけれど、いざとなったら会社を辞めて転職すれば良い——その非常口の扉にも、重い錠《じょう》が下ろされた気がしたからだ。

会議室の四方の壁が、ズズッ……ズズッ……と音を立ててこちらに向かってくる。

清掃のおじさんの言葉が頭の中でこだました。

「鉄格子に囲まれてどっからも出られへんようになってもうた人間は、自分自身を消すちゅう最後の出口に向かってまうこともあんねんで」

会社という牢獄《ろうごく》に囚われた僕は、一生外に出ることはできない。そして出口を完全に塞がれた僕は、おじさんが話していた人と同じ運命をたど――。


ドン！


突然、会議室の扉が音を立て、ものすごい勢いで開いた。

振り向くと、扉の前にいたのは清掃のおじさんだった。

（ど、どうしてここに――）

衝撃で固まる僕をよそに、おじさんはつかつかと歩み寄ってきて隣に立つと、手に持っていたモップを持ち上げ、いきなり課長の胸元を突いた。

椅子から転げ落ちた課長は、

「な、何をするんだ！」

と聞いたことのないすっとんきょうな声を出したが、おじさんは冷静な口調で返した。

「掃除や」

そしておじさんは、土足のまま机の上に登ると腰を落とし、床に尻もちをついている課長を見下ろして言った。

「部下がこない苦しんでんのに、その苦しみに寄り添おうとせず、自分の立場を守るためだけの正論もどきを吐き続ける――」

立ち上がったおじさんは、モップを高々と振り上げて言った。

「そんなお前の汚れ切った心を、掃除しに来たんじゃぁ！」

そして、おじさんは机から飛び降り、課長の顔面めがけてモップを振り下ろした。

「ひゃぁ！」

悲鳴を上げながらなんとかかわした課長は、机の上の受話器を手に取って言った。

「け、警備員……！」

しかし、受話器はすぐに課長の手から離れ落ち、ぶらぶらと垂れ下がることになった。

（そ、そんな……）

——このとき見た光景を、僕は一生忘れられないだろう。

こんな話をしたところで誰からも信じてもらえないだろうけれど、目に映った光景をそのまま言うと——清掃のおじさんの鼻が長く伸びて課長に巻き付き、体を宙に持ち上げたのだ。

なんと、おじさんは、ゾウの姿になっていた。

（ぼ、僕は、夢でも見ているのか――）

衝撃のあまり呆然《ぼうぜん》とする僕の前で、ゾウに変身したおじさんは目をくわっと見開いて啖呵《たんか》を切った。

「ええか？　よう覚えときや。これがほんまのパワハラじゃあ！」

そしておじさんは、「社員の幸せあっての会社やろが！」「自分、横文字が好きなんやったらサステイナブル（持続可能性）についてもっと勉強せんかい！」「だいたい自分みたいなもんが渋沢栄一くん語るなや！　孔子くんの影響受けとった渋沢くんは、『企業経営はお金を稼げば良いのではなく、〝公益性〟と〝道徳〟が重要だ』言うて、早《はよ》うから社会福祉事業に貢献してたんやで！」と叫びながら鼻をぶん回して課長の体を何度も壁に叩きつけた。

頭に大きなたんこぶを作り、ぐったりとした課長を持ち上げると、おじさんは僕をアゴでしゃくって言った。

「ほら、自分も何か言うたれや」

――このとき僕の頭には、これまで課長から浴びせられた数々の悪言が思い浮かんだけれど、清々《すがすが》しい口調で一言だけ言った。

「本日をもって、会社を辞めさせていただきます」

＊

「すみません、こんなに狭くて汚いところに神様をお招きすることになってしまって……」

自宅のマンションの扉を開けながら恐縮して言うと、ガネーシャは部屋に入るなり本来のゾウの姿に戻り、

「何言うてんねん」

と大げさに手を振って続けた。

「今や世界を代表するＩＴ企業のグーグルやアップル、アマゾンは自宅の狭いガレージから始まったんやで。小説家のスティーヴン・キングくんなんて、売れる前はトレーラーハウスの洗濯室で執筆してたし、ノーベル平和賞を受賞したシュバイツァーくんが最初に開いた診療所は鳥小屋やったからな」

そしてガネーシャは、四つあるうちの一つの手で僕の肩を抱き寄せ、他の手の人差し指で床を指して言った。

「伝説ちゅうのはな、こういう小汚い部屋から始まるのが相場やねんで」

「あ、ありがとうございます」

そう言いながら頭を下げた僕は、

（これから僕を待ち受けているのは、一体、どんな未来なんだろう……）

ただただ、「素晴らしい」ということだけが分かっている今後の人生に胸を躍《おど》らせた。

靴を乱暴に脱ぎ捨てて部屋に上がったガネーシャは、つかつかと進むと無造作にソファに腰かけた。それから胡坐《あぐら》をかき、上側の右の手のひらを正面に、左の手のひらを天井に向け、表情と体を石像のように固めた。

（ああっ……！）

それは「ガネーシャ」で画像検索したら必ず表示される、ガネーシャ神のポーズだった。あわてて丸テーブルをガネーシャの前に持っていった僕は、帰る途中にコンビニで買ったビール、日本酒、スルメ、サラミ、チョコレート、ポテトチップス、柿の種などを並べていった。

そして正面に座り両手を合わせると、深々と頭を下げて言った。

「ガネーシャ様、どうぞお納《おさ》めください」

すると、しばらくの間そのポーズで固まっていたガネーシャは、ニカッと歯を見せて笑った。

「冗談やがな」

そしてソファから降りると、おどけた様子で僕の肩を叩いて言った。

「信者がぎょうさんおって捌《さば》ききれんときは今のポージングで対応してるんやけど、自分とワシみたいにマンツーマン、いや、ゴッドツーマンになったときはフレンドリーな感じでやってんねんで」

そしてガネーシャはテーブルの上にある缶ビールを二つ手に取ると、一つを僕の前に置いて言った。

「ほな、まずは乾杯といこうやないか」

僕がうながされるままに缶のタブを開けると、ガネーシャは缶を持ち上げて言った。

「神様との出会いに！」

「か、神様との出会いに！」

ガネーシャと缶を合わせた僕は、そのまま口に運んだ。お酒が体の隅々《すみずみ》まで染み渡っていくのを感じる。

（ああ、なんて美味しいんだ……）

それは、間違いなく、これまでの人生で飲んだ中で一番美味しいお酒だった。

もう、明日からは会社に行かなくていい。朝は何時まで寝てようが構わないし、会社からのメールや電話に怯えることもない。

しかも、そんな素晴らしい状況に加えて――。

僕は、目の前にいるガネーシャに視線を向けた。

ガネーシャ神。

僕は神様に詳しいわけではないけれど、昔プレイしていたゲームに登場するキャラクターがガネーシャをモチーフにしていたので、興味を持って調べたことがあったのだ。

ガネーシャは、インドで知らない人はいない有名な神様で、金運、仕事運、恋愛運、健康運……ありとあらゆるご利益《りやく》があるが、その中でも特に重要なのは「障害を取り除く神」だということだ（僕にとっての障害は、言うまでもなく課長だろう）。

まさか実物を目にする日が来るとは思ってもみなかったけれど、絶望の淵《ふち》から僕を救い出してくれた神様の存在を受け入れない理由など、どこにもなかった。

むしろ不安だったのは、僕のような人間に、こんな素晴らしい出来事が起きていいのだろうか、あとから埋め合わせで、とんでもない災難に見舞われるんじゃないか、ということだ。

お酒が入ったこともあり、僕はそのあたりの話に触れてみることにした。

「ガ、ガネーシャ様」

「何や？」

すでに頬《ほお》を赤らめているガネーシャに向かって、僕は緊張しながら続けた。

「ガネーシャ様は、どうして私のような者のもとに降臨していただけたのでしょうか」

するとガネーシャは、

「私のような者、か」

とつぶやくと、手に持ったビールの缶を見つめて言った。

「まあ確かに、ワシは神様界において、可愛《かわい》さ、カッコ良さ、面白さ、頭の良さ、教えの深さ、あとは……可愛さな。ま、ありとあらゆる点において完璧で、『ガネーシャって、欠点がないところが欠点だよね』てまことしやかにささやかれるほどの完全無欠のパーフェクト・ゴッド、略してパゴや。そんな、パゴり散らかしてるワシが、自分みたいな、レールの上を進むだけしか能があらへん『トロッ子』のもとに降臨するちゅうのは、アガサ・クリスティちゃんも裸足で逃げ出すミステリーでしかないやろな」

「……」

――ガネーシャと普通に会話をするようになってからかなり口が悪いことに気づいたが、会社のストレスに比べたら、全然、許容範囲内だ。

「ワシが、自分みたいなもんのとこに降臨した理由はな……」

ガネーシャはそう言いながらポテトチップスの袋をこちらによこしたので、僕に食べるよう勧《すす》めてくれたのかと思ったが、一応、封を開けて返したところ満足そうに受け取ったので、単に開封の作業をさせられただけだと分かった。

ガネーシャは、ポテトチップスを豪快にほおばりながら言った。

「ワシ、どこまで話したっけ?」

僕は、ガネーシャには人間界に降臨して人を成功に導く趣味があること、そして教えを受けたほとんどすべての人が、人類史に名を残す偉人になっているという話を聞いたことを伝えた。するとガネーシャは、

「せやねん、せやねん」

と指についたポテトチップスの塩を舐《な》めながら周囲を見回し、唾液でべとべとに

なった人差し指を天井の蛍光灯に向けて言った。

「たとえばエジソンくんが発明した『白熱電球』な。ま、実際に発明したんはジョセフ・スワンくんでエジソンくんは電球を長持ちさせる材料が『竹』ちゅうことを見つけただけなんやけど……まあ細かい話はどうでもええねん。世の中的にエジソンくんは、『竹の扇子《せんす》』を見て『竹』が材料やて閃《ひらめ》いたちゅうことになっとるんやけどな。あれ実は、六〇〇〇種類試しても見つけられへんエジソンくんにしびれを切らしたワシが、『自分、どんだけ実験のセンスないねん！』て、竹の扇子でほっぺをひっぱたいたんがきっかけやねんで」

そしてガネーシャは、

「ワシの笑いのセンスはありすぎやで」

と肩を揺らして笑い、ちらりとこちらに視線を向けたが、僕は驚いた表情で言った。

「つ、つまり、ガネーシャ様は最初から白熱電球を長持ちさせる材料が『竹』だと分かってて……」

するとガネーシャは、少し物足りなさそうに、

「まあ、この場合は笑いよりもそっちの方に食いついてまうか」

とつぶやくと、タバコの煙をこれみよがしに吐き出して言った。

「ワシを誰や思てんねん。ガネーシャやで。神様なんやで」

「す、すごい……！」

僕が衝撃で目を丸くしていると、ガネーシャは鼻孔《びこう》をふくらませ、さらに得意気な口調で語り出した。

「ま、自分みたいな凡夫《ぼんぷ》でもベートーヴェンくんが作曲した『運命』くらいは知ってるやろ？」

「もちろんです。歴史に残る名曲ですよね」

「あの曲の最初のジャ・ジャ・ジャ・ジャーンな。あれ、ワシの鼻歌から取ってんで」

「ええっ⁉　そうなんですか⁉」

「せやねん。あれ、元々、フ・フ・フ・フーンやってん」

「す、すごすぎます……」

衝撃の事実に呆然とするしかなかったが、ガネーシャは、

「この程度で驚いてどないすんねん」

と胸を大きく反《そ》らせて続けた。

「ナポレオンくんを『三時間睡眠』にさせたんもワシやし、

チャップリンくんに『チョビヒゲ』勧めたんもワシやし、

フレミングくんの右手と左手の法則なんて単なるワシの決めポーズやし、

YO!

アガサ・クリスティちゃんに『そして、誰もおらんようになったらええんちゃう?』てアドバイスしたんもワシやし、

「そして」がポイントやで
あとはええ感じの
トリック入れといて

日本で言うたら、聖徳太子くんに十人の話を同時に聞くコツ教えたんもワシやね。

衝撃に次ぐ衝撃に言葉を失う僕に向かって、ガネーシャは誇らしげに鼻を振りながら続けた。

「聖徳太子くんは九人まではいけたんやけど、十人の壁がどうしても超えられへんかってん。せやからワシがアドバイスしたったらすぐに十人いけるようになって。それ以降もどんどん記録を伸ばして最終的に二十八人までいけるようになってんけど、ワシの話まで他のやつと同時に聞くようになりよったから、『この特技、めち

（そ、そんな……）

ゃめちゃ腹立つからやめろや』言うて、公式記録も十人でストップすることにしてんで」

次々と繰り出される武勇伝にただただ驚愕《きょうがく》していたが、気持ち良さそうに話していたガネーシャは、突然表情を変え、右手に持ったビールの缶をドン！　と床に叩きつけた。

「に、も、かかわらずや！　ワシがこない頑張って偉人育ててきたちゅうのに、神様界でこんなこと言い出すやつが出てきてん！　こんなことって、どんなことか分かるか⁉」

「わ、分かりません」

「せやろ！　この完璧極まりないワシに、『ミスター・パゴ』のワシにイチャモンつけられる余地なんてビタ一文あれへんからな！　せやのに、こう言われてん！

『ガネーシャってさ、元々、才能や志がある人間に乗っかってるだけじゃね？』」

「ええっ……⁉」

「しかもそれに飽き足らず、『ゾウって乗り物として人間に乗られてるよね？』『ゾウって、人間を育てる側じゃなくて、育てられる側じゃね？』的なこと言うて、ゾウとしてのワシをよってたかってバカにしてきたんや！」

それからガネーシャは他の神様に悪態をつきながら何度も缶を床に叩きつけ、僕はそのたびに飛び散るビールをティッシュで拭《ふ》き続けた。

ガネーシャは、ボコボコにへこんだ缶のビールを一気に飲み干し、大きなゲップをすると言った。

「せやからワシは、そいつらに言うたってん。『そこまで言うんやったら誰も文句つけられへんやつをゼロから偉人に育て上げたろやないかい！』てな。……ただ、この『ゼロから偉人に』ちゅうのが難しゅうてな。たとえば、生まれつき環境に恵まれてへんやつでも、その逆境をバネに成功してまうやつはおるし、『偉人は中産階級から生まれる』て言葉もあるように、一般家庭からすごいやつが生まれたりするもんやねん」

そしてガネーシャは、僕の全身をサッと値踏みするように見て続けた。

「まあ、そんな中でも、『平凡さ』は条件として外せんやろちゅうことになって。自分は育ちも見た目も平凡で、勤めてる会社は平均よりちょい上やけど、その会社でイケてへんから相殺《そうさい》されて……みたいな感じで絶妙な平凡さが醸成《じょうせい》されててん。自分以外でも南半球の方にええ感じのやつがおってんけど、そいつは現実世界では平凡やったんやけど、オンラインゲームの世界で非凡やったんや。せやから、総合平凡力で勝《まさ》った平凡王の自分に白羽の矢が立ったちゅうわけや。他の神々も自分のこと推《お》してたしな。せやから『ほな、こいつで決まりや！　あとからごちゃごちゃ言うんやないで！』言うてそのまま降臨して来たんやで」

（そ、そんな理由で——）

ガネーシャが降臨した理由が自分の平凡さにあったと知り少なからぬショックを受けたが、あとから何か埋め合わせが必要というわけではなさそうなのでホッと胸をなでおろして言った。

「ガネーシャ様、このたびは私のような者を選んでいただいてありがとうございました」

そして僕は両手を合わせ、深々と頭を下げた。

するとガネーシャは鋭い目つきになり、僕をじっと見つめて言った。

「これ、実はワシが自分に正体を明かしてからずっと感じてたことなんやけど……」

そして、ガネーシャは言った。

「自分、めっちゃええな」

突然の褒《ほ》め言葉に戸惑いながらも、

「み、身に余る光栄です」

と返すと、ガネーシャは、しみじみとした表情でタバコの煙を吐き出しながら言った。

「ワシがこれまでゴッドツーマンで人間育てたときな……まあこれはワシが誰に対してもフレンドリーに接してまう器の大きさが原因やとは思うんやけど……相手からナメられるちゅうかな。ぶっちゃけた話、両手合わせて拝《おが》まれたこととか、ほぼ、ないねん」

そしてガネーシャは煙に目を細めながら言った。

「教え子に殴られたこともあんねんで」

「そ、そんな……」

「あり得へんやろ?」

「あり得ないです、あり得ないです」

僕は首をぶんぶんと横に振りながら言った。

「人間が神様を殴るなんて、そんなことは、もう、絶対にあってはならないことです。神様はすべての人間が敬《うやま》わねばならない存在なのですから……」

気持ちを込めて話していたが、

（えっ……）

途中で思わず言葉を止めてしまった。

ガネーシャが、涙ぐんでいたのだ。

ガネーシャは、ずずっ、ずずっと、鼻をすすりながら言った。

「初めてかも」

「え？」

ガネーシャは、人差し指で自分と僕を交互に指しながら言った。

「ワシ、人間とこういう関係性築けたの、初めてかも」

ガネーシャはタバコを空き缶の上に置くと、ティッシュを手に取って鼻をチーン！　とかんだ。

「いや、ほんまに自分の言うとおりやねん。ほんまに自分の言うとおりやねん！　二回言うたけど三回目言うとくわ！　ほんまにっ、自分のっ、言うとおりやねんっっっ！！！　本来、神様と人間は明確な上下関係があってしかるべきちゅうか、こんなことわざわざ言わへんでもそうなるんが当然やねん！　せやけど、降臨する先々の人間があまりにもワシのこと軽んじてきよるもんやから、『あれ？　神様と人間ってこんな感じやったっけ？』って逆にこっちの方が不安になってもうて、最近では、『時代なんかなぁ』てあきらめかけてたとこやったんや」

そして目を真っ赤にしたガネーシャは、僕に向かって何度も頭を下げながら言った。

「ワシを神様扱いしてくれて、ほんまおおきに、ほんまおおきに……」

そしてガネーシャは、一段と深く頭を下げて言った。

「ほんまおおきに、です」

僕はそんなガネーシャを見て（泣き上戸《じょうご》なのかも……）と思いつつも、真摯《しんし》な口調で返した。

「ガネーシャ様のような慈悲《じひ》深い神様に降臨してもらえて、これまで育てられてきた人たちは本当に幸運だったんですね」

するとガネーシャは、充血した目でじっと僕を見つめたあと、ふうぅぅ……と大きく息を吐き出して言った。

「ワシ、今回の降臨では、過去に育てた偉人の平均をはるかに上回る怪物を生み出すことになりそうやわ」

「か、怪物……」

言葉の響きに期待を通り越して不安すら感じたが、ガネーシャは首をコキコキと鳴らしながら言った。

「今から自分を、どれくらいの怪物に育て上げるかちゅうとやなぁ」

そしてガネーシャは、何かを思いついた様子でニヤリと笑うと、片方の眉を持ち上げて言った。

「たとえば、将来、地球上から人類がおらへんようになって、次の知的生命体が生まれたとするやん？」

――設定のスケールが大きすぎてどう返して良いのか分からなかったが、ガネーシャはどんどん話を進めていく。

「その知的生命体たちがな、今、ワシらがしてるみたいに酒盛りしながら、ふとこんな話を始めんねん。

『結局さぁ、人類で一番偉大だったやつって誰だと思う？』

するとな、その場におる連中は、やれアインシュタインや、エジソンや、ディズニーや、ガンジーや、言うてな。人類史に名を残した偉人たちを挙げていくんやけど、そん中で――」

ガネーシャは、人差し指で僕をビッと指して言った。

「自分の名前を言うやつがおんねん」

「ぼ、僕を……」

「そしたら、その場はどうなると思う？」

「ど、どうなるんですか？」

答えがまったく想像できずにたずねると、ガネーシャは言った。

「――爆笑すんねん」

「爆笑？」

首をかしげる僕に向かって、ガネーシャは口から泡を飛ばしながら続けた。

「みんな、爆笑しながらこう言うねん。『いやいや、その名前出していいなら、アインシュタインとか言わねえし！　人類で一番偉大なのは〝彼〟に決まってるんだから、今、話してるのは、当然、〝彼〟抜きでの話だろ？　その名前出して良いなら最初から言ってるわ！』。すると他のやつも、『俺だってそうだ！』『俺もだわ！』『〝彼〟のしたことに比べたら、他の偉人のしたことなんて小学生の自由研究以下っしょ！』」

――こうしてこの話はお開きになり、『来月の冥王星ツアーだけど、ロケットの席エコノミーでいい?』ちゅう話題に移っていくねんな」

　そしてガネーシャはゆっくりと立ち上がり、四本の人差し指を天井に向けたあと、僕に振り下ろして言った。

「ワシは今から自分をそんな偉人に――宇宙史に語り継がれるベスト・オブ・偉人に――育て上げることになるんやで！　そんで、その偉人を育てるんは誰や⁉　ワシや！　このガネーシャ様やぁ！！！」

　そしてガネーシャは、

「いよっ、ガネーシャ！　この偉人製造機！　人間育てさせたら宇宙一！」

と言って、色々な動きをつけながら自分に合いの手を入れ始めた。

（僕は今後の人生で、一体、どれほどのことを成し遂げてしまうんだ――）

　話の壮大さについていけず、ただただ唖然《あぜん》とするしかなかったが、ガネーシャは、

「いよっ、ガネーシャ！」「さすガネーシャ！」「ガネーシャ屋ァ！」と部屋じゅうを跳《は》ね回り、さらには体を宙に浮かせて自分に合いの手を入れ続けた。

　それから突然動きを止めると、四本の腕を自分の体に打ちつけながら降りてきて言った。

「あかん、ワシの育成熱が最高潮に達してもうた。早速やけど、始めよか」

「よ、よろしくお願いします」

僕はあわてて姿勢を正して頭を下げると、ガネーシャは僕に向かって手を差し出し、指先をクイッ、クイッと動かして言った。

「ほんなら、まずは教えてもらおか」

「教える？」

僕は首をかしげてたずねた。

「私がガネーシャ様に教えることなんてあるのですか？」

するとガネーシャは、大きく一度うなずいてから言った。

「実はワシ、人の心を見通すことができんねん。まあ当然やわな。神様やし。そんで下界に降臨するときはたまにその力を使《つこ》てるんやけど、今回は、あえて封印してきてん。何でか分かるか？　これはな、ワシ自身への挑戦やねん。まっさらの状態から一介の凡人である自分を史上最高の偉人に育て上げることで、ワシの育成能力を完膚《かんぷ》なきまでに証明したいんや」

そしてガネーシャは、長い鼻を僕の肩にぽんと置いて続けた。

「安心せえ。確かに、自分は凡人や。箸《はし》にも棒にもかからへん、言うたら、ただの肉塊《にくかい》や。スーパーの半額シールが貼られたまま冷蔵庫の奥で忘れ去られて真っ黒になった肉塊、というより生ゴミや。この生ゴミ人間がぁ！　せ・や・け・ど、今、自分の目の前におるのは誰や？　そう、博識多才で眉目秀麗《びもくしゅうれい》、古今無双《ここんむそう》のガネーシャ様や！　せやから何も怖れる必要はあらへん。自分の心の奥底にある本音を、そのままポンと口から出したらええ。そしたら、このガネーシャ様が天辺《てっぺん》に導いたるからな」

そして、ガネーシャは僕に向かって差し出していた手を、さらに近づけて言った。

「さあ、教えてや。何やねんな、自分の『夢』は――」

＊

「……あかん、なんべん聞いても同じや」

頭を抱えるガネーシャに向かって僕は、

「すみません」

何度下げたか分からない頭をもう一度下げた。

しかしガネーシャは未練を断ち切れない様子で、指先を宙で動かしながら今日の出来事を振り返った。

「自分に声をかけたときの姿が清掃員やったんは間違ってへんよな？　うん、間違ってへん。映画やドラマでビルの清掃員が実はめっちゃ偉い人でした的な展開はようあるもんな。会話の舞台として屋上を選んだんも正解や。人生語る言うたら屋上やもん。屋上でのアドバイスも的確やったし、最高のタイミングで会議室に乗り込んで上司を痛めつけて……うん、どこをどう切り取っても完璧な演出やったわ。で？　自分には夢が？」

「ありません」

「ああああああああああああああああああああああああああああああ！」

ガネーシャは床に転がり、のたうち回りながら叫んだ。

ビールの缶が倒れて床を濡らし、おつまみが散らばったが、ガネーシャは気にすることなく両手足をバタバタと動かして叫び続けた。

「神様連中はこのこと知ってたんや！　今思えば『彼なんていいんじゃない？』て自分を勧めてきたときのあいつらの顔、半笑いやってん！」

　ガネーシャは、さらに身をよじりながら続けた。

「このままやとワシ、ゾウに生まれ変わって名前にゾウがつく食べ物しか食べられへんようになるやん！　雑煮と雑炊とゴルゴンゾーラなんか、三日も食べたら飽きてまうで！」

「雑炊にゴルゴンゾーラを入れたらリゾットになりますね」

「なるほどな！　その意味ではおじやも雑炊みたいなもんやし解釈次第で食べられる献立もぐっと増えて……ってそういうことやないねん！！！　あと自分、『名前にゾウがつくものしか食べられへん』のくだりのときだけ前向きな提案してくるのやめえや！！！」

「す、すみません」

　それからガネーシャは、しばらくの間、床の上を転げ回り続けたが、突然、上体をガバッと起こすと僕に顔を向けて言った。

「食べ物の話で思い出したけど、自分、食費、大丈夫か？」

「食費……？」

　言葉の意味が分からずきょとんとすると、ガネーシャは続けた。

「言うとくけど、ワシ、めちゃめちゃ食うからな。自分の一か月ぶんの食事を一日で平らげることもあんねんで」

まだ状況が飲み込めない僕に向かってガネーシャは続けた。

「その食費、全部自分が払うんやで。ワシへのお供《そな》えもんとして」


「ええっ――!?」


思わず大声をあげてしまったが、ガネーシャの次の一言で気を失いそうになった。

「自分、今日辞めた会社に戻りや」

――今まではまったく信じられなかった、「ガネーシャを殴った人がいる」という話が、完全に理解できた。

*

会社のビルの1階のゲートにパスカードを掲げると、緑色のランプが灯《とも》った。

カードがまだ使えたことにホッとしたが、すぐに複雑な気持ちになった。ここは、もう僕が来なくても済むはずだった場所なのだ。

エレベーターに乗った僕は、オフィスのあるフロアで降り、廊下を進んでおそるおそる扉を開けた。

（い、いる……）

頭と手に包帯を巻いた課長が、デスクに座っていた。

そのまま踵《きびす》を返したい衝動に駆られたが、昨晩のことを思い出して踏みとどまった。

——僕との出会いを延々と振り返っていたガネーシャだったが、僕に「夢がない」ことをしぶしぶ受け入れると、

「今、ワシにできることは、ただ一つ。『やけ食い』や！」

と言うや否《いな》や、ピザ、寿司、カレー、中華など、ありとあらゆる出前を取り、それらを一切僕によこさず一人で食べ終えた瞬間、ものすごいいびきをかいて眠り始めたのだった。

あの食欲を見る限り、決して多いとは言えない僕の貯金でガネーシャを養《やしな》いながら次の仕事を探すのはどう考えても不可能だった。

（疫病神《やくびょうがみ》って言葉もあるよな……）

そんな考えが幾度《いくど》となく頭をよぎったが、

(ガネーシャは、確かに口が悪くて大食漢で下品で自分勝手で無神経でだらしなくていびきもうるさいけれど……本物の神様なんだ)

そう自分に言い聞かせながらオフィスの扉を開け、中に入った。

とりあえず自分のデスクに向かった僕は、座るときに課長の方をちらりと見たが、いきなり目が合ってしまった。

(し、しまった)

とっさに視線をそらしたが、課長は席を立ち、まっすぐこちらに向かって歩いて来るのが分かった。

緊張と不安で皮膚の表面が痛み出す。課長は僕のデスクの前に立ち止まると言った。

「ちょっといいか?」

*

会議室で、課長は椅子に座るなり口を開いた。

「昨日、会社で何があったか、知っていることを全部教えてもらいたいんだ」

「昨日、ですか……」

そう言いながらも、どんな状況になっているのか全然分からないので言葉を濁《にご》していると、課長の方から話し始めた。

――話を聞いて驚いた。頭を何度もぶつけられたことが原因なのだろう、課長は昨日、僕と話したことやガネーシャに懲《こ》らしめられた記憶をすっかり失っており、会議室で倒れているところを他の社員に発見されていた。

その後、救急病院で精密検査をしたところ、軽い脳震とうを起こしていただけで、右手に巻かれた包帯も骨折ではなく捻挫《ねんざ》ということだった。

大事に至っていないことが分かりホッとしたが、次の課長の一言で再び緊張を高めることになった。

「君と一緒に会議室に向かうのを見た人がいてね。君に殴られたんじゃないかって話も出てるんだ」

「そ、そんなことはしていません！」

僕があわてて否定すると、課長も肩をすくめて言った。

「そうだよな。君に殴られるなんてあり得ないよな」

そして僕に顔を向けたが、その視線は、僕の人間性を信頼しているというよりも、自分に歯向かわない小動物に対するもののように感じられた。

その後、課長からいくつか質問をされたが、なんとかはぐらかしていると、「行っていいぞ」と言われた。

僕は安堵《あんど》して席を立ち、会議室を出ようとしたが、背後から聞こえた課長の言葉に寒気が走った。

「君、明日から俺の前のデスクに座って」

課長は包帯が巻かれた右手を持ち上げて続けた。

「これだとキーボードが打てないからな。俺のタスクを――まあ、そうは言っても雑用がほとんどだけど――ヘルプしてもらいたいんだ」

そして課長は、椅子の背もたれに体を預けて言った。

「君の教育係として誰をアサインしようか迷ってたんだけど、自分でやることにしたよ。山本五十六《いそろく》もこう言ってるからな。『やってみせ、言って聞かせて、させてみせ……』」

（明日から、課長の目の前で仕事を……）

ショックのあまり頭がくらくらとして、山本五十六の言葉が少し遠くで聞こえた。

＊

「ガネーシャ様、ただいま戻りました……」

自宅の玄関扉を開けた僕は、とりあえず会社を辞めずに済んだことをガネーシャに報告しようと声をかけた。しかし、返事がなかったので、

「ガネーシャ様？」

少し声を張ったが、やはり返答はない。

その瞬間、自分の顔から一気に血の気が引くのを感じた。

（も、もしかしたら、ガネーシャはいなくなってしまったんじゃないか――）

というより、僕が見ていたのはすべて幻で、ガネーシャなんて最初から存在していなかったんじゃないのか。よくよく考えたら突然ゾウの神様が現れて僕を助けてくれるなんて、そんな都合の良すぎる話があるはずがなくて……でも、だとしたら、これから僕を待ち受ける苛酷《かこく》な会社生活をどうやって乗り越えていけばいいんだ――。

不安のあまりその場にへたりこみそうになったが、

（もしかしたらガネーシャは部屋の奥で寝ているのかもしれない）
と希望を呼び起こし、靴を脱いで部屋に上がった。すると、
（ん？）
足元に何かがまとわりつく感触があったので視線を落とした。
その瞬間、「わっ」と声を上げてしまった。
足元に不思議な生き物がいたのだ。

（ガ、ガネーシャが、小さくなった？）

長い鼻を見て一瞬そんなことを思ったが、体毛や尻尾があるのでどうやら別の生き物のようだ。改《あらた》めて眺《なが》めると、くりくりとした愛らしい目をしている。

（可愛いなぁ）

体に触れてみようと手を伸ばすと、小動物は突然、口を開いた。

「気安く触ろうとすんじゃねえよ、夢なし芳一《ほういち》が」

（しゃ、しゃべった！）

驚く僕に向かって、小動物は饒舌《じょうぜつ》に続けた。

「いやあ、マジで引くわー。夢がない人間って本当にいんのな。そもそも夢がない人間って何？　例《たと》えるならピラミッドのないエジプト、パンダのいない上野動物園、餃子のない『餃子の王将』……ていうか、餃子のない王将は、もはや『歩』だぜ？」

突然まくしたてられて面食らう僕の足元に唾を吐き、小動物は続けた。

「ガネーシャ様の頼みだから来てやったけどさぁ、正直、お前みたいなやつとは一分一秒も一緒の空気吸いたくないんだわ。だいたい夢がない人間なんて、例えるなら電源が入らない『たまごっち』みたいなもんだからな。育ちようがねえんだよ。お前の方からガネーシャ様の教え受けるの辞退しろよ。分かったか、夢なし芳一」

（さっきから何なんだよ、『夢なし芳二』って。昔話の『耳なし芳一』みたいに呼ぶんじゃないよ）

文句の一つも口にしたかったが、そんなことは言っていられない出来事が起きた。

小動物が僕の足元で、

ジョボボボ……

と音を立てたのだ。

（こ、この音は、まさか――）

足元をのぞき込むと、案の定、小動物は僕の足におしっこをかけていた。

「わあぁっ！」

あわててよけたが、ズボンはべっとりと濡れており、小動物は逃げるように部屋の奥へと消えて行った。

（な、何なんだあいつ――）

怒りで震えながらも、まずは足を洗おうとバスルームに向かったが、しばらくすると玄関の扉の開く音がしたので顔を出してそちらを見た。

その瞬間、みるみるうちに目頭が熱くなった。

玄関に立っていたのは、両手に紙袋やビニール袋などたくさんのふくらんだ袋を抱えたガネーシャだった。

「ガ、ガネーシャ様……」

ガネーシャが幻ではなかったことが分かり、ズボンも穿《は》かずに近づこうとしたが、

「ガネーシャ様あああああああああっ！」

とんでもない大声と共に、部屋の奥から小動物が弾丸のようなスピードで走ってきて、ガネーシャの胸元に飛び込んだ。

小動物は、

「ガネーシャ様ぁっ、ガネーシャ様ぁっ、ガネーシャ様ぁぁぁぁぁぁぁぁぁっ！」

と叫び、尻尾を猛烈な勢いで振りながら、ガネーシャの顔を舐め始めた。

するとガネーシャは、

「バクちゃん！　バクちゃぁぁぁぁぁぁぁぁん！」

と叫びながら、バクの顔を舐め返した。

（ど、どういうご関係ですか――）

唖然としながら様子を見守っていると、ガネーシャが唾液まみれになった顔を僕に向けて言った。

「この子はバクちゃん言うてな。ワシのペットやねん」

「ペット……？」

ガネーシャは、バクに顔を舐めさせたまま話し続けた。

「自分、聞いたことあれへんか？　ゾウの鼻、サイの目、クマの胴体、ウシの尾を持ち、夢を食べる生き物――獏《バク》のこと」

（その話だったら聞いたことがあるぞ。確か、悪夢を食べてくれる伝説の生き物で、動物園にいるバクの名前の由来にもなってるんだよな……）

僕がうなずくと、ガネーシャは愛おしそうな目をバクに向けて続けた。

「この子はそん中でも特別な子でな。寝てるときに見る夢やのうて、ドリームの方の夢を食べて生きてんねん。せやからワシが人を育ててるとき、こっそりバクちゃんに夢を食べさせてきたんや。ま、バクちゃんがたくさん食べるのは冬眠の前だけで、普段食べる分やと人にはほとんど影響あれへんのやけどな。あ、でも、『自分、バクなんやから一ぺんくらいバクバク食うてみい』言うて無理やり食わせたら、あの多作で有名なピカソくんがキャンバスに描けへんようになって陶芸《とうげい》始めたんやで。『これがほんまの《青の時代《ブルー》》や』言うてたんやけどな」

そして二人は目配せをしたあと、

「爆《バク》」

と言って爆笑した。

（何が面白いんだ――）

呆気《あっけ》に取られる僕の前で、バクとハイタッチをしたガネーシャは機嫌良さそうに続けた。

「バクちゃんは色んな人間の夢を食べてる、いわば夢の美食家やからな。今後、自分が夢を見つけて育てていくのにも何かと役立ってくれる思て。な、バクちゃん」

「そんな重要なお役目を与えていただけて光栄です。ありがとうございます、ガネーシャ様ぁぁぁぁっ！」

僕に対する態度とのあまりの違いに唖然としていたが、ガネーシャの顔を舐めていたバクは突然、動きを止めると、床に置かれた袋に長い鼻を向けて言った。

「も、もしかしてガネーシャ様、この袋は――」

「さすがはバクちゃん、ええ鼻してるで。嗅覚《きゅうかく》が優れてる上に見た目が可愛い、あと、何と言っても見た目が可愛い、最高の鼻や」

そう言いながら、ガネーシャは袋を丸テーブルの上に並べた。

「この袋は何ですか？」

僕がたずねると、ガネーシャは答えた。

「これはな……夢や」

「夢？」

意味が分からず聞き返したが、バクがそわそわした様子で言った。

「ガ、ガネーシャ様……テイスティングをしてみてもよろしいでしょうか？」

（テイスティング？）

バクの言葉に眉をひそめたが、ガネーシャは茶色の紙袋の結び目を解き、バクの鼻の前で少し開いた。

中身は何も入っていないように見えたが、バクは興奮して鼻をひくひくさせながら言った。

「こ、これは……例えるなら、華やかな光を放つミラーボールをびしょ濡れのダンボールで包み込んだような香り……」

そして、バクは鼻をピーン！　と伸ばして言った。

「パチンコ屋で『777』を狙っている人の夢だ！　荒川区在住、54歳の男性！　頭頂部に巨大なハゲあり！」

「さすがはバクちゃん、ご名答！」

まるでワインのぶどうの産地や年代を当てるソムリエのような口ぶりには驚くしかなかったが（バクが「例え」を多用してくるのもこの癖《くせ》が抜け切ってないからだと分かった）、ガネーシャは、次々と袋の結び目を解いてバクに匂いをかがせていった。

「これは……雨上がりの腐葉土《ふようど》と食パンに生えたカビのような香り……相手の男性に対して極めて高い条件を要求する婚活中の女性の夢だ！　港区在住の45歳！　5か所に施《ほどこ》したプチ整形は、もはやプチではない！」

「ご名答！」

「これは……最高級の黒トリュフに形だけ似せた鹿のフンのような香り……できるだけ早く会社を上場させて売り飛ばしたい経営者の夢だ！　渋谷区在住の31歳男性！　セクハラ裁判で係争中！」

「ご名答！」

「これは……料亭の出す生ゴミのような高級感漂うキナ臭い香り……関連企業に天下りしたい官僚の夢だ！　千代田区在住の62歳男性！　大気汚染クラスの加齢臭！」

「ご名答！」

「これは……生えたての芝生に糖尿病の猫のおしっこをふりかけたような甘くて青臭い香り……バイト先で不謹慎な動画を撮ってアクセス数を稼ぎたいユーチューバーの夢だ！　新宿区在住の25歳男性！　歯は永久歯でも心は乳歯！」

「ご名答！　さすが、バクちゃんやで！」

こうして夢の内容と持ち主を的確に当てていったバクだが、すべての袋のテイスティングを終えると浮かない表情で言った。

「でも、ガネーシャ様、残念ながらこの中には……」

するとガネーシャは、大きくうなずいて言った。

「そうやな。この中には、〝本物の夢〟は入ってへん」

「本物の夢？」

気になってたずねると、ガネーシャは言った。

「まあ、ワシは人間には色んな夢があってええし、夢に上下はないて思てるんやけど、バクちゃんが舐めたときにとんでもなくええ味がするやつをそう呼んでんねん。な？」

「はい」

バクは顔を上げると、恍惚《こうこつ》の表情を浮かべて言った。

「〝本物の夢〟の味といったら……思い出すだけで身も心もとろける最高のものですからね。〝本物の夢〟を味わったあとは、他の夢なんて当分食べる気が失《う》せてしまいます」

そしてバクは僕に近づいてくると、小声で言った。

「ま、お前には一生縁のない夢だけどな」

（な、なんだと――）

バクの言葉に怒りが込み上げてきたが、

「どうしたん、バクちゃん？」

ガネーシャに聞かれたバクは、

「何でもありません。ガネーシャ様ぁっ！　ガネーシャ様ぁぁぁっ！」

とガネーシャの胸に飛び込んでいった。

それからしばらくの間、ガネーシャとバクはお互いの顔をぺろぺろと舐め合っていたが、僕はたまらず口を開いた。

「あ、あの……」

「ん？」

こちらに向けられた二つの顔に向かって、僕はためらいながらも言葉を口にした。

「夢って、必要なものでしょうか？」

その瞬間、二人は顔をしかめたが、一度話し始めると、あふれ出す気持ちを止めることはできなかった。

「ガネーシャ様は、最初に私と会ったとき、こうおっしゃいましたよね。私はこれまで『勉強をやれ』『仕事をやれ』と言われて、悪い成績を取ると怒られてきたと。でも、夢も同じなのではないでしょうか？　『夢がない人間はダメだ』と言われ、『夢を持たなければ』と焦らされる。私は、過去に『良い学校に入る』とか『良い会社に入る』という夢を持ったことがありましたが、それも結局、周囲の期待に応えるために持たされた夢だったと思います」

僕の話をじっと聞いていたガネーシャは、タバコを取り出して火をつけると、ゆっくりと煙を吐き出して言った。

「自分は何か、大きな勘違いをしとるようやなぁ」

そしてガネーシャは、サラッとした口調で言った。

「ワシは、夢を持たなあかんなんて一言も言うてないで」

え――。

予想外の言葉に拍子抜けする僕に向かって、ガネーシャは続けた。

「そらそうやろ。人間が生きる上で大事なもんは他にたくさんあるしな。空気、水、食べ物……」

指を折って数え始めたガネーシャの前で、僕はつぶやいた。

「だったら……」

僕は、ガネーシャに迫るようにたずねた。

「どうして、そんなに『夢』にこだわるんですか?」

その瞬間、バクがすごい形相で何かを言おうとしたが、手で制したガネーシャは玄関に向かって歩き出して言った。

「ついて来《き》いや」

＊

(……どういうことなんだ?)

やってきた場所のあまりの不可解さに困惑するしかなかったが、ガネーシャは机の上の清掃服を指差し、

「時間もないし、とりあえず着替《きが》えや」

と指示してから続けた。

「まあ、こういうのは、わざわざワシが手引きせんでも自分が先回りして解決しとかなあかん問題なんやけど、自分はまだ初心者……いや、初信者やからな。せやからワシがこうして助け舟を……まあ、神様が直接動いてる時点で『助け豪華客船』なわけやけど……」

ガネーシャが全然要点を言わないので、服を着替え終えた僕はたずねた。

「僕は、今から何をするんですか？」

するとガネーシャは平然とした口調で言った。

「清掃バイトの研修やね」

「清掃バイト……」

「ワシ、計算してみたんやけど、自分の会社の給料だけやとワシの食費賄《まかな》われへんねん。せやから自分に仕事増やしてもらおう思て。ただ、この件に関してワシは一切罪悪感を持ってへんからな。そもそもの原因は、自分に『夢がない』ことがワシのストレスを激増させ、食う量を増やさざるを得ない状況を作り出してるわけやから」

「で、でも……」

僕はガネーシャに向かって言った。

「ここに来たのは、夢について教えていただくためなのでは……」

するとガネーシャは、肩をすくめて言った。

「何言うてんねん。ワシ、自分に言うたやろ。夢の他に大事なもんはぎょうさんあるて。そん中でもとりわけ大事なんが、『食事』や」

そしてガネーシャは、自分で自分に感心するようにうなずいて続けた。

「しかし、ワシが清掃員のフリするために下調べしといたんは、色んな意味で『神』やったな。ちなみに、清掃の仕事は会社員がオフィスに到着する前の早朝に済ますのが基本やから。自分、清掃してから出社したらめちゃめちゃ効率的やん」

「そ、そんな……」

——ガネーシャに連れて来られた場所は、僕が勤める会社のビルの清掃室だった。

ガネーシャは、僕に清掃の仕事を覚えさせ、出社前に働かせようとしているのだ。

ショックのあまり腰が砕《くだ》けそうになったが、ガネーシャは気楽な雰囲気で手を振りながら歩き出した。

「ほな、ワシ、タバコ吸うてくるから。頑張って仕事覚えてや」

「ちょ、ちょっと……」

清掃室の外に出てしまったガネーシャをあわてて追いかけようとしたが、ガネーシャと入れ替わりで六十歳くらいの女性が入ってきた。胸のプレートに「田中」と書かれてある。

「あなたが研修の子?」

「あ、あの……」

「若いのに珍しいわね。でも、たまにいるのよね〜、職場の人間関係が嫌になっちゃったからこの仕事したいっていう子。まあ掃除してる間は人と話さないで済むからね。でも、最初に言っとくと、どんな仕事にも人間関係っていうのは……」

どんどん話を進めていく田中さんのペースに巻き込まれ、研修を始めることになってしまった。

しかし、数分後。

(よりによって、こんなところで――)

田中さんに連れて来られた場所で、僕は愕然《がくぜん》とすることになった。

そこは、僕が働いているオフィスのフロアのトイレだった。

終業時刻は過ぎていたが、万が一にも同僚たちに姿を見られるわけにはいかないので、急いで「清掃中」の立て札を表に出す。

「あなた、やる気あるじゃないの」

と田中さんに感心されたが、僕のやる気はここまでだった。

そもそも、誰が使ったのかも分からないトイレを掃除すること自体、嫌悪感しか持てないのだが、田中さんから手渡されたのはブラシではなく、ゴム手袋とタオルとスポンジだった。タオルやスポンジを手に持って直接磨くのがトイレ清掃の基本らしい。

加えて、

「掃除を始める前に必ず汚れをチェックして。汚れ具合で使う洗剤が変わってくるからね」「便器掃除の前にドアと壁を拭かないと。意外に飛沫が飛んでて臭《にお》いのもとになるのよ」「拭き掃除のタオルは場所ごとに色分けされてるから注意して。トイレを使う人に『同じタオルで拭いてる』って思われないようにしないとだめだから」

などと細かく指示され、作業の面倒さに辟易《へきえき》することになった。

（どうして僕が、こんなことをしなきゃいけないんだ……）

大いに不満を募《つの》らせながらもしぶしぶ作業を進め、なんとか最初の個室掃除を終わらせたが、次の個室の扉を開けるや否や、吐き気と目眩《めまい》に襲われることになった。

このフロアにはトイレをひどく汚す人がいて普段から迷惑しているのだが、目の前のトイレがまさにその状態になっていたのだ。

使うときは、別の個室を選べばいい。でも、清掃はそういうわけにはいかなかった。

（この場所を綺麗《きれい》にするなんて無理だ——）

完全に心が折れた僕は、何とか理由をつけて研修を中止してもらおうと思い、振り向いたが、その瞬間、

「うわっ」

と声を上げてしまった。

僕の目の前に立っていたのは田中さんではなく、清掃服を着たガネーシャだったのだ。

そしてガネーシャは、唐突に、手に持った紙袋を僕の頭にかぶせてきた。

（な、何なんだ……！）

咄嗟《とっさ》に紙袋を剥《は》ぎ取ろうとしたが、押さえつけられて取ることができない。そうこうするうちに、鼻、口、耳……頭部の穴という穴に気体とも液体とも分からない

物質が流れ込んできた。すると、頭の奥が熱くなり、その熱は全身へと広がっていった。

そして、かぶせられていた紙袋が取られると、

（ええ――）


僕は、衝撃のあまり、その場に立ちつくすことになった。

僕がいるのは、先ほどと同じトイレの個室……のはずだ。でも、目に映っているのは、まるで夢でも見ているかのように、まったく違う光景だった。

嫌悪感しか持てなかったひどい汚れが宝石のような輝きを放っており、その光に吸い寄せられるように近づいた僕は、いつのまにか掃除を始めていた。

全然、苦痛じゃない。というより、汚れを落としていくことに大きな喜びを感じる。あんなに面倒臭くて嫌だった作業が、まるで楽しいゲームやスポーツにのめり込んでいるかのような感覚だ。高揚感と多幸感に包まれた僕は一切疲れを感じず、いつまでもこうしていたい気持ちと共に作業を続けた。

一体……。

一体、何なんだこれは――。

「すみません。少しお話をおうかがいしてもよろしいですか?」

突然の声に振り向くと、そこにはなぜか撮影のクルーと、テレビで良く見る男性のアナウンサーが立っていた。

アナウンサーは、感慨深げにトイレを見回して言った。

「このトイレが、ビジネスマンの間で、伝説の始まった場所――LBT(Legend Began Toilet)――と呼ばれている聖地ですね」

いつのまにか僕の清掃服は上質な白色のスーツに変わっていた。僕は、まるで僕じゃないように――苦笑いしながらアナウンサーに返答した。

「聖地というのは、いささか大げさでしょう」

「いえいえ!」

アナウンサーは首を大きく横に振って続ける。

「今や評価額が一兆円を超えた日本を代表するユニコーン企業が、このトイレを掃除することから始まったわけですから」

そしてアナウンサーは、一歩僕に近づくと言った。

「改めて、おうかがいします。どうして会社員時代に、ご自身が勤める会社のトイレを掃除しようと考えたのですか? しかも清掃会社に登録するという徹底ぶりで」

僕は、個室の壁をタオルで拭きながら答えた。

「その理由は、幸ちゃん……あ、いや、すみません。僕を育ててくれた師匠が松下幸之助のことをそう呼んでいたものですから」

僕は、いったん手を止めるとアナウンサーに向かって言った。

「松下幸之助は、こう言いました。『掃除は一大事業である』と」

カメラがぐっとこちらに近づいてくる。僕は掃除を再開し、話を続けた。

「掃除は、一見、誰にでもできる作業に見えます。しかし、その作業の中には、『どうすれば確実に汚れを落とせるか』『いかに素早く作業を進めることができるか』……創意工夫の余地が無限に広がっています。だからこそ、松下は『掃除は仕事の本質がつまっている一大事業だ』と表現し、誰も掃除しようとしなかった工場のトイレを自らの手で掃除して見せたこともあったのです」

「なるほど……」

アナウンサーは神妙な表情で相槌を打ったあと、少し間を置いてからたずねた。

「でも……大変ではありませんでしたか？　毎日、早朝に出社して掃除を済ませ、そのあとオフィスで通常の業務をこなすというのは」

僕は、手を動かしながら答えた。

「もちろん、楽ではありませんでした。ただ……有名な寓話《ぐうわ》で『三人のレンガ職人』という話があります。旅人が道を歩いていくと、一人の男が険《けわ》しい顔でレンガを積んでいた。旅人が何をしているのかたずねると、『レンガ積みだ』と答えた。さらに進んでいくと、一生懸命レンガを積んでいる男がいた。何をしているのかたずねると、『家族を養うために壁を作っているんだ』と答えた。さらに進んでいくと、楽しそうにレンガを積んでいる男に出会った。その男に何をしているのかたずねると、こう答えた。『歴史に残る、偉大な大聖堂を作っているんだ！』」

僕は、個室の壁とドアを拭き終わると便器の前にしゃがみ込み、スポンジで磨き始めた。

「この作業が、将来、パナソニックやホンダのような世界中の人たちから愛される企業を作る最初の一歩だと思うと……トイレ掃除は僕に大きな喜びを与えてくれるものでした」

そして僕は、スポンジの動きをさらに速めていく。

するとアナウンサーが

「あっ……」

と僕を指差して言った。

「スーツのズボンが……」

見ると、水滴や汚れを吸った泡が跳ねて、僕の白色のズボンについていた。

でも僕は汚れを一切気にせず、アナウンサーに問いかけた。

「ホンダの作業着が、『白色』である理由をご存知ですか?」

アナウンサーが首を横に振る。僕は、便器の奥側の目につかない部分を磨きながら微笑んで言った。

「本田宗一郎はこう言いました。『汚い工場から良い製品は生まれない。だから、作業着は白が良い。白は汚れが目立つ。できるだけ綺麗にしておこうという意識が生まれる』」

そして僕は続けた。

「だから本田宗一郎は作業着を白色で統一し、特に汚れやすいトイレをいつも清潔に保てるよう、工場の真ん中に作ったのです」

それから僕は掃除の最後の仕上げをすると、額にたまった汗をぬぐい、立ち上がった。

そのとき、僕の目の前には——汚れていた箇所だけではなく、すべての面がまばゆいばかりの輝きを放つ、トイレがあった。

「はい、ＯＫですー！」

ディレクターの声がトイレに響き渡り、個室の外に出た。「感動しました！」と握手を求めてきたアナウンサーに応じながら、僕は思った。

（勤務先のオフィスのトイレを掃除していたというのは、成功を収めたあとに語るエピソードとしても最適だな……）

こうして僕は、全身を駆け巡る恍惚感に浸《ひた》っていたのだが、ふと視線を前に向けると、「ひゃあ！」と思わず悲鳴を上げてしまった。

いつのまにか、アナウンサーの顔がゾウに変わっていたのだ。

「ほな、次の夢、行こか」

ガネーシャはそう言うと、僕に発言する間も与えず、新たな紙袋を頭にかぶせてきた。

（わわっ……）

再び不思議な物質が頭の中に流れ込んでくる。そして紙袋が取られたとき、僕の目の前に広がっていたのは、またもや違う光景だった。

キラキラとした眩《まばゆ》いばかりの輝きはない。ただ、トイレ全体に高潔な雰囲気が漂っている。着ていた白色のスーツは元の清掃服に戻っており、僕のそばには、同じ清掃服を身にまとい、胸元に「研修中」と書かれた札をつけた若者が立っていた。

若者は、茶色の髪をいじりながら軽い口調で言った。

「なんで、こんな仕事を一生懸命やれるんスか？」

僕は、隣の個室の扉を開けると、素早く汚れをチェックしながら答えた。

「清掃は、大事な仕事だ。トイレやオフィスが綺麗だからこそ、社員の皆さんは気持ち良く働ける。街が綺麗だからこそ、皆が快適に過ごせる。清掃は、空気や水と同じように人々の生活を支えているんだよ」

「……そんなの綺麗ごとじゃないスか」

若者は鼻で笑うように続けた。

「汚いし、臭いし、面倒だし、給料も安いし……本音じゃ誰もやりたがらないスよ、こんな仕事」

僕は、トイレの壁を高い場所から低い場所へ、タオルで素早く拭きながら言った。

「確かに、君の言うとおりかもしれないな」

そして、タオルを握る手と声に、力を込めた。

「でも、だからこそ変えたいんだ。『綺麗ごと』を『当たり前のこと』にしたいんだよ」

僕は、作業を進めながら続けた。

「どうしてこの仕事が軽んじられるのか。それは多くの人の生活から清掃が消えてしまっているからだ。ビルの清掃は、オフィスで働く社員の邪魔にならないよう早朝に行われる。すると社員は、ビルを綺麗にしている人の存在を意識できないから、ゴミの分別をあいまいにしたり、トイレを汚すことができてしまう。家の中を美しく保つ主婦や主夫の仕事が尊重されていないのも同じ理由だ」

僕は、さらに声に力を込めた。

「だから僕は、多くの人に清掃の大切さを知ってもらうための事業を展開したい。会社員に正しいゴミの分別法を伝えて資源を有効活用する素晴らしさを実感してもらう。家庭であれば、家を綺麗に保つ方法や生ゴミのたい肥化などを家族全員を巻き込んで伝えていきたい。これをビジネスとして成功させたり、公共事業として国の支援を得たりすることができれば給与の問題も解決していくだろう。何よりも、多くの人が清掃によって自分の生活が支えられていることを実感できるはずだ」

そして僕はタオルを置くと、まるで外科医がオペを始めるかのように、ゴム手袋の入れ口を引っ張って言った。

「『清掃を、人に誇れる仕事にする』――それが僕の夢だ」

そして僕は、便器の前に身をかがめると、スポンジを持たずに、直接、排水口に手を挿《さ》し込んで磨き始めた。

そのときの僕には、汚いことや面倒なことをしているという意識は一切なく、「世界を美しくしている」という充実感で満たされていた。

「……ねえ」

自分を呼ぶ声に気づいて振り向いた。立っていたのは、田中さんだ。

「夢がどうとか、ぶつぶつ言ってたけど……大丈夫？」

――僕が想像の中で口にしていた言葉は、すべて外に漏れ出てしまっていたようだ。

でも、そんなことはどうでも良かった。

「田中さん――」

僕は立ち上がってゴム手袋を外すと、田中さんの手を両手で力強く握って言った。

「田中さん、僕と一緒にこの業界を――世界を――変えましょう！！！」

僕の言葉を聞いた田中さんは、ぽかんとした表情で言った。

「あんた……研修中だよね？」

＊

会社の近くにある公園のベンチに腰かけた僕は、放心状態で宙をぼんやりと見つめていた。

隣のガネーシャはタバコに火をつけて言った。

「これが、〝本物の夢〟や」

（これが〝本物の夢〟――）

いまだ興奮が冷めない夢心地の僕に向かって、ガネーシャは続けた。

「まあ、今回は『清掃』ちゅう限定された状況やったからほんのさわりだけ見せる形になったけど、自分が〝本物の夢〟を手に入れたら、生きているすべての時間が――人生が――180度変わってまうやろな」

（人生が180度変わる……）

ガネーシャの言葉を聞きながら、僕は、先ほどのトイレ掃除を思い出した。

最初は本当に気の重かった作業が、〝本物の夢〟を手に入れた瞬間、やりがいに満ちた楽しいものに変わった。何よりも変わったのは、時間の感覚だ。すべての作業が自分の夢につながっている感覚の中で流れる時間は、あまりの楽しさに一瞬で過ぎ去ってしまった。

それは、僕がこれまでの人生で経験したことのない最高に幸せな時間であり、あの時間がずっと続いていくのを想像すると、胸が高鳴るのを抑《おさ》えられなかった。

ガネーシャは、タバコの煙を吐きながら言った。

「自分はワシに、『夢って、必要なものでしょうか?』て聞いたな」

僕がうなずくと、ガネーシャは夜空を見上げて続けた。

「自分、ヴィクトール・フランクルくん知ってるか? 『夜と霧』て本書いた心理学者や」

「確か……ナチスの強制収容所での実体験をもとに書かれた本ですよね」

「そうや。フランクルくんは収容所の苛酷な日々を過ごす中で、生き延《の》びる者とそうでない者の違いを見つけたんや。それは、未来に目的があるかどうか——つまり、夢を持ってるかどうか——やったんやな。夢を持たず自暴自棄《じぼうじき》になった人間は、貴重な食料をタバコと交換してもうたり、朝が来てもベッドから起き上がろうとせず、そのまま亡くなってもうた。一方、フランクルくんは強制収容所の労働をしながらも、こんな想像をしとった。『突然、私は、煌々《こうこう》と明かりが灯り暖房のきいた豪華な大ホールの演台に立っていた。私の前には、座り心地のいいシートにおさまって熱心に耳を傾ける観衆。そして、私は語るのだ。講演のテーマは、「強制収容所の心理学」』――フランクルくんは収容所を生き延びて、その経験で得た知見を人に伝えることを夢見とったんやな」

そして、ガネーシャは言った。

「夢は、生きる上で、空気や水や食べ物よりも大事になることがあるんやで」

ガネーシャの言葉が、耳を伝って全身に染み渡っていくのを感じる。ガネーシャは力強い口調で続けた。

「夢にはな、ものごとの『意味』をまるっきり変えてまう力があるんや。これまでは面倒でしかなかった作業、ありふれた風景や出来事……何の変哲もなかったものが特別な意味を持ち、とてつもない輝きを放ち始める。それはつまり、人生が輝き出す、ちゅうことや」

「人生が輝き出す……」

僕は、ガネーシャの言葉を心の中で噛《か》みしめながら思った。

これまで僕が夢に対して抱いてきたイメージは、

「周囲の人から押し付けられるもの」

だった。

でも、夢は、人生を輝かせてくれるパートナーのような存在なのだ。

しかし、興奮する僕に冷や水を浴びせるようにガネーシャは言った。

「ただ、これは自分の夢ちゃうから、返してもらわんとな」

「えっ……？　わわっ」

ガネーシャは唐突に僕の頭に紙袋をかぶせてきた。鼻や口から例の物質が抜けていき、体の内側にあった熱がすーっと冷めていく。

そして紙袋が取られたとき、不思議な感覚になった。

会社のトイレ掃除をしているときに頭に浮かんでいた言葉そのものを思い出すことはできる。でも、その言葉はまるで抜け殻《がら》のようになっていて、情熱が一切感じられなくなってしまっていた。

（ああ、もう一度――）

僕は思った。

（もう一度、あの感覚を味わいたい――）

僕は無意識のうちにガネーシャの持つ紙袋に手を伸ばしていたが、

「ほら、バクちゃん」

ガネーシャが紙袋を地面に置くと、バクが涎《よだれ》を垂れ流しながらすごい勢いで突進してきた。

しかし、ぎりぎりのところでガネーシャは手を上げて言った。

「待て！」

するとバクは、紙袋の前でぴたりと止まった。

「お座り！」

「お手！」

「おかわり！」

「ガネーシャ！」

「よし！」

ガネーシャが言うと、バクは猛烈な勢いで紙袋の中に突っ込んでそのまま一メートルほど滑《すべ》っていき、夢を食べ始めた。

（完全に、飼い犬じゃないか――。あと「ガネーシャ！」のときはすごく凝《こ》った演出でご機嫌を取ってた――）

バクの行動に呆《あき》れながらも、ふと、僕の頭に浮かんだのは、こんな言葉だった。

（僕も、バクをあんな風に夢中にさせられる夢を持つことができるのだろうか――）

「できるで」

突然、心の声に返答されてドキッとした。ガネーシャは続けた。

「自分が夢を持ってへんて分かったときは、一瞬テンパってもうたけどな。ワシが過去に育ててきた子らもスランプに陥って夢を見失ってもうたり、最初に思い描いてたんと違う道に進んだりしたことはようあってん。そんときにワシがあの子らに出したった課題をこなしてったら、自分も〝本物の夢〟を見つけられるで」

（課題……）

ガネーシャの口にした言葉が気になってたずねると、ガネーシャは「あれ？　まだ言うてへんかったっけ？」と軽い口調で続けた。

「ワシが人を育てるときは、課題を出してそれをこなしてもらうシステムやねん。その名も……『ガネーシャ式』や！　……分かるで。『そのまんまやん』って言いたいんやろ？　せやけど、これはしゃあないねん。ほんまにええもんって逆に、シンプルなネーミングがハマってまうもんやから！」

的外れな弁解をするガネーシャに向かって、僕は胸に浮かんでいる不安を口にした。

「私のような人間に、その課題をこなすことができるのでしょうか？　偉人と呼ばれる人たちがこなした課題を……」

話を聞いたガネーシャは真剣な表情になり、僕をじっと見つめてきた。心の奥底を見透《す》かされるような視線に心がざわついた。

ただ、ガネーシャは空気を変えるように表情をパッと明るくすると、僕の肩をはたいて言った。

「安心せえ。偉人にしかこなせへん課題を出すんやったら、エジソンくんに『白熱電球を長持ちさせる材料探せ』言うて終わりやがな。ワシを誰や思てんねん。ガネーシャやで。ガネーシャ様はな、金運、仕事運、恋愛運、健康運……ありとあらゆるご利益を、どんな人間にも分け隔《へだ》てなく与えるから偉大なんや」

そしてガネーシャは言った。

「ワシが出す課題は、その気になったら誰にでもこなせる課題やねん。めっちゃええネーミングやろ？　めっちゃええネーミング。それが『ガネーシャ式』やねん。めっちゃええネーミングやんな？」

――先ほどスルーされたのを気にしていたのだろう、再び聞いてきたガネーシャに対して僕は答えた。

「最高のネーミングです」

するとガネーシャは、

「そう言う自分も最高やで」

と言ってウィンクすると、鼻をゾウの形に戻し、夜空に向かってパオーン！　と鳴いた。

すると、どこからともなく一枚の紙がひらひらと舞い降りてきた。

ガネーシャはその紙を手に取ると、こちらに差し出して言った。

「サインして」

見ると、そこには見たこともない文字がずらずらと並んでいる。

「こ、これは何ですか？」

おそるおそるたずねると、ガネーシャは言った。

「契約書やがな」

そしてガネーシャは、取り出した新しいタバコで契約書の文字をなぞりながら続けた。

「ここにはな、『ワシの言うことを一度でも聞かへんかったら、将来の希望を全部奪う』て書いてあるんや」

え――。

突然の言葉に凍《こお》りつく僕に向かって、ガネーシャは呆れるように言った。

「そらそうやろ。今から自分に教えるんは、そんじょそこらのやり方やない。神様のやり方――ガネーシャ式や。それでも自分が変われへんのやったら、未来に希望なんてあれへんがな」

僕は額に冷や汗が溜まるのを感じながら、「ガネーシャ神」に関する知識を思い出していた。

日本では『歓喜天《かんぎてん》』の名で親しまれるガネーシャは、信じることで素晴らしいご利益が得られる半面、意に背いた人間には重い罰や祟《たた》りを与えるという――。

「も、もし……」

「何や？」

タバコに火をつけたガネーシャに向かって、僕は続けた。

「もし、この契約書にサインをしなかったらどうなるんですか？」

するとガネーシャは、サラッとした口調で言った。

「帰るで」

「え？」

拍子抜けする僕に向かって、ガネーシャは続けた。

「ワシは人間を育てるとき毎回、契約結んでるからな。帰って他の神様連中に『あいつ契約書にサインせえへんかってん』言うて終わりやで」

（そ、そうなんだ……）

僕は改めて契約書に視線を落とした。

僕がここにサインをしなければ、ガネーシャはこれまでどおり神様として生活していくことができる。ゾウに生まれ変わって、名前にゾウがつく食べ物だけを食べ続けることもない。

（でも――）

僕は思った。

もし、ガネーシャがこのまま帰ってしまったら、僕を待っているのは、これまでどおりの苦しみに満ちた会社生活だ。

「も、もし……」

契約への不安と現実の恐怖の狭間《はざま》で揺れ動く僕は、ガネーシャにたずねずにはいられなかった。

「もし契約を交わしたら、私の人生はどうなりますか」

するとガネーシャは、ゆっくりとタバコの煙を吐き出してから言った。

「何もかも、変わるやろな」

――夜の公園に人影はなく、外灯が周囲をぼんやりと照らし出している。

ガネーシャは、会社の屋上で見せた爽《さわ》やかさとは違う、魅惑的な雰囲気で語った。

「〝本物の夢〟を見つけた人間はな、以前とはまるっきり違う人間になってまうんや。今まではやる気がわいてこうへんで、何をやっても楽しない日々を過ごしてたのに、毎朝、ワクワクしながら飛び起きて、寝る間も惜しんで頑張れて……いや、そもそも『頑張る』ちゅう感覚すらないやろな。夢に向かって進み始めたときは、最高に楽しくて充実した時間がすごい速さで過ぎ去っていくことになるからな」

ガネーシャは続けた。

「自分の持つ能力も、全然変わってまうで。とんでもない集中力が生まれるし、素晴らしいアイデアが降るようにわいてくる。これまでの自分には考えられへんような思い切った行動が取れるようになるし、どんな困難も乗り越えられる強さが身につく。そして、そんな自分は人を惹《ひ》きつける魅力に満ちあふれ……まさに、身も心も別人になってまうんや」

そしてガネーシャは言った。

「自分は、生きたまま、生まれ変わることになるんやで」

僕は——。

ガネーシャの言葉を聞いて、僕は思った。

正直、僕には〝本物の夢〟を見つけられる自信はない。

ガネーシャが言うように、変われるかどうかも分からない。

でも、僕にはどうしても、ガネーシャから差し出された契約書にサインをしないで返すことはできなかった。

その理由は、心のどこかで、「今の人生は、自分の本当の人生じゃない」と感じていたからだと思う。

——いつからだろう。

僕は、自分以外の誰かの人生を生きているような感覚がずっとあった。

人の指示に従い続けることで自分の中の大事な何かが失われていくのを、どこか他人事《ひとごと》のような視線で眺めている——その感覚は、会社に入ってから特に強まっていた。

やりたいことがあるわけじゃない。「これが僕の夢です」と胸を張って言うことができる何かがあるわけじゃない。

でも、このままではダメだ。ただ苦しみに耐え続け、時間をすりつぶして生きていくだけの人生には、何か、とてつもない後悔が待っている気がする。

新しいことを始めるのは、怖い。

でも、このまま生きていくのも、怖い。

どちらも怖いのなら、今、目の前にあるきっかけに手を伸ばすのも悪くないと思う。

なぜなら、そこには少なくとも、「自分で選んだ」という納得の気持ちが残るはずだから。

僕は鞄《かばん》からペンを取り出した。

これは、間違いなく僕の人生における最大の決断——いや、もしかしたら、僕が自分の人生で下す最初の決断なのかもしれなかった。

そして、僕が契約書に震える手でサインをしようとした、そのときだった。

（えっ――）

手元のペンが、消えた。

顔を上げると、僕のペンをくわえて走り去っていくバクの姿が見えた。

「バクちゃん、それ、ペンやで！　犬用の歯磨きガムちゃうで！」

そう言ってバクのあとを追い、公園の中を走り回るガネーシャをぼんやりと眺めながら思った。

僕は本当に、こんな神様に自分の未来を委《ゆだ》ねてしまって大丈夫なのだろうか――。

というか、あれは、本当に、神様なのか――。

本書の使い方

これからあなたには、ガネーシャから出される課題を実行してもらいます。課題は、ガネーシャが言うように過去の偉人たちがこなしてきた習慣であり、その気になれば誰にでも実行できる内容になっています。

また、ガネーシャの課題は、

「やりたいことが見つからない」

「将来の夢がない」

という人だけでなく、

「今、何らかの夢を持っている」

人もぜひ挑戦してみてください。

この物語の主人公も過去に夢を持ったことがありましたが、それは周囲の期待に応えるためのものであり、〝本物の夢〟と呼べるものではありませんでした。

どうすれば、〝本物の夢〟を見つけることができるのか？
そもそも、〝本物の夢〟とは一体、どのようなものなのか？

この問いの答えは物語が進むにつれて明らかになりますが、言葉として知るだけでなく、熱の通ったあなただけの「夢」を見つけるために、ぜひ課題を実行してみてください。

そして、もし課題を実行しない場合は、この物語の主人公がそうだったように、あなた自身の人生を生きることができなくなってしまう——生きたまま、死んでしまう——可能性があることをご了承ください。

さあ、それでは一度大きく深呼吸をして。

ガネーシャの課題に取りかかりましょう。

（ガネーシャの課題って、一体どんな内容なんだろう……）

迷いながらも思い切って契約書にサインをした僕は、自宅に戻る道すがら考えていると、隣のガネーシャが僕の顔をのぞき込んで言った。

「ちなみに自分は、『夢を見つけるための課題』てどんな内容や思う？」

――またもや内心を読まれてドキリとする。

ただ、封印していたはずの人の心を読む力を使っているということは、ガネーシャも本気になったということなのだろう。

僕は緊張感を高めながら、思い浮かんだ答えをおずおずと口に出した。

「たとえば、『小さな夢を紙に書き出す』とか、あとは、『行動しながら考える』とか……」

「もしくは、『夢を持っている人に話を聞く』とかか？」

考えていたことをすべて言い当てられてうなずくと、ガネーシャは言った。

「でも、自分はそういう方法では、夢を見つけられへんかったやんな?」

ガネーシャの言葉に、一層深くうなずいた。

——僕が答えた内容は、課長から「夢がない」ことを指摘されたあと、「夢を見つける方法」をネットで検索して出てきたものだ。

でも、やりたいことを紙に書き出そうと思いペンを持ったが、一行も書き進めることができなかった。行動しながら考えると言われても、仕事で体力を使い果たした僕に新たな行動を起こすエネルギーはわいてこなかったし、夢を持っている人に話を聞こうにも、夢について気軽に聞けるような友人や知人は周りにいなかった。

するとガネーシャは、僕が陥った状況に理解を示すようにうなずいた。

「そういう方法はな、まったくの間違いちゅうわけやないんやけど、根本的なことが欠けてんねんな」

(根本的なこと……)

ガネーシャの言葉に興味を持つと、ガネーシャはニヤリと笑って言った。

「まあ、そのへんも含めてええ感じにケアしたるから安心せい。ネーミングのセンスだけやのうて、信頼と実績の『ガネーシャ式』やで」

——不安がないわけではなかったが、それをはるかに上回る希望によって、自宅への足取りは軽やかになった。

しかし自宅に到着するや否や、ガネーシャは課題を出すことなくソファに身を投げ出して言った。

「肩揉《も》んで」

何も言わずソファの後ろに立ち、肩を揉み始めた。すると、

「力強めで」

と言われたので指に力を込める。

「強すぎや」

すぐに力を弱めた。

「次は、足やな」

ソファの前に回ってガネーシャの足を揉み始める。

「ふくらはぎ」

「はい」

「足の裏」

「はい」

「足の指」

「はい」

「指示される前に位置変えてや。あと、自分のマッサージ、びっくりするほど下手やで」

「……申し訳ありません」

謝りながら、ソファでうつ伏せになったガネーシャの背中を指圧し始める。

すると、ガネーシャが言った。

「自分、今、何でワシの体揉まされてるか分かるか？」

「何でって……」

僕は答えた。

「ガネーシャ様が、お疲れだからではないですか？」

するとガネーシャは、ふうと息を吐き、ゆっくりと首を横に振って言った。

「自分は、ほんまに最高やな。自分がほんまの『最高』やとしたら、世の中の『最高』は『斎藤』や。どこの学校にも二、三人おるレベルやで」

何を言っているのかまったく分からなかったが、褒められていることは伝わってきたので「ありがとうございます」と頭を下げると、ガネーシャはテーブルの上のタバコを手に取って火をつけた。

「この状況に対して、今までの教え子やったら確実にこう言うねん。『もしかして、マッサージをするのが課題ですか?』てな。そんでワシが、『課題ちゃうで。疲れたから揉ませてるだけや』言うとな、『なんでそんなことしなくちゃいけないんですか! 真面目にやってくださいよ!』的なことを言い出す、これがガネーシャの『教え子ルーティン』やねん。どう思う?」

「正直、『人間の分際《ぶんざい》で』と思いますね」

するとガネーシャは、ガバッと上体を起こして言った。

「せやろ⁉ ワシは神様であり人間よりはるかに上の存在なんやから、疲れたら体揉ますくらいしてもええよな?」

「はい。むしろこうなることを想定して、事前にマッサージの技術を高めておかなかった自分の愚かしさに腹が立ちます」

するとガネーシャは、ふうぅと感動のため息を漏らして言った。

「ワシ、ほんまに自分と出会えて良かったわ。なんやったらこのまま課題出さんとずっと体揉んでもらおかな」

「私は一向にかまいませんが、そうするとガネーシャ様が他の神々との約束を果たせなくなってしまうのでは?」

「うわわ……こういう小ボケもちゃんと拾ってくれはる。笑いの方のマッサージは申し分ないやん!」

「いえいえ、先ほどの『最高』と『斎藤』が掛《か》かっていることにすぐに気づけなかった自分が腹立たしいです。ガネーシャ様に喜んでもらうためには、マッサージの技術以上に、ユーモアの技術を高めておかねばなりませんね」

するとガネーシャは、「はわわわ……」と驚愕した表情で言った。

「ワシ、これまで色んな人間育ててきたけど、こんなに飲み込み早いんは自分が初めてやで。ほんまに自分は最高ぉぉ……ぐおぉぉぉぉっ!」

ガネーシャが突然、吠《ほ》え始めたので何事かと思ったが、寝落ちしていびきをかき始めたのだと分かった。

僕はガネーシャの指からタバコを取って消すと、毛布を持ってきてそっと体にかけた。

すると、ソファの足元から声が聞こえてきた。

「おい、夢なし芳一」

イラッとしながら視線を向けると、ソファに飛び乗ったバクは唸《うな》るような口調で言った。

「お前なぁ、ちょっとガネーシャ様に気に入られてるからって調子に乗んじゃねーぞ。今のお前は、例えるなら試着室の革ジャンだからな。『お似合いですよ』って店員に勧められて心が浮ついてるだけで、一週間後には『未使用品』としてメルカリに出品されるのがオチなんだよ。だいたい、革ジャンなんてガネーシャ様の体型に似合いようがねえだろうが」

僕への攻撃が最終的にガネーシャにも飛び火していたが、まずはバクに反論することにした。

「勘違いしないでほしいんだけど、僕は別に調子に乗ってなんかいないし、ガネーシャ様とは普通に接しているだけだよ」

するとバクは、

「はああ?」

とわざとらしい表情を作って言った。

「いやいや、どう考えても普通じゃねえだろ! さっきの『人間の分際で』なんて完全にガネーシャ様に寄せた発言だし、『ユーモアの技術を高めておかねばなりませんね』なんてゴマスリ以外の何ものでもねえじゃねえか! いいか、よく覚えとけよ⁉　ガネーシャ様の駄洒落《だじゃれ》に無理やり爆笑できるのは俺様だけに許された特権なんだよ！」

（ガネーシャのギャグがつまらないって言っちゃってるぞ――）

バクの言葉に呆れつつも、僕がガネーシャに気に入られようとしているのは事実だったので言葉を返せずにいると、バクはさらに畳《たた》みかけてきた。

「だいたいなぁ、お前みたいに普通の夢も持ってないやつが〝本物の夢〟を見つけられるわけねえんだよ。今のお前を例えるなら、生後三か月の赤ん坊が博多ラーメンの麺《めん》の固さをハリガネで食おうとしてるようなもんだからな。歯ごたえ楽しむ前に、歯を生やせよ！」

（さっきから何なんだこいつは……）

次から次へと罵詈雑言《ばりぞうごん》を浴びせてくるバクに対してさすがに腹が立ってきた僕は、わざと悪戯《いたずら》っぽい口調で言った。

「君は何も分かってないなぁ」

「はぁ？」

眉をひそめたバクに向かって、得意げな表情で続けた。

「君はさっきから僕には夢がないって言っているけど、もう夢は持っているんだよ」

「何言ってんだ？　夢なし芳一に夢なんてあるわけねえだろ」

けげんな表情のバクに向かって、ニヤリと笑って言った。

「僕の夢は、『〝本物の夢〟を見つける』ことさ」

するとハッとしたバクは、僕に向かって鼻をピンと伸ばしてきた。

何の動作か分からず首をかしげていると、バクの鼻がズズ……ズズ……と音を立て始めた。すると――。

（わっ、わわっ……）目には見えないが、僕の鼻と口と耳から例の物質が流れ出て、頭の奥が冷えていくのを感じた。

（こ、こいつ、僕の夢を食べようとしている――!?）

「や、やめろ！」

僕は手を伸ばして鼻をつかもうとしたが、素早く身をかわしてソファから飛び降りたバクは、口をもぐもぐと動かしながら言った。

「この夢は……例えるなら、紙コップに注がれた、出汁《だし》を取り忘れた味噌《みそ》汁のような香り……控《ひか》えめに言って、ゲロ不味《まず》いな」

僕の夢を寸評している隙《すき》にバクの体をつかむと、鼻を握り締めて叫んだ。

「ぼ、僕の夢を返せ！」

「俺様の体に触るんじゃねえ！」

バクが激しく抵抗したので思わず手を離すと、バクは歯をむきだして威嚇《いかく》するように言った。

「お前、絶対に俺様の体に触るんじゃねえぞ！　今後、俺様の体に少しでも触れやがったらお前の夢を全部吸い取って廃人にしてやるからな！」

バクのあまりの剣幕に面食らい、その場に固まってしまったが、少し落ち着きを取り戻したバクはフンと鼻を鳴らして言った。

「……この程度食ったくらいじゃ夢はなくならねえよ」

バクの言葉はにわかに信じ難《がた》かったが、自分の中の「〝本物の夢〟を見つけたい」という思いが失われていないことを感じて、ホッと胸をなでおろした。

そんな僕の様子を見たバクは、呆れるような口調で言った。

「お前さぁ、本当に『夢持ち』になっていいのか？」

「え？」

言葉の意味が分からずぽかんとしていると、バクは肩をすくめて続けた。

「こんなのは改めて言うまでもないことだけどよ――夢を『持つ』のと『かなえ

る』のとは別の話だからな。素晴らしい存在を知ったところで、それが絶対に手に入らないものだと分かったら、むしろ『知らない方が良かった』って後悔するんじゃねえのか？」

言葉を返せない僕に向かって、バクはさらに続けた。

「特に、お前みたいに何の取り柄もなくて、志もハングリー精神もないやつが夢だけ持っても、例えるなら終身刑の囚人が『るるぶ』を差し入れられたみたいなもんだろ。悪いことは言わねえから夢なんて忘れて元の生活に戻れよ」

そしてバクは、僕の顔をのぞき込むようにして言った。

「夢が『悪夢』に変わることだってあるんだぜ。しかも現実の悪夢ってのは——覚めねえからな」

バクの言葉を聞いていると、足元からじわじわと不安が這《は》い上がってくるのを感じた。

——バクの言うとおりだ。

僕はガネーシャの言葉に興奮して舞い上がっていたけれど、夢を見つけたところでかなえられなかったら、今までとは少し形を変えた絶望が待っているだけなんじゃないだろうか。

悩み始めた僕をじっと見つめていたバクは、ほくそ笑んで言った。

「いいこと思いついちゃったぜ」

そして、バクは言った。


「お前の上司の夢、食ってやろうか？」


バクの言葉に、一瞬、時が止まったように感じた。

バクは、舌なめずりをして続けた。

「俺様が夢を全部吸い出しちまえば、お前の上司はやる気がなくなって仕事なんかできなくなるからな。今の役職を降ろされるか、会社に来れなくなるか……少なくともお前の目の前から姿を消すことになるだろうよ」

そして、バクは付け加えた。

「お前は、そいつさえいなくなればいいんだろ？」

僕は——心のどこかで良くないことだと感じながらも——課長がいなくなった職場を想像してみた。

それは、すべての問題が解決している素晴らしい世界に思えた。

「もし……」
僕は、顔をうつむかせながらも続けた。
「もし、課長の夢を食べてくれるなら……」
するとそのとき、突然、ソファの方から、
ぐごっ、ぐごごぉっ！
獣の雄叫《おたけ》びのような声が聞こえてきた。
僕たちがびっくりして顔を向けると、上体を起こしたガネーシャが喉《のど》を押さえて
はぁはぁと息をついていた。
「あかん……史上初の無呼吸症候群で死ぬ神様になるとこやった。死神《しにがみ》はええけど、
死ぬ神は笑えんで。ぎゃははは！」
自分の言葉がツボに入って爆発し始めたガネーシャだが、ふと体にかけられた毛
布に気づいて言った。
「これ、もしかして……自分が？」
僕がうなずくと、ガネーシャは遠い目をして言った。
「ワシ、自分を人類史上最高の偉人に育て上げる言うたけど、マザー・テレサちゃ
んとかナイチンゲールちゃんとかの『天使路線』が有力かも分からんな」

そして毛布に頬ずりを始めたが、ハッとした顔になって言った。

「あかん、ワシ、肝心の課題を出し忘れてたわ」

そしてガネーシャは、大きなあくびを一つすると言った。

「課題は、『明日、六時に起きる』や」

「明日、六時に起きる……それだけですか？」

不安になってたずねたが、ガネーシャから返ってきたのは、
ぐおぉぉぉ！

という爆音のいびきだった。

ガネーシャの起床と就寝の境目の無さに改めて唖然としたが、それ以上に引っかかったのは課題の内容だった。

（明日の朝、早起きするだけで夢が見つかるなんてことがあるのだろうか……）

ガネーシャから出された課題は、バクの提案とはまったく逆の、効果の薄いものにしか思えなかった。

バクは、再び僕の足元にすり寄ってきて言った。

「おい、こうしようぜ。お前は俺様に一人分の夢を丸々食べさせることができる。でも、それと引き換えにガネーシャ様の前から姿を消す」

そしてバクは言った。

「この取引の期限は、立冬《りっとう》だ。その時期になると俺様は、めちゃくちゃ眠くなるからな」

（そういえばバクは冬眠するって言ってたな……）

バクの生態はいまだ謎が多かったが、ソファに飛び乗ってガネーシャの毛布の中にもぞもぞと入って行く姿は、座敷《ざしき》犬以外のなにものでもなかった。

＊

その日の夜、僕は、なかなか寝つくことができなかった。

理由は、ガネーシャのいびきがうるさいこともあったけれど、何よりも、様々な不安が頭を駆け巡っていたからだ。

その中でも、特に頭の片隅にこびりついていたのは、バクの言葉だった。

「夢を『持つ』のと『かなえる』のとは別の話だからな」

——僕は本当に、夢を見つけてしまっていいのだろうか。

会社のトイレ掃除をしたときに経験した〝本物の夢〟。あの夢の持ち主は、一体どんな人たちなんだろう。

特別な才能があるのかもしれないし、幼少期から人とは違う道を歩んできたのかもしれない。

でも、そういう才能もバックグラウンドもない平凡な僕が夢を持ったところで、あのとき体験した素晴らしい世界を生きることなんてできないんじゃないだろうか——。

そして、バクが言っていた、「課長の夢を食べる」という話。

課長が僕の前から姿を消した世界を想像すると——そちらの方が、確実に僕の人生を快適にしてくれる気がした。

(立冬っていつなんだろう……)

ベッドから起き上がった僕は、スマホを手に取って検索をした。

今年の立冬は十一月七日。今日が十月二十八日だから、ちょうど十日後だ。それまでに、僕はバクとの取引に応じるかどうかを決めなければならない。

僕は再びベッドに横になり、答えのない不安の中で頭を悩ませ続けることになった。

ジリリリリ……。

目覚まし時計の音に起こされた僕は、時刻を見た。

針は、朝の六時前を指していた。

（どうしてこんな早い時間に？）という疑問が一瞬、頭をかすめたが、ガネーシャの課題だったことを思い出した。

ただ、ちゃんと眠れた感覚がないので、

（今日から課長の目の前のデスクで仕事をすることになるのに、こんな寝不足で良いのだろうか……）

という不安がわきあがってきた。それでもなんとか体を起こし、課題をこなしたことを伝えようとガネーシャの寝ているソファに向かって歩き出した。

すると、

（何だろう……）

ベランダの方から、オレンジ色の鮮やかな線が部屋の中にまっすぐ伸びているのに気づいた。

導かれるようにしてそちらに向かい、そっとカーテンを開けた。

その瞬間、強い光が部屋の中に差し込んできた。

朝日だった。

今、まさに姿を現した太陽の光が、世界をオレンジ色に染め上げていた。

(す、すごい……)

目の前に広がる神秘的な光景に、ただただ圧倒されていると、声が聞こえた。

「四十六億年や」

いつのまにか僕の隣に立っていたガネーシャは、太陽の光を見つめながら穏《おだ》やかな口調で続けた。

「地球が誕生してから四十六億年、人間はおろか生物が生まれるはるか昔から、太陽は毎日、この美しい光で世界を照らし続けてきてんねんで」

(四十六億年……)

僕はガネーシャの言葉を聞きながら、途方もなく長い年月に思いを馳《は》せた。

過去にどれだけの人間が、この空を眺め、その美しさに感動してきただろう。そしてこれから先、どれだけの人間が……いや、人間が地球を去ったあとも、太陽はこの光で世界を照らし続けていくのだ。

そのとてつもない壮大さに心を震わせていると、ガネーシャは続けた。

「この光が植物に栄養を与えることで酸素が生まれ、他の生物の呼吸を助ける。また植物は他の生物の食べ物になり、その生物も他の生物の食べ物になる……。地球上のありとあらゆる生物が存在できるのは、この光のおかげや」

ガネーシャは顔を上げ、遠くを見るように続けた。

「自分らの先祖は、そのことがよう分かってたんやな。せやから太陽を『お天道様』て呼んで敬い、初日の出と共に神様が降臨すると信じて拝んできたんや」

そしてガネーシャは、目を閉じてゆっくりと両手を合わせた。

僕も静かに同じ動作をすると、ガネーシャの声は続いた。

「この光を前にしたら、自分ちゅう存在が——自分の持つ悩みが——いかにちっぽけなもんか分かるやろ」

僕が深くうなずくと、ガネーシャは続けた。

「人間は、自分ちゅう存在の小ささに気づけたとき、変わることができる。新たな人生を始められるんや」

ガネーシャの言葉を聞いて、ゆっくりとまぶたを持ち上げた。

太陽はさらに高く昇り、強まった光が僕の全身に注がれる。光を受けた体じゅうの細胞が喜んでいるのを感じる。

しばらくすると、ガネーシャは言った。

「発明家のエジソンくん、音楽家のベートーヴェンくん、小説家のゲーテくん、政治家のベンジャミン・フランクリンくん……今も語り継がれる偉人の多くが、早朝に起きて活動しとった。現代では、アマゾンのジェフ・ベゾスくん、アップルのティム・クックくん……ＩＴ企業の名だたる経営者たちが早起きの習慣を持っとる。その理由は何か分かるか？」

僕は少し考えてから、

「早朝の方が集中力が高まるという話を聞いたことがありますが……」

と答えたが、ガネーシャは首を横に振って言った。

「早起きのメリットは色々言われとるけどな。彼らの朝が早い理由は、ただ一つやねん」

「ただ一つ……」

僕がつぶやくと、ガネーシャはうなずいて言った。

「早朝は、誰の邪魔も入らへん『自由』に使える時間だからや」

ガネーシャは続けた。

「〝本物の夢〟を持つ人間が何よりも大事にしてるもの。それが、『自由』なんやで」

そしてガネーシャは、ガラス戸に手を伸ばすと言った。

「これまでレールの上を進んできた自分は、狭い世界に囚われて、悩み苦しんできた。でもな……」

そして、ガラス戸の鍵を開けると、勢い良く開いた。

――その瞬間、不思議なことが起きた。

部屋の中にいたはずの僕は、はるか高い上空に放り出されていたのだ。

(ひいっ……)

体が落下するのを感じて目をつぶると、何かに受け止められたので必死でしがみついた。

ぎゃははは!

ガネーシャの笑い声が聞こえる。どうやら僕はガネーシャの背に乗っているようだ。

ガネーシャが叫んだ。

「さあ、目え開けて見てみいや！　レールから外れて自由になった自分の目の前には、とんでもなく広い世界があんねんで！」

強張《こわば》ったまぶたを、おそるおそる持ち上げていく。

そして、目を開けた瞬間、

（す、すごい……）

眼下に広がる光景に、思わず息を呑《の》んだ。

都市のビル群はミニチュア模型のようで、東京タワーは、まるで工事現場のカラーコーンだ。さらに視線を左に向けると、頂上がオレンジ色に染まった、ひときわ存在感のある山が見えた。

富士山だ。

ガネーシャが、大きくなったゾウの両耳をゆっくり上下に揺らすと、僕たちはすごいスピードで進み始めた。

富士山を通り過ぎ、さらに進んでいくとあたりは一面海になり、向こう側から大陸が迫ってくる。

一度も海外に行ったことのない僕は、まさかこんな形で、国境を越えることにな

ると は思わなかった。

激しい動悸と胸の高鳴りを感じていると、ガネーシャが空に響き渡るような大声で叫んだ。

「ワシがこれから、自分の知らへんかった世界を――本当の世界の姿を――見せたるからな！」

僕は――声は震えていたし、やっぱり怖くて何度も目を閉じてしまったけれど――ありったけの声で叫んだ。

「よ、よろしくお願いします、ガネーシャ様！」

［ガネーシャの課題］

日の出を見る

2

大空を駆け回った興奮はなかなか冷めなかったが、徐々に気持ちが落ち着いてくると、久しぶりに朝食を作ってみたくなった。

近所のコンビニで材料を買い、トーストに目玉焼きとベーコンを添えたシンプルなものだったが、なぜかガネーシャは「完璧なブレックファーストやん……」と口を震わせて感動していた。

こんなに気持ちの良い朝は、いつぶりだろう。

そういえば、朝、太陽の光を浴びると、精神が安定し、やる気が出る神経伝達物質が分泌《ぶんぴつ》されると聞いたことがある。これからは、できるだけ早起きして太陽の光を浴びる習慣を持とうと心に決めた。

僕は、変わる。

そして、必ず〝本物の夢〟を見つけるんだ。

ただ、こうして意欲をみなぎらせて家をあとにしたものの、最寄り駅から電車に乗り、少しずつ会社が近づいて来るにつれ、胃の奥の痛みが鋭くなっていった。

――そうだった。朝から色々なことが起きていたから意識せずに済んでいたけれど、今日から僕の会社生活には、とてつもない困難が待ち受けているのだ。

＊

「何で昨日のうちに整理しておかないんだよ。相変わらず時間を大事にしてないよな」

課長から包帯を巻いた手で指示されると、僕は大急ぎで新しいデスクに荷物を運んだ。

今日から課長の目の前の席（正確に言うと右斜め前の席）で仕事をすることになったのだ。主な業務は課長のサポートだ。

これまでは課長から呼びつけられるたびに身の毛がよだつ思いをしていたが、すぐそばに課長がいる状況での作業はどれほどのストレスを味わうことになるのか見当もつかない。

にもかかわらず――。

今、僕は課長の背中に、ぴったりとひっつくようにして立っていた。

「……何してるんだ？」

課長に言われてハッと我に返った僕は、「す、すみません」と言って少し後ずさってからたずねた。

「課長の使っている香水は何ですか？」

「は？」

「あ、いや……」

僕は必死に言い訳をした。

「課長の近くで働けることになったので、色々と吸収したいと思いまして」

すると課長は不機嫌な表情で言った。

「前から言おうと思ってたんだけど、仕事と関係のないところで媚《こ》びてもバリューは上がらないからな。そんな暇があるんだったら少しでもタスクをこなそうよ」

結局、香水の名前は教えてもらえず、僕は意気消沈して自分の席に戻った。

（やっぱり何かの間違いだよな……）

——今朝、ガネーシャから出された新たな課題は、どう考えても〝本物の夢〟を見つけることに関係があるとは思えなかった。でも、「言われたことを必ず実行する」という契約なので、疑問を口にせず家を出たのだった。

（とりあえず、課題に取り組んだという事実は作っておかないと……）

そんなことを考えながらも、課長の監視の目が光るこの場所で仕事を進めないわけにはいかず、ノートパソコンを開いた。

すると、

「よお」

どこからともなく声が聞こえた。

空耳だと思って無視したところ、

「おい」

声は足元から聞こえてきていると分かり、視線を下げると、

「おわっ！」

と思わず声を出してしまった。

「どうした？」

課長からたずねられ、「な、何でもありません。すみません」と言ってパソコン画面に顔を向けた僕は、周囲に気づかれないよう徐々に視線を落とし、声を潜《ひそ》めて言った。

「どうして会社に来てるんだよ！」

するとバクは言った。

「お前みたいな、骨の髄《ずい》までポンコツがしみ込んだポンコツポトフ野郎は、どうせ自分じゃ何も決められねえだろうからな。で？　俺様はどいつの夢を食やいいんだ？」

そしてバクは、潜水艦が水上を偵察する潜望鏡のように鼻を伸ばしてきた。あわてて手で払ったが、いったんは引っ込めたもののすぐに鼻を出してくる。

——とんでもないことになってしまった。

できるだけ波風を立てないよう会社生活を送ってきたのに、世にも奇妙な小動物と一緒に出社してしまったのだ。

課長も不穏《ふおん》な空気を感じているようで、先ほどから、ちらちらとこちらに視線を送ってきている。

（と、とにかく、このままだとマズすぎる……！）

僕はバクが入った鞄を持ち上げると、お腹の前で隠すように抱えながら足早にトイレに向かった。

＊

「俺様は多少の水は飲むが、主食は夢だから体が軽いんだ。例えるなら、プリンセスの寝汗を吸った超高級羽毛布団ってとこだな」

そう言いながら、バクは便座や貯水タンクの上をぴょんぴょんと跳び回った。

確かに、立ち振る舞いは犬なのに猫以上の軽やかな動きをすると思ってはいたが、鞄に忍び込んで会社についてくるとは、まったく予期していなかった。

貯水タンクから便座の上に器用に着地したバクは、唾を吐いて言った。

「しっかし、この会社は本当に夢のないやつばかりだな。甘い香りに誘われて夢のないやつが集まってくる『夢なし芳一ホイホイ』じゃねえか」

「おい、やめないか」

会社を悪く言われたことよりも、バクが吐いた唾の方が気になった。これは、僕が昨日綺麗にしたトイレなのだ。

トイレットペーパーで丁寧に拭き取ったが、他の汚れも気になってきたので掃除をしていると、バクは呆れた口調で言った。

「お前、この状況でどれだけ余裕あるんだよ。例えるなら、『瀕死《ひんし》の重傷で１１９

番に電話したけど救急車が来るまで時間があるから髪型整えよっかな』かよ」

そしてバクは鼻を曲げ、オフィスの方を指して言った。

「お前の隣にいるやつが上司なんだろ？　じゃあ、とっととあいつの夢を食って終わりにしようぜ。お前が主人公の映画なんて、オープニングと同時にエンドロールが流れてきても誰も文句は言わねえんだからよ」

（どんな映画だよ……）

小言の一つも言いたかったが、僕は今朝から考えていた大事なことをバクに伝えることにした。

「その取引の件なんだけど……僕は、ガネーシャ様から出された課題を頑張ることにするよ」

すると、バクは一瞬、沈黙してから、

「ぎゃははは！」

と便座の上で引っくり返って笑い出した。

「な、何がおかしいんだよ」

僕がムッとして言うと、バクは笑い転げながら言った。

「だってお前、『課題を頑張る』とか言いながら、肝心の課題の意味を全然理解してねえじゃねえか。今日、出された課題も、どうせ『何かの間違いだ』とか思ってんだろ？」

——図星だった。

今回の課題はあまりにも不可解なので、一応取り組んだ姿勢を作っておいて、あとからガネーシャの解説を聞けば良いくらいに思っていた。

反論できない僕に向かって、バクは続けた。

「まあ、お前みたいな夢なし芳一にガネーシャ様の崇高《すうこう》な意図を汲《く》み取れっていうのがどだい無理な話なんだけどな。例えるなら、渋谷の道玄坂にたむろしているパリピに道元の『正法眼蔵《しょうぼうげんぞう》』を理解させるようなもんだ」

バクの言葉にカチンときた僕は言った。

「じゃあバクは、この課題の意味が分かるの？」

するとバクは顔を赤くして言った。

「あ、当たりめえだろ！　俺様を誰だと思ってるんだ？　ガネーシャ様の寵愛《ちょうあい》を一身に受けるバク様だぞ⁉　ガネーシャ様と俺様の関係を例えるなら、『サンタクロース』と『トナカイ』、『うしお』と『とら』、『カレー』と『ライス』みたいなもんなんだよ！」

――必死に弁解する様子を見て、バクもガネーシャの課題の意図を理解していないことが分かった。

ただ、疑われているのを察したのか、バクは会話の矛先《ほこさき》を変えてきた。

「だ、だいたいなぁ、お前みたいなポンコツが神様から出された課題に対して『この課題の意図って何？』とか『こんなことやって意味あるの？』とか疑問を持つ時点で間違ってんだよ。今のお前はゲームのチュートリアルをプレイしてるみたいなもんなんだからよ。丸ボタンを押す指に精魂込めることだけ考えとけよ！」

話しているうちに調子が出てきたようで、バクはさらに勢いづいて言った。

「そもそも俺様に言わせたら、お前みたいに夢がない人間ってのは、緊張感持って生きてねえだけなんだよ。色んな命があるこの世界で『人間』に生まれた有難味《ありがたみ》が分かってんなら、人間のうちにやっておきたいことの一つや二つくらい出てくんだよ。それをお前は、何だ？　親や周りの期待に応えてきたから夢が持てなかっただあ？　人のせいにしてんじゃねえよ！　お前に夢がないのは、**自分の人生をテキトーに生きてきた**からだろうが！　そんなお前みたいなどうしようもないやつが、超絶ウルトラスーパーラッキーの当たりくじ引いてガネーシャ様に出会えたんだからよ。一ぺんくらい死ぬ気でやってみろよ！」

そしてバクは、興奮した顔を僕に近づけて言った。

「お前がガネーシャ様と結んだ契約の意味ってそういうことなんじゃねえのか？　ああ？」

そこまで言うとバクはしゃべりすぎたと感じたのか決まり悪そうな顔をしたが、僕はガネーシャとの契約内容を思い出さざるを得なかった。

「ワシの言うことを一度でも聞かへんかったら、将来の希望を全部奪う」

——そうだった。これは僕が変わるための、最後のチャンスなんだ。中途半端な姿勢で臨んで良い課題は一つもない。

そんな僕の様子を見たバクは、フンと鼻を鳴らして言った。

「覚悟ができたなら、あとは実行あるのみだ。ガネーシャ様から出された課題は、『好きな匂《にお》いを見つける』

だろ？

だったら、今のお前にできることはただ一つ。目につくもののすべての匂いをかいで確かめるんだよ！」

そしてバクは貯水タンクに飛び乗って、便座を鼻で指した。

僕は、便座を見てゴクリと息を呑んだ。

昨日、自分が綺麗に磨き上げたとはいえ、すでに誰かが使ったかもしれない便座に鼻を近づけるのはためらわれた。大いに、ためらわれた。

でも、僕は、変わる。これまでの人生と決別して〝本物の夢〟を見つけることに決めたんだ。

僕は、両手で便座の端をつかむと、ふうと大きく息を吐き、一気に鼻を近づけた。

そして匂いをかごうとした、そのとき――。

貯水タンクの方から、くくっ、くくっ、と漏れるような声が聞こえた。

顔を上げると、バクが必死で笑い声をこらえていた。僕と目が合うと、バクは吹き出して言った。

「お前、バカか⁉ こんなもんが良い匂いじゃねえことくらい、かがなくても分かんだろ！」

（だ、騙《だま》された――）

バクの熱い語りもすべて僕をからかうためのフリだったと分かり、怒りと恥ずかしさが込み上げてくる。

僕はバクを懲らしめようと、つかみかかった。バクは軽い体を浮かせてかわそうとしたが、この攻防を繰り返してきた僕はバクの軌道を先回りして尻尾をつかんだ。

「お、俺様の体に触るんじゃねえって言ってんだろ!」

バクは相変わらず猛烈な拒絶反応を示してきたが、ジタバタするバクを両手で押さえ込むと、体の匂いをかいでやった。そして、「例えるなら、腐葉土を腐らせたような匂いだな」とかバクの真似《まね》をしてやろうと思ったのだが、

(えっ……)

僕は何も言えなくなってしまった。

バクの体からは、なんとも言えない懐かしい匂いがしたのだ。

間違いなく過去にかいだことのある、でもそれが、いつ、どこでなのか思い出せない、そんな匂いだった。

バクは僕の手から逃れると、口を尖《とが》らせて何か言おうとしたが、僕の様子を見ると黙ったままじっと僕を見つめていた。

*

できるだけ目立たないようにそっとデスクに戻ると、課長の席から怒声が聞こえた。

「おいおい、あり得ないだろ」

自分に向けられた言葉かと思ってビクッとしたが、課長はスマホに向かって話していた。

「俺がサジェストした金額が高すぎるんじゃなくて、今までが安すぎたんだよ。それなのに取引を止めるって何考えてんだよ」

課長が名前を出している会社は長年の得意先であり、僕はそわそわしながら耳をそばだてていたが、電話を終えた課長は僕を見るなりこう言った。

「いつまでトイレ行ってんだよ」

電話のやりとりのいら立ちを、そのまま引きずっている口調だった。

「ヘンリー・フォードはこう言ってるぞ。『多くの人間は、問題を解決しようとするよりも、問題を回避するために、より多くの時間とエネルギーを費やしている』。トイレが長いのも、目の前の仕事からエスケープするためなんじゃないのか？」

そして課長は僕の返答も待たず、手を横に振りながら言った。

「もういいや。今後は、スケジュールに休憩《きゅうけい》時間も書き込んでよ。その時間に食事やトイレを済ませといて」

課長の言葉を聞いて、胃の奥を突き刺されるような痛みを感じた。課長の目の前で監視されるだけでも相当な苦痛なのに、さらに細かく時間を管理されたら僕の精神状態は限界に……。

え？

突然、課長の様子がおかしくなったので目を見開いた。

課長は、なぜか白目を剥《む》き、半開きになった口から涎《よだれ》を垂らしている。

（ど、どうしちゃったんだ……）

最初は困惑するだけだったが、

（ま、まさか……！）

視線を下に向けると、鞄からバクの鼻が突き出ていた。

「例えるなら、山のように盛られたイクラ丼のイクラが全部、ＢＢ弾でした、みたいな香りだな」

そう言うと、僕を一瞥《いちべつ》して続けた。

「安心しろ。一気に吸ったが、量は多くねえ。明日には元どおりになるだろうよ」

バクは、ほくそ笑んで言った。

「まあ、これはサービスの無料お試しセットみたいなもんだ。ただ、こちら期間限定のサービスになりますんで注文するなら早めにお願いしますよ、お客さん」

そしてバクは、鞄の中に鼻を引っ込めた。

僕は改めて、抜け殻になったような課長の顔をまじまじと眺めた。

なんて――。

なんて間抜けな顔をしているんだ――。

こんな間抜けな顔をした課長、というか人間を見たのは初めてだ。

そして僕がバクとの取引に応じれば、課長をずっとこの顔に――。

(だ、だめだ、だめだ)

僕は首を振って、邪《よこしま》な思いを追い出した。僕は、ガネーシャの課題に集中すると決めたんだ。

ただ、それでもこの間抜け面《づら》は――。

自分を抑えられなくなった僕は、スマホを取り出して課長の顔を写真に収めた。途中から連写にした。動画でも撮った。他の社員たちから不審に思う視線が向けられているのを感じたが、この行為だけはどうしても止めることができなかった。

＊

なかった。

「体調が悪い」と言って課長が早退してからはリラックスして仕事を進めることができたが、仕事を終えた僕は、違う緊張感を抱きながら繁華街へと向かわねばならなかった。

ガネーシャから出された課題「好きな匂いを見つける」を、なんとか家に戻る前にこなさなければならない。

（この街の匂いは、あまり好きじゃないな……）

そんなことを考えながら、色々な種類のアロマを扱うお店の扉を開いた。

「気になるものがあったら、ぜひお試しください」

女性の店員さんから声をかけられてどぎまぎしながら、店に陳列してあるアロマを端から順に試していく。

たまに苦手な匂いもあるけれど、ほとんどが良い香りに感じられた。

（でも、ガネーシャの言った『好きな匂い』は、こういうことじゃない気がする……）

ただ、こうする以外の方法が思いつかないので試嗅《しきゅう》を続けていたところ、思わぬトラブルが発生した。

立て続けにアロマの匂いをかいだからか、鼻が、何の匂いも感知しなくなってしまったのだ。

（ど、どうしよう……）

ティッシュを取り出して鼻をかんだが、鼻の奥にアロマの混ざった匂いがこびりついてしまっている。

（このままだと課題をこなすことができないぞ⁉）

猛烈に不安になった僕の頭の中で、ガネーシャの言葉がこだました。

「ワシの言うことを一度でも聞かへんかったら、将来の希望を全部奪う」

（そ、そんな……）

パニックに陥った僕は店員さんに頭を下げて足早に店を出ると、鞄を地面に置いて震える手でチャックを開き、声をかけた。

「ねえ、バク？」

バクは鞄の中で寝息を立てていた。僕は鞄を揺らしながら言った。

「バク！」

「んあ？」

目を覚ましたバクに、アロマのせいで鼻が利かなくなってしまったことを伝えると、バクは僕に、ノートとペンを出すよう言った。指示通りにすると、バクは長い鼻で器用にペンをつかみ、ノートに文字を書いた。

1位　落雷　　2位　心臓発作　　3位　大量のカラスに襲われる

「こ、このランキングは……何？」

震える指でノートを指す僕に向かって、バクは答えた。

「分かんねえか？　神様の『将来の希望の奪い方』ランキングだ」

ええ――。

「つ、つまり、僕は……死……」

悪寒《おかん》で全身を震わせながら口ごもると、バクは愉快《ゆかい》そうに笑って言った。

「いやあ、目障《めざわ》りなお前が、こんなに早く消えてくれることになろうとはな。例えるなら、スナックのママが常連客を店の前で見送ったあとの笑顔くらい、一瞬で消えることになったたな」

（そ、そんな……）

絶望のあまり茫然《ぼうぜん》自失《じしつ》になっていると、バクは鞄からまた何かを取り出した。それは、財布だった。

「もう、こんなもん持ってても意味ねえんだからよ。パーッと行こうぜ」

そしてバクはニヤリと笑って言った。

「最後の晩餐《ばんさん》だ」

*

「――なんでこんな店なんだよ」

鞄の中のバクが不満を漏らした。

「普通だったら、『寿司』とか『焼き肉』とか豪華なやつ選ぶだろ。そういう店の客の方が夢持ちが多いから俺様にとっても好都合なんだよ」

「じゃ、じゃあ、お寿司にする?」

するとバクは、「はあぁ……」とわざとらしくため息をついて言った。

「お前は本当に救いようのねえポンコツだな。こんなときまで人の顔色うかがってどうすんだ。お前はスマホの顔認証機能か」

そしてバクは言った。

「最後の食事なんだから、好きなもん食えよ」

バクの言葉に、改めて全身が凍りつくような不安を覚えた。

そうだった。バクの言っていることが本当なら、これは僕の人生最後の食事なんだ――。

震える手でテーブルの上に置いてあるメニューを開いた。メニューの文字が全然頭に入って来ない。それでもなんとか注文の品を決めると店員さんに告げた。

――僕が最後の食事に選んだのは、『もんじゃ焼き』だった。

絶望感に打ちひしがれ、ふらふらと道を歩いていると、このお店の看板が目に留まった。妙に惹《ひ》かれるものがあり、気づいたときには店内に入っていた。

『もんじゃ焼き』で思い出すのはおばあちゃんのことだ。

僕は幼いころ、両親の仕事の都合で月に一度おばあちゃんの家に預けられていたのだけど、その日が本当に楽しみだった。

自宅にいるときは、母から「勉強は終わった？」「早く片付けなさい！」「何度言ったら分かるの⁉」と叱られてばかりだった。母は感情の起伏が激しい人で、突然怒り出すことがよくあったから、僕はいつもびくびくしながら過ごしていた。

でも、おばあちゃんは、どんなときも僕に優しかった。僕が子どもながらに知識を披露すると「色んなことを知ってるね」と感心し、何かを手伝うと「助かるわ」

と喜んでくれた。家の中を走り回って高級そうな掛け軸《じく》を壊してしまったときも「元気だねぇ」と言っただけで怒ることはなかった。そんなおばあちゃんに対して母は、「甘やかしすぎだ」「子育ての責任がないから適当なことが言える」などとぼやいていたが、その言葉を聞くたびに胸が痛んだ。

おばあちゃんの家は下町にあり、よく近所の駄菓子屋にもんじゃ焼きを食べに連れて行ってもらっていた。

おばあちゃんの話では、昔は同じような駄菓子屋がたくさんあったが、今、残っているのはこのお店だけということだった。そのことが貴重に感じられたし、何よりも自分で調理するというのがすごく楽しくて、僕にとって駄菓子屋で食べるもんじゃ焼きは最高の食べ物だった。

ただ、そんな大好きだったおばあちゃんは、僕が小学校を卒業する少し前に他界してしまった。

「こちら、ご注文のお品になります」

どんぶりに入れられたもんじゃ焼きの材料が運ばれてきた。

店員さんが、「お作りしましょうか？」と言ってくれたが僕は自分でやることにした。

もんじゃ焼きの具をスプーンで混ぜ合わせ、出汁をこぼさないように鉄板の上にあけていく。

ただ、かなり久しぶりだったのでうまくいかず、鉄板の上に出汁をこぼしてしまった。

熱された鉄板に落ちた出汁が、ジュッと音を立てる。煙が昇って僕の顔を包んだとき、おばあちゃんと食べたもんじゃ焼きの懐かしい香りが鼻いっぱいに広がった。

僕は、鼻が元通りになっていることも忘れ、思わず声を漏らした。


「ああ……いい匂いだ」


そのときだった。

テーブルの向かい側に人影が現れ、僕に話しかけてきた。

「見つけられたやんか、自分の好きな匂い」

顔を上げ、その姿を見た瞬間、目頭が熱くなった。

「ガ、ガネーシャ様……」

思わず声を漏らしたが、その声をかき消すように、

「ガネーシャ様ぁぁあっ！」

とバクが叫びながら鞄を飛び出し、ガネーシャの足元にまとわりついた。

ガネーシャは、

「バクちゃん、ここはお店やからな。ちょっと待っててや」

と言って鞄の中に戻らせると、僕に向き直って言った。

「自分、色々と悩んどったようやけど、ワシが今回の課題を出した理由はな……」

それからガネーシャは、ちょうど近くを通りかかった店員さんにホッピーを頼むと、テーブルの上のどんぶりを手に取り、器用に土手を作り始めた。そのあまりの手際の良さに神様としての風格は一切なく、どこからどう見ても下町在住のおじさんでしかなかった。

ガネーシャは、もんじゃの土手の内側に出汁を流し込みながら言った。

「夢を見つけるための第一歩はな、自分が『本当に好きなこと』を見つけることやねん」

「本当に好きなこと……」

僕がメモ帳を取り出すと、ガネーシャは「ワシが何も言わんでもメモを取る。ほ

んま自分は最高やな。自分をほんまの最高やとすると、他の最高は『サイコロ』や。振るたびにクオリティが変わる、うだつの上がらへん六面体や」とわけの分からないことを言ってから続けた。

「『自分が本当に好きなこと』ちゅうのは、今の時代を生きる多くの人がよう分からへんことに——もしかしたら一番分からへんことに——なってもうてるかもしれへんな」

そしてガネーシャは、鉄板の上のもんじゃ焼きを指して言った。

「自分は、今、これがええ匂い言うたやろ」

「はい」

「せやのに、長いこともんじゃ焼きを食べてこうへんかったんは何でや？」

「そ、それは……」

僕自身、疑問に思い、これまでの生活を振り返ったところ思い当たることがあった。

「……そういえば昔、何人かの知り合いと『もんじゃ焼き』に行こうってなったとき『服や髪が油臭くなるから嫌だ』って言った人がいたんですよね。その人に同調する流れになって違うお店に行ったのですが、それ以来、積極的に行こうという気持ちがなくなったような気がします」

「なるほどな」

ガネーシャはうなずいて続けた。

「自分らは、周囲の人——友人や同僚、お客さん、両親、インターネットで関わる人——からどう思われるかを気にしすぎて、『本当の自分』を見失ってもうてんねん」

「本当の自分……」

僕がうなずきながらメモを取ると、ガネーシャは言った。

「自分は普段、どんなもんを食べてんのや?」

「そうですね……ランチは会社の近くでお弁当を買っています。夜は、一人で入りやすいチェーン店で食べることが多いですね」

「そういうお店は、自分が『好き』やから入ってるんか?」

一瞬、自分の好みで選んでいる気がしたが、よくよく考えてみると違った。

「好きというよりは、『簡単に済ませられる』からかもしれません。そういうお店は待ち時間も少ないですし、メニューを選ぶのに迷う必要もありませんから」

「なるほどな……」

ガネーシャはアゴに手を添えて続けた。

「自分は、なんで『簡単に済ませられる』ことを優先するんやろな」

「それは……食事を早く済ませれば、仕事だったり、他のやるべきことに時間を使えるからじゃないでしょうか」

「そうやな」

ガネーシャは、ゆっくりとうなずいて続けた。

「自分はな、会社でも学校でも家庭でも、周囲の評価を気にして生きてきたんや。会社も、学校も、住む家も、服装も、付き合う異性も、趣味も、食べ物までも、『人から認められるか』『人が欲しがるものか』で選んできた。そして、そういう生き方を続けるうちに、人からの評価を優先するのが当たり前になってもうた。やりたいことやのうて『やるべきこと』を優先することで、自分の気持ちが分からへんようになってもうたんや」

（人からの評価を優先することで、自分の気持ちが分からなくなる……）

ガネーシャの言葉が胸に深く突き刺さるのを感じていると、ガネーシャは、もんじゃ焼きの土手を崩し、楕円《だえん》の形に整えながら言った。

「ほんまの好きいうんは、他の人間は一切関係ないねん。『世の中の人全員が嫌いだと言っても、自分はこれが好きだ』って言えるもんが、ほんまの好きやねん」

ガネーシャは、ヘラを動かしながら続けた。

「相対性理論を発見したアインシュタインくんはな、自分がやりたい勉強しかせえへんかった。せやから教師から、『彼は頭の回転が悪く、社交性がなく、何の取り柄もない』て言われてたんや。進化論を発見したダーウィンくんは、虫を収集する癖を父親からこう非難されてた。『そんなことをしていては恥ずかしい目に遭うし、家族みんなにも恥をかかせることになる』。それでもダーウィンくんは、自分の好きなことをやり続けたんや」

そしてガネーシャは、ヘラを置くと、もくもくと立ち昇る煙越しに言った。


「自分、今日から、変わりや」


ガネーシャは続けた。

「確かに、自分が好きな匂いや味、好きな物、好きな人、好きな場所……自分がほんまに好きなもんを大事にして生きていくんは、簡単なことやないかもしれへん」

ガネーシャは、もんじゃ焼きと鉄板の間にヘラを入れて続けた。

「今、自分の頭と心には『他人の好み』がべったりと貼りついてもうてるからな。でも、それを少しずつ、少しずつ、剥がしていって、自分がほんまに好きなもんを掘り起こすんや。そうすれば、自分が本当にやりたいこと——夢——も、おのずと見えてくるからな」

そしてガネーシャは、ヘラですくい取ったもんじゃ焼きを僕の皿の上に載《の》せて言った。

「ほら、自分の好きなもんじゃ」

「もんや」と「もんじゃ」が掛かっているとすぐに気づけず褒めるタイミングが遅れてしまったが、僕は、皿の上で湯気を立てるもんじゃを小さなヘラですくい、ゆっくりと口に運んだ。

出汁の匂いと具材が混ぜ合わされて作られた懐かしい味が、口の中いっぱいに広がっていく。

「美味しい……」

僕は感動のため息を漏らした。

どうして僕は、こんなに美味しい食べ物を何年も素通りしてきてしまったんだろう。

今となっては不思議に思えるけれど、このことは僕の人生を象徴していた。「服が油臭いと思われるんじゃないか」「鉄板の前で一人で食べていたら他の客に白い目で見られるんじゃないか」「もっと他のことに時間を使った方が良いんじゃないか」……他人の視線を意識した様々な思いに引っ張られ、好きだった食べ物から足が——心が——遠のいてしまっていた。

そして、僕は、あることに気づいた。

もしかしたら、世の中にある高級な食べ物は、美味しいから高級なのではなく、一般の人には手が届かないから、つまり、『人に認められる』から高級なのではないだろうか。

逆に、人から評価されることを抜きにしたら、高級な食べ物と、庶民的な食べ物の美味しさにはほとんど違いがないのかもしれない。

（そういえば、本当にワインが好きな人は、高級さにとらわれず味の良いワインを選ぶって聞いたことがあるな……）

そんなことを考えながら、大事なことに気づかせてくれたガネーシャに感謝をしようと顔を向けると、目に飛び込んできた光景に衝撃を受けた。

ガネーシャは、鞄からバクを外に出し、周囲の視線を一切気にせず舐め合っていたのだ。

「ガ、ガネーシャ様、一体何を……」

動揺しながらたずねると、ガネーシャはバクを豪快に舐めながら言った。

「本当に好きなことのっ……話してたらなっ……バクちゃんを鞄に閉じ込めておくんはっ……ワシの好きなことやないって気づいてっ……自分の気持ちに正直になることにっ……したんやっ！」

そしてガネーシャは大声で叫んだ。

「バクちゃん！　好きや！　愛してるで！」

さらにガネーシャは、バクを抱えたまま隣のテーブルに行って叫んだ。

「この子、バクちゃん言うんです！　ワシ、この子のこと大好きなんです！　愛しとるんです！　さあ、ご一緒に！　ご一緒に、舐めたってください！！！」

――こうして僕たちは、もんじゃ焼きをほとんど食べることなく店の外に出され、好きなものから遠ざかることになった。

「ガネーシャの課題」

好きな匂い、物、人、場所を見つける

3

自宅に戻った僕はノートパソコンを立ち上げ、ネットショッピングのサイトを開いた。

自分の「好きな匂い」について改めて考えを巡らせたところ、お香《こう》が思い浮かんだ。お香が漂っている場所に行くと、不思議と心が安らぐのを思い出したのだ。ネットで調べてみると、僕がイメージしていたものだけでなく、『ラベンダー』や『さくら』など色々な種類があることが分かった。

僕は、画面に表示されたバラエティに富んだお香を眺めながら思った。

自分が本当に好きなものとは、自分が「本当は」好きなものなのかもしれない。

そして、周囲の評価や期待に隠れて見えなくなってしまった好きなものを一つ一つ取り戻していく。それが、自分が本当にやりたいことを見つけるための、最初のステップなのだ。

（今後の生活の中で、匂いだけでなく、物、人、場所……色々な「好き」を見つけ

て、大事にしていこう）

そう決めたとき、新たな人生が幕を開けた気がして胸が高鳴るのを感じた。

そして、その第一歩としてお香をカートに入れ、購入のボタンをクリックしようとしたが、すんでのところで手を止めた。

その理由は……僕は、ゆっくりと振り向いてガネーシャを見た。

ガネーシャは、丸テーブルの上を埋め尽くしている食べ物を猛烈な勢いで口にかきこみながら大声で叫んでいた。

「しかし、クリック一つでどんな食べ物も持ってきてくれるなんてな！　ほんま、『神配達』と書いて『ウーバーイーツ』と読む、やで！」

――『もんじゃ焼き』のお店を追い出されて自宅に戻ったガネーシャは、「ワシ、完全に粉もんの口になってもうてるから」と宣言するや否や、お好み焼き、たこ焼き、パンケーキなど、ありとあらゆる粉ものをウーバーイーツで注文して食べていたのだった。

スマホを手に取った僕は、おそるおそる料金の合計を計算し、卒倒しそうになった。

（粉ものだけで高級フランス料理のフルコース並みの金額になってるじゃないか

──。しかも、何でウーバーイーツの全配達員に、最高額のチップ「料金の20％」を渡してるんだよ──）

「あ、あの……」

僕が声をかけると、

「何？」

と、ガネーシャが口からうどんを垂らした顔をこちらに向けた。ガネーシャは粉ものとして、うどん、蕎麦《そば》、パスタ、餃子、焼売《しゅうまい》、饅頭《まんじゅう》なども注文するという徹底ぶりだった。

「実は……」

このペースで食事をされると家計が破綻《はたん》することを伝えたかったが、面と向かうと本音を口にできず、こう告げることにした。

「副業を始めようと思いまして」

「なんで？」

ガネーシャの無邪気な返答に対して、僕は続けた。

「ガネーシャ様が食を愛する神様だと分かった以上、より献立を充実させるのが信者の責務ではないかと……」

そして僕は、ビル清掃のアルバイトについても改めて詳しく聞こうとしたが、ガネーシャは持っていた箸を、そっとどんぶりの上に置いて言った。

「――ワシがめちゃめちゃ食う神様やて分かったとき、これまでの教え子は何て言うた思う？」

「何て言ったんですか？」

僕がたずね返すと、ガネーシャは何も言わず懐《ふところ》からメモ帳を取り出した。表面がボロボロになった年季の入ったメモ帳だ。

「これ、人に見せるの初めてなんやけど」

そう言いながら、ガネーシャはメモ帳を開いてこちらに差し出した。

「ワシはな、これまで浴びせられた『食べすぎ』に関する罵詈雑言を、全部書き溜めてんねん」

（な、なんでそんなことを――）

唖然としながらもメモ帳を受け取ると、ガネーシャは真剣な口調で続けた。

「自分も、ちゃんと記録残しといた方がええで。いざというとき役に立つからな」

「は、はい」

戸惑いながらも返事をした僕は、メモ帳に書かれた文字を読み始めた。

「あんなに食べたのに、まだ食べるんですか？」

「デザートが終わったのにメインに戻らないでくださいよ」

「全献立をわんこ蕎麦化しないでもらえます？」

「胃袋の中に、もう一匹ゾウ飼ってますよね」

「『ごちそうさま』って言ったら死ぬ呪いかけられてます？」

「せめて草食でいろよ」

「『咀嚼《そしゃく》』って辞書で引いてみな」

「『神様』っていうより『妖怪』じゃねえか」

「決めた。今日からお前のこと『皮下脂肪弁慶』って呼ぶわ」

「その口作ったの、ダイソン？」

…………


次第に激しさを増していく罵倒《ばとう》の言葉を正視できなくなった僕は、そっとメモ帳を閉じてガネーシャに返却した。

するとガネーシャは受け取ったメモ帳を床に叩きつけ、踏みにじりながら言った。

「でも、これはすべて、自分ちゅう『プロ信者』に出会うための踏み台やったんや」

そしてガネーシャは僕の両手を握り込むと、頭を下げて言った。

「ほんまおおきに、です」

そんなガネーシャの姿はあまりにも不憫《ふびん》で――僕は改めて、ガネーシャのために副業を始める決心をした。

しかし、ガネーシャは意外なことを口にした。

「でも、副業はしたらあかんで」

「えっ？」

予想外の言葉に戸惑ったが、ガネーシャは両腕を組み、うなずきながら言った。

「いや、いつものワシやったら、『せえ（副業を）！』言うてたで。なんなら自分が『ふく……』言うた時点で『せえ！』言うてたわ。合わせて『複製！』になってもうて、『誰が複製やねん！　唯一無二でおなじみのガネーシャ様やで！』てブチ切れながらもめっちゃ速く左右に動いて残像で自分の複製を作るちゅう、どっちゃねん的な？　一線級のギャグへとなだれ込んでたわ。ただ、自分の愛情があまりにも深いもんやから、ワシも誠意を持って応えなあかん思てな」

ガネーシャは続けた。

「ワシはな、副業が自分の夢に関わることやったら何も言わへん。むしろ大歓迎や。ただ、自分は、ワシの食費を稼ぐために仕事しようとしてるやん。それって、また、自分の『好き』から遠ざかろうとしてへんか」

――ガネーシャの言うとおりだった。僕は、夢を見つけようとしているのに、お金を稼ぐためだけの仕事を増やそうとしている。

自分がまだ変われていないことを痛感させられがっくりと肩を落としたが、その肩にそっと何かが置かれた。

それはガネーシャの鼻だった。

「でも、自分の気持ち、ほんまにうれしかったで」

「ガ、ガネーシャ様……」

僕が目を潤《うる》ませると、ガネーシャが両手を広げて言った。

「さあ、来るんや」

「ガ、ガネーシャ様！」

僕はガネーシャと抱き合おうとしたが、その瞬間、ガネーシャと僕の間に割って入るように何かが飛び込んできた。

バクだった。

するとガネーシャが感慨深そうに言った。

「そうか……自分らには『ワシのことがたまらなく好き』ちゅう揺るぎない共通点があるんやな」

そしてガネーシャは、僕とバクを一緒に抱きしめて言った。

「絆《きずな》って、ええな」

そしてガネーシャは目に涙を浮かべたが、バクはガネーシャの死角で僕の脇腹をガンガンと蹴ってきていた。

(くそっ、バクのやつ……)

僕もバクに反撃しようとしたが、ガネーシャの次の言葉に意識が奪われた。

「まあ、そういうわけで自分には副業させられへんから、次の課題はこれで決まりやな。次の課題は――」

(ええ――)

ガネーシャから出された課題はまたもや理解不能で、夢を見つけることと関係があるとは思えなかった。

しかし、疑問を挟むわけにはいかないので「わ、分かりました」とうなずいてメモ帳に書き込んだ。

＊

「お前さぁ、本当にできるのかよ今回の課題？　できなかったら、最速でガネーシャ様に報告してやるからな。なんなら職場から実況中継してやるから」

そう言ったバクは、「えーこちら、現場のバクです。それでは夢なし芳一さん、課題に失敗する前の心境を一言！」と、長い鼻をマイクのように近づけてきたのですぐに鞄の中に押し戻した。

――バクはまたもや会社について来ていた。仕方なくオフィスに行く前にトイレの個室に隠れてバクと話していたが、やっかいなことに、バクのこの行動はガネーシャ公認のものになってしまったのだ。

「ガネーシャ様の崇高な課題が実行される瞬間を、この目で見届けたいんです。そして、もしこの者が実行に苦しむようなら、そのサポートも！」

そう訴えたバクに対して、ガネーシャは涙目で、

「絆って、ええな」

と、即、了承したのだった。

バクは、挑発するように鼻を上下させながら言った。

「俺様はいつでも課長の夢を食う準備はできてるからな。その気になったらすぐ言えよ」

僕はバクのペースに巻き込まれまいと、きっぱりとした口調で返した。

「よくよく考えてみたんだけど、君が提案してきた取引には致命的な欠陥《けっかん》があるんだよね」

「ああ?」

眉間《みけん》にしわを寄せるバクに向かって、僕はしたり顔で続けた。

「そもそも僕とガネーシャ様の契約は、『ガネーシャ様の言うことを聞かなかったら将来の希望を全部奪われる』っていう内容なんだよ? もし僕の前から課長がいなくなっても、将来の希望までなくなっちゃったら意味ないだろ」

するとバクは鼻で笑って言った。

「お前は本当に救いようのないバカだな。例えるなら、お菓子の袋の『食べられません』だけ食べて残りを全部捨てるくらいのバカだ。契約なんて、ガネーシャ様の課題をこなしたあとにお前が姿を消せば済む話だろ。次の課題を出そうにも肝心のお前がいねえんだからよ」

（そっか……）

と納得しかけたが、すぐに言い返した。

「で、でも、そんなことをしたらガネーシャ様が他の神様との約束を果たせなくなっちゃうよ。僕のせいでガネーシャ様はゾウに生まれ変わって、一生名前にゾウがつく食べ物を……」

するとバクは、鼻先をくいくいっと動かして手招きするような仕草をした。

僕が顔を近づけると、バクは、いつになく緊張した様子で話し出した。

「お前、今から俺様が言うことを、絶対にガネーシャ様に言うなよ」

「う、うん」

僕がうなずくと、

「絶対に、だぞ」

と念を押されたのでもう一度うなずいた。

するとバクは、声を潜めて言った。

「ガネーシャ様のお父上は、最高神のシヴァ様だ。そんな約束が果たされようもんなら、シヴァ様が黙ってねえんだよ」

「じゃ、じゃあ」

僕はバクに向かって言った。

「僕が偉人になれなくても、ガネーシャ様は苦しまないってこと?」

バクは、当然だと言わんばかりにうなずいた。

「だから、とっとと課長の夢を食わせろって話なんだよ」

(課題をこなさなくても、ガネーシャは大丈夫なんだ……)

そう思って安心し、一瞬、魔が差しそうになったが、あわてて首を横に振って言った。

「だ、だめだよ。僕はガネーシャ様の課題をこなして〝本物の夢〟を見つけるんだから!」

するとバクは、僕を小馬鹿にするように笑って言った。

「まだそんなこと言ってんのか。まあ、いいだろ。お前に今回の課題がこなせるはずがねえからな。例えるなら、美容師がテレワークで客の髪を切るくらい不可能だ」

そしてバクは、観客席の最前列に座るかのように鞄の中に体を引っ込めた。

バクに反論の一つも言ってやりたかったが、悲しいことに、僕自身、この課題をこなせるという自信はなかった。でも、今の僕にできるのは前に進むことだけだ。

意を決した僕は、トイレの個室の扉を開け、バクが入った鞄と共にオフィスへ向かった。

＊

この日、僕は一生懸命仕事をした。

内容は課長から振られる雑用をこなしていくもので、それでも課長から何度か怒られたが、最近では感じたことのない集中力を発揮することができた。まだ少ない数ではあるけれど、ガネーシャの課題を乗り越えてきたことが影響しているのかもしれない。

問題は、今回の課題をこなせるかどうかということだったが、この課題は、自分から行動を起こすのではなく、受け身でしか実行できないという特徴があった。

（とりあえず、今日は何事もなく仕事を終えることができそうだ……）

そんな風に安堵しながら作業を続けていたのだが、終業時刻が迫ったころ、ある出来事が起きた。

僕の仕事に対する姿勢が良かったからなのか、「こういうときに限って起きる」という何かの法則が働いたのかどうかは分からないけれど——課長から声をかけられた。

「このあと、スケジュール空けといてよ」

課長からそんな風に言われるのは初めてのことだったので、反射的に「は、はい」と答えると、課長は続けた。

「猿渡《さわたり》賢一って知ってるだろ？　経営コンサルタントの。猿渡先生は俺のメンターなんだけど、今日、この近くの会場でセミナーがあるんだよ。俺はもちろん行くけど、君にもジョインしてもらおうかと思って」

課長の言葉を聞いて、自分の顔がみるみるうちに蒼《あお》ざめていくのを感じた。

課長の言葉は、ガネーシャの課題を実行するのにうってつけのものだったからだ。

（なんで、よりによってこのタイミングで——）

自分の不運を呪い、なんなら課題を実行せずにやりすごす方法はないだろうかと思案したが、ちらりと足元に視線を向けると、鞄の暗がりの中でバクの二つの目が爛爛《らんらん》と輝いていた。

（や、やるしかないのか……）

観念して覚悟を決めた僕は、課長に向かって言った。

「す、すみません」

「どうした？」

この誘いは当然喜ばれると思っていたのだろう、不思議そうな顔をする課長に向かって続けた。

「お金がないんです」

「どういうこと？」

眉をひそめる課長に、たどたどしい口調で続ける。

「実は……今月、生活費が苦しくて……セミナーに行くお金がないんです……」

――ガネーシャから出された課題は、

「お金がない」と言って断る
だった。副業をしない以上、食費を捻出《ねんしゅつ》するために節約をする必要があるのは分かるけど、どうしてこんなことが夢を見つけることに関係しているのかまったく分からなかった。

ただ、一応、課題はやり遂げたのでホッとして顔を上げると、そこにあったのは課長の怒りに満ちた顔だった。

「お前さ」

課長は不機嫌さが極まると、僕の呼び方が「君」から「お前」に変わる。

課長は続けた。

「自己投資って言葉知らないのか？　知らないんだろうな、『お金がない』って平気で言えるくらいだから。いや、セミナー費用は最初から俺が出すつもりだったよ。でも何が残念かって、上司からのオファーを、しかも、今日は、猿渡先生のセミナーだぞ？　それに対して『お金がない』って言えちゃうことの地頭の悪さなんだよな」

そして課長は、ため息をついて言った。

「『一番効果的な投資は、自分自身にする教育である』——投資の神様ウォーレン・バフェットの言葉だ」

僕は「すみません」と謝ったが、課長の怒りは収まらないようで、僕の全身をサッと見て言った。

「だいたい、前から思ってたけど、そのスーツ、何なの？」

会話の意図が分からず戸惑う僕に向かって、課長は続けた。

「サイズも合ってないし、色もトレンドじゃない。シンプルに、ダサいよ。スーツは会社員にとってのフェイスだから重要な自己投資だろ。こんなスーツを着てるお前をセミナーに連れて行ってやろうって言ってるのに、お金がないから断るって、普段何に使ってるんだ？」

課長の声はさらに荒くなり、内容もエスカレートしていった。

「一緒に働いている社員が可哀《かわい》そうだよ。仕事ができない、服装にも品がない、そんなお前と同じ職場で同じ空気吸ってたらセルフイメージが下がるだろ。お前の存在がチーム全体のモチベーションを下げて……」

（ああ、まただ……）

頭がくらくらとして視界が狭くなり、胃の奥に刺すような痛みを感じ始めた。

（今日はうまくいっていたのに……）

このままいけば会社生活を変えられるかもしれない——そんな希望を抱いた瞬間もあった。

でも、だめだった。

課長の説教はまだ続いている。永遠に続くんじゃないかという気すらしてくる。

（だ、誰か……）

朦朧《もうろう》とした頭でフロアを見回したが、会社に残って仕事をしている数人の同僚たちは誰もこちらに顔を向けず、視線は目の前のパソコンに注がれていた。

このとき、僕は思った。

人が本当に苦しみを感じるのは、仕事ができないとか人から怒られるとかではなく――助けてくれる人が誰もいないときなのかもしれない。

そして、意識を保つことすら難しくなった僕は、その場に崩れ落ちそうになりながらつぶやいた。

「助けて、ガネーシャ……」

その瞬間の出来事だった。


「やあ」

背後から声がしたので、うつろな視線をそちらに向けた。

そこに立っていたのは五十代前半くらいの、高級そうなスーツを着ている男性だった。

（誰だろう……）

男性は課長に目を向けていたので、僕もなんとなく同じ方向に視線を移したが、

（え——）

課長の顔を見て衝撃を受けた。

課長は、先ほどの不機嫌な表情とは打って変わり、目と口を大きく開け、驚愕していた。

課長は唇を震わせながら言った。

「さ、猿渡先生……」

すると、猿渡先生は人差し指と中指をビッと上げて言った。

「フリータイムができたから寄らせてもらったよ」

課長は紅潮《こうちょう》した顔で言った。

「猿渡先生……私のことを覚えていてくださったんですか」

「オフコース」

猿渡先生は続けた。

「私は、エクセレントなビジネスパーソンを決して フォーゲットしないからね」

「例えるなら、ルー大柴だな」

鞄の中のバクが小声で言ったが、熱いやりとりをしている二人の耳には届かない。

猿渡先生は、親指を会議室の方角に向けて言った。

「君とはもう少しクローズドな話がしたいな。ミーティングルームは使えるかな？」

「も、もちろんです！」

課長はあわてて席を立つと、僕に向かって言った。

「君も来るんだ。非常に重要なアジェンダだから記録してもらわないと！」

僕も急いでノートパソコンを片手に立ち上がったが、足首に何かが巻きついた。

鞄から伸びている、バクの鼻だった。

バクを連れて行ってもトラブルの元でしかない気がしたが、

「早くしないか！」

と課長に急《せ》かされたので、鞄を抱えてあとを追った。

*

「先ほど、『お金がない』と言ったそこの彼に対して――」

僕を指差した猿渡先生は、課長に視線を向けて言った。

「君は非常に怒っていた。ベリーアングリーしていた。そうだね?」

「は、はい」

うなずいた課長は緊張の面持《おもも》ちで続けた。

「『自己投資にこそ最高のプライオリティを』というのは、先生の教えでもありますので」

すると猿渡先生は、ゆっくりとうなずいて言った。

「確かに自己投資は成功するための最も重要なファクターの一つだ。でもね……」

猿渡先生は、視線を鋭くして言った。

「実は、成功者ほど、『お金がない』という言葉をセイできるものなんだよ」

「そ、そうなんですか⁉」

驚きの声を上げた課長は、「おい」とすぐさま僕のノートパソコンを指差した。

僕は、あわてて猿渡先生の言葉を記録し始める。「言葉をセイできる」という表現に引っかかったが、とりあえずそのまま打ち込んだ。

猿渡先生は、課長に向かって続けた。

「君、安藤百福《ももふく》は知っているだろう?」

「も、もちろんです。日清食品の創業者《ファウンダー》ですよね。名義を貸した信用組合が破綻してしまい四十七歳で無一文になりましたが、そこから即席麺《めん》を発明してミリオネアになった人物です」

「パーフェクト！　君は本当によく勉強しているね」

褒められて顔を紅潮させる課長に向かって、猿渡先生は熱のこもった声で続けた。

「今、君が言ったように、無一文になった安藤は即席麺の開発に取り組んだのだが、ラーメンに関してはまったくの素人《しろうと》だった。そこで、即席麺の最適な配合を見つけるために、近所のうどん屋に頼んで麺を打ってもらっていた。そして出来上がった生麺を自転車の荷台にくくりつけて自宅に戻り、試食する日々を送っていたのだが、道行く人は安藤に対して冷ややかな視線を投げかけた。『社長業をやっていた人が無一文になり、ラーメン作りなんかを始めている。落ちぶれたものだ』という感じでな。だが、しかし！」

猿渡先生は課長をビッと指差して言った。

「このとき、安藤は周囲の視線がほとんど気にならなかった。なぜだか分かるかね？」

課長が首を横に振ると、猿渡先生は言った。

「即席麺の開発に夢中で、他のことなど考えられなかったのだ！」

「な、なるほどですね」

うなずく課長の横で、猿渡先生が口にした「夢中」という言葉が印象に残った僕は、議事録とは別に自分用のメモを取り始めた。猿渡先生は続けた。

「『お金がないと言う』――これは、非常に恥ずかしいことだ。現代の資本主義社会において最も恥ずかしいことの一つかもしれない。だが、恥ずかしいという感情はどこから来るのか？　それは、周囲の評価が下がるのを恐れる心だ」

そして猿渡先生は大きく息を吸い込むと、力強い口調で言った。

「周囲の評価が気にならなくなるくらいパッションを燃やせる対象を見つけなさい！　そして、まだその対象が見つかっていないのなら、周囲の評価に惑《まど》わされない心を手に入れるのだ！　そうすれば、自分の中にあるパッションの灯火《ともしび》に薪《まき》をくべ、バーニングさせられるようになる！　つまり――」

猿渡先生は、手に持ったホワイトボードのマーカーで課長をビッと指して言った。

「恥ずかしさを乗り越えた者こそが、真のサクセスをつかむことができるのだ！」

「な、なるほどですねっ！」

餌《えさ》をついばむニワトリのように頭をブンブンと縦に振る課長の隣で会話の内容を

記録しながら、僕は昨日のガネーシャの言葉を思い出していた。

ガネーシャは夢を見つけるためには、他人の好みに合わせるのではなく、自分が本当に好きなものを見つける必要があると言っていた。

みんなが欲しがる物を無理して持とうとしたり、人の誘いを断れないのも、評価が下がるのを恐れているからだ。それはいわば「見栄」であり、見栄えの良さに重きを置きすぎると本質を見失うことになってしまう。

自分用のメモに書き込んでいると、猿渡先生は両手を広げて言った。

「さあ、それでは未来のミリオネアよ！」

そして、猿渡先生は課長に向かって手を差し出して言った。

「財布を出したまえ」

「え？」

それは、これまで猿渡先生の言葉を鵜呑《うの》みに——それはもう、『逆マーライオン』と呼んでいいほど鵜呑みに——してきた課長が初めて疑問を呈《てい》した瞬間だったが、猿渡先生は指をパチンと鳴らして言った。

「ワークショップだよ。実際に無一文になった状態をロールプレイングして、成功者の行動をミラーリングするんだ」

「な、なるほどですねっ！」

課長は胸の内ポケットから長財布を出すと、猿渡先生に手渡した。

猿渡先生は、受け取った長財布をズボンの後ろのポケットに入れて言った。

「服も脱ごうか」

「ええっ？」

驚く課長に向かって、猿渡先生は諭《さと》すように言った。

「君は、無一文を意味する『おけらになる』という言葉の語源を知っているかね？」

「い、いえ……」

「『おけら』は、羽が小さく胴体がむき出しに見えることから『裸虫』とも呼ばれる。つまり、君は『おけら』のように裸になることで、リアルな無一文を体現することができるのだ。さあ、服を脱いでパンイチになりたまえ」

「パ、パンイチ……」

「ちなみに、パンイチの語源は『パンツ一丁』だ」

「し、しかし……」

難色を示す課長に対し、猿渡先生はゆっくりとした動きで課長の背後に回り、肩に両手を置いて言った。

「『できるだけ恥をかきたまえ』――これは、かのスティーブ・ジョブズも尊敬していた、ソニーの創業者、盛田昭夫《もりたあきお》の言葉だよ」

「な、なるほど……ですねっっっ！！！」

偉人の名言によって理性の最後の砦《とりで》を突破された課長は、スーツの上着とYシャツを脱ぎ、ズボンを下ろしてパンツ一丁になった。

僕は、「会社の会議室でパンツ一丁になっている課長」という奇妙な光景に驚くしかなかったが、猿渡先生はさらなる衝撃の言葉を放った。

猿渡先生は僕を指差すと、課長に指示した。

「では、彼から、お金を借りたまえ」

唖然とする課長に向かって、猿渡先生は平然と続けた。

「君は、このあと私のセミナーに来るのだろう？　だとするなら、無一文の君はセミナー費を何らかの形でゲットしなければならないはずだ。それとも何か？　君は、マネーがナッシングなことをエクスキューズにセミナーをスルーするタイプのホモ・サピエンスなのか？」

「い、いいえ、私は決して……そんなホモ・サピエンスではありません！」

すると猿渡先生は、再び僕を指差して言った。

「では、彼からお金を借りてそのことを証明しなさい！」

課長は、観念した様子で僕の方に体を向けた。

ただ、やはりこの行為は屈辱《くつじょく》的なのだろう――課長は、うつむけた顔をぷるぷると震わせながら口を開いた。

「すまないが……財布を無くしてしまったからお金を借りたいんだ」

僕は、この奇妙な状況にどう対応したらいいのか分からなかったが、断るのはあまりにも忍びないので財布を取り出すために鞄を開けると、その瞬間、声が飛び出てきた。

「お前、『金なし芳二』かよ」

「か、金なし……ほういち……？」

課長が驚いて顔を上げると、僕はあわてて手を振りながら否定した。

「ぼ、僕が言ったんじゃないです！　声だって全然違いましたよね⁉」

「でも、他には誰もいないぞ」

（バクのやつ――）

僕は鞄をひっくり返してバクを放り出したい衝動に駆られたが、猿渡先生が言った。

「いいね」

「えっ？」

僕と課長が同時に振り向くと、猿渡先生はうんうんとうなずきながら課長に告げた。

「君の部下は、あえて君に恥をかかせるようなことを言ってくれたんだよ。トレーニングのために」

そんな気持ちは一切ないというか、バクが勝手にしゃべっただけなんですけど――。

言葉を失う僕の前で、猿渡先生は、パン！　と手を叩いて続けた。

「さあ、この調子で続けたまえ。恥をかくのを恐れるイコール、成功を恐れるということだ！」

「は、はい！」

迷いが吹っ切れた様子でうなずいた課長は、再び僕に向かって頭を下げた。

「君の言うとおり、私は金なし芳一だ。そんな哀《あわ》れな芳一に、お金を貸してもらえないだろうか」

「頭《ず》が高えよ」

バクの言葉に心臓が止まるかと思った。そして、課長はぷるぷると震えながらも言われた通りさらに頭を下げたので、僕の口の動きは完全に見えなくなり、いよいよ僕とバクの判別ができなくなってしまった。

こうなった以上、僕にできるのは、バクが話すのを見守ることだけだ。

僕《バク》は言った。

「で？　何で俺がお前に金貸さないといけないわけ？」

「今日、どうしても出席しなければならないセミナーがあるんだ」

「いやいや、そんなセミナーがあるんだったら、なんで財布をちゃんと管理しとかねえんだよ。自己投資以前に、自己管理がなってねえぞ。ていうか、今、お前が穿いてるパンツ、ゴムが伸びきってダルダルじゃねえか。人から見られるところに気い遣《つか》っとけば隠れた部分はどうでもいいってか？　お前、ポスターかよ。正面は華やかだけど、横から見たらぺらっぺら、裏に至っては完全な白紙だわ」

バクのやつ、どこまで言えば気が済むんだ――。

課長は耳まで真っ赤になった顔をうつむかせ、拳《こぶし》を震わせている。

さすがにバクを止めないとまずいことになるんじゃないかと不安になったが、

「いいぞ。その調子だ！　グッドコンディション！」

と猿渡先生が焚《た》きつけ、僕《バク》は言葉を続けた。

「ていうか、パンツだけじゃなくてお前が身に着けてた高級スーツや時計、会話のふしぶしに出てくるわけの分からねえ横文字も全部間違ってるからな。お前の生き方を例えるなら、食べ放題レストランのチーズフォンデュのとこにあるパッサパサのパンだ。単品じゃ不味《まず》くて食えねえからって、チーズのコーティングと『フォンデュ』ってお洒落な響きでごまかそうとしてんじゃねえよ。いいか？　本当の自己投資っていうのは、外面《そとづら》じゃなくて内面を磨くことなんだよ。このスーツと時計を質屋に売っぱらって、その金でセミナー行けよ！」

「ごもっとも！　イエス！　イエェエエス！！！」

バクの言葉に盛大な拍手を送る猿渡先生。

課長は顔をうつむけたまま、怒りで全身を震わせていた。その後もバクの罵倒は容赦《ようしゃ》なく続いたが、僕はその言葉を聞きながら、今後の課長との関係が取り返しのつかないことになるんじゃないかと危惧《きぐ》する一方で、仄《ほの》かな羨《うらや》ましさを感じた。

バクの言葉は――口が悪すぎるという問題はあるものの――僕が普段、課長に対して感じていることと重なる部分があった。でも、僕には、バクのように思ったことを口に出すことは絶対にできないだろう。

「エクセレント！」

バクの罵倒に耐え続けた課長を、猿渡先生が称《たた》えた。

課長が真っ赤になった顔と充血した目を猿渡先生に向けると、猿渡先生は、にっこり笑って言った。

「君は本当にガッツのあるビジネスパーソンだ。セミナー会場で待ってるよ」

「あ、ありがとうございます……」

やり切った表情の課長がうなずくのを見て、猿渡先生は机の上に、先ほど受け取った財布をそっと置いた。

そして猿渡先生は会議室の扉を開き、外に出た。

課長は猿渡先生のあとを追おうとしたが、自分がパンツ一丁であることに気づき、あわててズボンを穿こうとして足が絡《から》まり、もんどり打って倒れた。課長は床に転がったまま、必死の形相で叫んだ。

「猿渡先生を！　猿渡先生をお見送りして！」

僕がノートパソコンを閉じて立ち上がると、なぜか猿渡先生から「鞄を持ってきなさい」と指示された。僕は言われたとおりにして一緒にエレベーターの前まで来ると、猿渡先生は言った。

「うまいことといったで」

見ると、猿渡先生の鼻が長く伸びていた。

(や、やっぱり――)

明らかに言動がおかしかった(特に横文字の使い方がめちゃくちゃだった)ので疑っていたが、やはり猿渡先生はガネーシャだった。

ガネーシャは、ポケットから数枚の一万円札を取り出し、ひらひらさせながら言った。

「お布施《ふせ》ゲットしたからな。これでうまいもん食べに行こうや」

(そ、そのお金は――)

課長の財布から勝手に抜き取ったお金を「お布施」と呼ぶガネーシャを見て、オフィスで課長の叱責《しっせき》から救ってもらった感謝の気持ちを、軽蔑《けいべつ》が上回りつつあった。

[ガネーシャの課題]

やりたくない依頼を断る
自分の欠点や弱さを告白する

4

「自分、ほんまにええやつやな」

猿渡先生からいつものおじさんの顔に戻ったガネーシャは、駅に向かう道すがら言った。

——課長の財布から抜き取ったお金を、「か、返した方が良いのではないでしょうか」とおそるおそる提案したところ、ガネーシャはあたふたしながら「ワ、ワシもそうしようと思てたとこやねん」と受け入れてくれた（お金は、ちょうど近くを通りかかった同僚に頼んで届けておいてもらうことにした）。

ガネーシャは歩きながら続けた。

「ワシ、自分みたいな実直な性格に憧れてんねん。なんやったらワシ、神様辞めて自分の信者になろかな」

「な、何をおっしゃるんですか。冗談だとしても、ガネーシャ様の信者が悲しみますよ」

するとガネーシャは、わざとらしい口調で言った。

「そうかぁ？　神様なんて他にぎょうさんおるし、ワシが神様辞めても悲しむ人間なんておらんのちゃう？」

「そんなわけないじゃないですか！　世界中にいる、十億人以上のガネーシャ様の信者が全員泣いて悲しみますから！」

そして僕はこう付け加えた。

「ただ、その中で一番悲しむことになるのは、私ですけどね」

するとガネーシャは、ゆっくりと首を横に振りながら、感動のため息をついて言った。

「――釈迦《しゃか》以来や」

「えっ……」

「こんなに会話の波長が合うの、釈迦以来やわ」

「しゃかって、もしかして、あの、お釈迦様のことですか？」

するとガネーシャは、「そうやで」とうなずいて続けた。

「釈迦はワシのマブダチやねん。ワシはあいつとお笑いコンビ組んどって、コントや漫才してたんねんで。今度、自分にも披露したるわ」

「『笑いの神様』の芸が見れるなんて、本当に光栄です」

何気なく言った言葉だったが、ガネーシャは突然目を見開き、あわあわと口を震わせながら言った。

「ワシの代名詞であるところの『笑いの神様』をワシより先に口にした人間、自分が初めてやで。自分、どんだけワシの初体験奪っていくねん！」

ガネーシャは歓喜のあまり悶《もだ》えていたが、何かを思いついたようにハッとした表情をすると、急にもじもじしながら言った。

「ワ、ワシと舐め合わへん？」

「え？」

意味が分からず聞き返すと、ガネーシャは口をすぼめ、左右の指を絡ませながら続けた。

「いやな。ワシ、バクちゃんとはいつも舐め合うてるけど、人間としたことないねんな。ほら、ワシって人からナメられるの一番気にするちゅうか、人にナメられたないから神様やってるみたいなとこあるやん？　せやけど自分やったら……自分にやったら、『舐め』を解禁してもええかな、思て」

そしてガネーシャはおじさんの顔を、ずいっと僕の方に近づけてきた。なぜか両目を閉じている。

（さ、さすがにガネーシャと顔を舐め合うのは――）

大いにためらわれた僕は、ガネーシャの機嫌を損ねずにこの状況を切り抜ける方法を考えたが、ふと、鞄の中のバクの存在を思い出した。

バクは、僕とガネーシャが舐め合うのを嫌がるはずだから、何らかの形で阻止《そし》してくれるだろう。

そんなことを考えながら鞄を開いたが、中を見た僕は、

「えっ……」

と思わず声を出してしまった。

「どうしたん？」

たずねてきたガネーシャの前に鞄を差し出して言った。

「バクの様子が……」

鞄の奥で丸まっているバクは、いつもより体が小さくなっているように見えた。

ハァハァと苦しそうに呼吸をしている。

「バ、バクちゃん……！」

ガネーシャは焦った様子でたずねた。

「もしかして、バクちゃん、朝から何も食べてへんかったんちゃうか？」

するとバクは長い鼻をふらふらと伸ばして僕を指した。

「こ、この者の会社には……夢を持った人間が全然いないんです……。例えるなら……夢の限界集落……夢の不毛地帯……ペンペン夢一つ生えない焼夢原……」

「バクちゃん、ちょっと待っとってや！」

ガネーシャはそう言うと、僕の方に手を差し出した。

「スマホ貸してや！　バクちゃんを回復さすために、この近くで夢のぎょうさんある場所を探すんや！」

あわててスマホを取り出してガネーシャに渡すと、操作しようとしたガネーシャは、突然、指の動きを止め、顔を輝かせた。

「――待ち受け画面、ワシにしてくれてるやん。しかもネット上に数多《あまた》あるワシの画像の中で、一番神々《こうごう》しいやつ選んでくれてるやん」

そして、ガネーシャは言った。

「やっぱり、ワシと舐め合わへん？　シャルウィー、舐め合……いや、もう自分に対して疑問形は使わへんで！　レッツ、舐め合いや！」

ガネーシャが、「レッツ！　レッツ！」と言いながら鬼気迫る表情で近づいて来たので、バクが緊急の容体であることを伝えると、「お、おお、そうやったな」と我に返り、スマホの地図アプリを開いて言った。

「この近くで一番夢がある場所は……ここや！」

そしてガネーシャは道路に出ると手を上げて、タクシーを止めたのだった。

*

（ここが……一番夢のある場所――）

ガネーシャに連れて来られた場所の入り口で、僕は呆然とたたずんでいた。

確かに、入り口の電光掲示板には「夢がかなう場所」や「ドリーム」という巨大な文字が光を放っている。でも――。

「バクちゃん。ここまで来たらもう安心やで」

そう言ったガネーシャは、バクが入った鞄を抱え電光掲示板の下を駆け抜けていった。

――僕たちがやってきた場所は、ナイター競走を開催している競馬場だった。

金曜日の夜の競馬場にはたくさんの人がいて、若者やカップルの姿も見受けられ競走馬をモチーフにしたメリーゴーランドや写真撮影スポットもあり、想像していたのとは違ってかなりポップな印象だ。

ただ、馬券売り場近くのモニター前の人だかりを見て、僕は複雑な気持ちになった。

確かに、ここにいる人たちには夢があるかもしれない。

でも、それは僕の求めている夢とは違うものに思えた。

モニター画面の中でゲートが開き、競走馬が一斉に走り出す。同時に、観客の目つきや息づかいが変わった。

馬たちがコースを回り、最後の直線に向かうと、モニター前の観客の興奮も高まり、「行け!」「まくれ!」などと大声で叫び出した。

その光景は見ていてあまり気持ちの良いものではなく、視線をそらすように隣のガネーシャを見たが、

「こんなにぎょうさんの声援が送られてるちゅうことは、ゾウより馬の方が人気あるんちゃうか……」

とまったく別の角度でショックを受けていた。

そんな状況の中、競走馬はゴール前に差しかかったが、不思議なことが起きた。

最も盛り上がるはずの観客たちが、なぜか静まり返ったのだ。

(どうしたんだろう?)

と首をかしげながら周囲を観察していると、

「あっ……」

何が起きているのか理解した。

鞄の中からバクが長い鼻を伸ばし、夢を吸い取っていたのだ。

バクは、大きなゲップをしたあと顔をのぞかせて言った。

「例えるなら、格安ビジネスホテルの朝食のビュッフェですね。ありきたりなものしかありませんが、食べ放題なんで、ギリ許せます」

競走馬たちがゴールし、掲示板に着順が表示されると、

「当たった、か……」

馬券を的中させたおじさんの、全然うれしそうじゃない声が聞こえた。

「では、バクも無事回復したようですし」

僕は出口の方を指差して言った。

「帰りましょう」

僕は、この場所があまり好きになれなかったし、「好き」を大事にするのはガネーシャの教えでもある。

しかし、ガネーシャは足を踏み出す代わりに、手を差し出して言った。

「軍資金ちょうだい」

猛烈に嫌な予感がした僕は、フードコートの看板に視線を向けてごまかすように言った。

「な、なるほど、最近のガネーシャ様は、食事を『戦い』と解釈されているんですね。確かにガネーシャ様の食べっぷりはフードファイトと言っても過言では……」

ガネーシャは何も答えず、馬券購入のマークシートが置いてある机を力強く指差した。

（やっぱりそうか……）

観念した僕は財布から千円札を一枚取り出したが、ガネーシャは僕をにらみつけて言った。

「ワシが今からするんは遊びとちゃうで。命《タマ》の取り合いや」

僕は小さくため息をつきながら財布に入っているお札をすべて渡したが、ガネーシャは言った。

「足りひんな」

「で、でも、財布にはもう……」

僕が財布を開いて中身がないことを示すと（ここに来るまでのタクシー代も痛い出費だった）、ガネーシャは無言で僕の背後を指差した。振り向くと、競馬場の外にあるコンビニの看板に「銀行ＡＴＭ」の文字が輝いていた。

「ま、まさか……」

恐怖で震え出す僕に対して、ガネーシャはサラッとした口調で言った。

「全額下ろそ」

（こ、この人は一体何を言い出すんだ……）

僕は混乱で頭が真っ白になりかけたが、あることを思いつき、顔を輝かせて言った。

「も、もしかして、ガネーシャ様は神の力を使ってギャンブルに勝つとか、そういうことをなさるおつもりですか⁉」

するとガネーシャは、鼻をほじりながら言った。

「いや、ワシはギャンブルに関しては正々堂々勝負するて決めてんねん」

僕はショックで目眩を感じながら思った。

（そもそも、「『お金がない』と言って断る」の課題をやったのも、ガネーシャの食費を捻出するためじゃないか。それをギャンブルなんかで浪費したら本末転倒もいいところだ）

出口のない迷宮に迷い込んでうなだれる僕の肩に、ガネーシャの手がぽんと置かれた。

「自分は、まだワシのことが理解できてへんようやな」

「……どういうことですか？」

僕が顔を上げると、ガネーシャは鋭い視線で言った。

「自分はワシが――このガネーシャ様が――ただ単にギャンブルをしたいがために、自分の貯金を全額下ろさせようとしてる思てんのか？」

「そ、そうじゃないんですか……？」

言葉の意味が分からず首をひねると、ガネーシャは競馬場の地面を指差して言った。

「ここにはな、自分が『夢』を見つけるためのヒントがめちゃめちゃ転がってんねんで」

そしてガネーシャは、顔を天井に向け、両手を広げて叫んだ。

「ここは夢を見つけるための最高の『学校』であり、ワシが自分に要求してるんは軍資金という名の『授業料』や！」

そしてガネーシャは、広げた両手を顔の前でサッと交差させた。

その瞬間、ガネーシャから強い光が放たれ、僕はまぶしさのあまり目を閉じた。

しばらくしてからおそるおそる目を開けると、視界に飛び込んできたものに卒倒しそうになった。

（ど、どういうことなんだ――）

口を開けて呆然とする僕に向かって、ガネーシャが言った。

「私がドリーム・ディスカバリー学園の校長、『ガネー馬《バ》』だ！　ヒヒーンッ！」

（ガ、ガネー馬……）

ガネーシャの意味不明な変身に対する困惑に加えて、

（こんな大勢の前で馬の顔になって大丈夫なのか？）

という別の不安も込み上げてきたが、周囲の人からはちらちらと好奇の視線は注がれているものの、馬のかぶりものだと勘違いされている様子だった。

ガネー馬は言った。

「競走馬出身の私が何よりも気にするのは『タイム』だ。というわけで早速、名言を言うぞ！」

（名言って、自己申告するものじゃないだろ……）

ガネー馬は呆れる僕を無視し、蹄《ひづめ》になった手、というか前足をこちらに向けて言った。

「『夢は、自分が踏んだことのない土の下に埋まっている』」

（踏んだことのない土の下……）

言葉が抽象的で意味が読み取りづらかったが、自信満々に歩き出したガネー馬は、コツ、コツと、蹄を鳴らしながら言った。

「たとえば君は、毎朝、同じ時間に同じ道を通り同じ電車に乗って会社に向かっている。普段入る店も、そこで注文するものも、いつも同じだ。たまに遠出をしたところで、あらかじめ決めたこと以外の行動はしない。なぜだ？」

「そ、それは……」

「『失敗したくない』『嫌な思いをしたくない』という思いに人生の手綱《たづな》を握られてしまっているからだ！　ヒヒーンッ！」

ガネー馬は僕の返答を一切待たずに言うと、前足で僕を指して続けた。

「そして、それこそが、人生で最も確実に失敗し、嫌な思いをする方法なのだよ！」

――ガネー馬の一方的な言い方には引っかかったが、内容は間違ってはいなかった。僕がこれまでのやり方でうまくいっていたのなら、ガネーシャの教えをこれほど必要としなかっただろう。

ガネー馬は、ブフッと鼻息を吐いて続けた。

「今から私が言うことは、夢を見つける上で最も重要なことだから心して聞くように」

（最も重要なこと……）

ガネー馬の居丈高《いたけだか》な振る舞いはいったん飲み込み、言葉を書き留めようとメモ帳とペンを取り出すと、ガネー馬は満足そうにうなずいて言った。

「最高の『楽しい』は、必ず『分からない』を含む」

ガネー馬の言葉をメモしていると、声は続いた。

「どんな映画も小説も漫画もゲームも、シナリオが全部分かってしまっていたら楽しさは半減する。見たまえ！」

ガネー馬は、前足を勢い良く振り上げるとモニターを指した。

画面の中では新たなレースが始まっており、観客が視線を集中させている。

「もし、あらかじめ馬の着順が分かってしまっていたら、この熱狂は決して生まれない。夢もまた然《しか》り！」

ガネー馬は、僕に向き直って続けた。

「夢とは、『こうなったらどんなに素晴らしいだろう』『こんなことができたらどんなに幸せだろう』と思いを巡らせること。つまり、未来という『分からないもの』に対してワクワクすることなのだ！」

（夢とは、分からないものにワクワクすること……）

ガネー馬のシンプルな言葉に本質を感じてメモ帳にペンを走らせたが、ガネー馬は僕が書き終わる前にどんどん先へと進んだ。

「君は、アレクサンダー・フレミングくんを知っているかね？　ペニシリンを発見してノーベル生理学・医学賞を受賞した細菌学者だ。彼はどうして偉大な発見ができたのか？　その理由は、ただひたすら研究を続けていたからではない。彼は、細菌を使って文字を書いてみたり、細菌を変化させ色を作り絵を描いてみたりしていた——つまり、遊んでいたのだ。彼のそうした姿勢が、細菌サンプルにたまたま付《ふ》着《ちゃく》したカビを詳しく調べようという気にさせ、そのカビに殺菌作用があることを発見したのだ」

「なるほど……」

僕がうなずくとガネー馬は言った。

「いつもと違う道を歩く、普段とは違うものを買う、見知らぬ店に入る……どんなささいなことでもいい。日々の生活に『初めて』を取り入れなさい。そして、人間は、未知なるものにこそ喜びを見出す存在であることを——未知の要素がないのなら最高の楽しさは決して得られないことを——実感するのだ」

そしてガネー馬は、僕の肩にポンと蹄を置いて言った。

「その行動は、君が無意識のうちにつけてしまっている遮眼帯《ブリンカー》を取り除き、夢を見つける視野を大いに広げてくれるだろう」

「あ、ありがとうございます」

ガネー馬のアドバイスにお礼を言うと、彼は両前足を広げて言った。

「さあ、それでは早速、今日の『初めて』を実行しようじゃないか！」

そしてガネー馬は、馬券購入のマークシートが置いてある机を指して叫んだ。

「世界を楽しみたまえ！　ヒヒーンッ！」

ガネー馬の言葉に、なぜか周りからパチパチと拍手が起こった。どうやらガネー馬が来場者に競馬を楽しんでもらうための寸劇を披露していたのだと思われたようだ。ガネー馬もまんざらでもない様子で、声をかけてきた人たちと握手を交わしている。

――ガネー馬の話は、耳が痛い内容だった。

僕がこれまで夢を持たずに生きてきたのも、人生に深い喜びを見出せなかったのも、失敗する可能性のあることを避け続けてきたからだろう。

その証拠に、僕は、ガネーシャと出会ってから思い通りになっていることは何一つないけれど、最高にワクワクした生活を送ることができている。

僕は胸を昂《たかぶ》らせて歩き出し、馬券購入のマークシートを手に取った。

＊

（ガネー馬の言うとおりだ……）

僕は、売店で購入した競馬新聞をチェックしながら思った。

最初は、初めて見る記号や競馬用語が理解できずに戸惑ったけれど、インターネットで調べながら予想を進めていくと、いつのまにか夢中になっている自分がいた。

競馬にはあまり良い印象は持っていなかったけれど、思い切って飛び込んでみることで出会える楽しさもあるのだ。

「自分の中にあるものを『掘り起こす』こと」と「新たなものに『出会う』こと」

――自分が本当に好きなものを見つけるためには、この二つの姿勢が大事なのだと強く感じさせられた。

こうしてワクワクしながら予想をして書き込んだマークシートを券売機に入れようとしたのだが、僕の手を止める手が――いや、蹄があった。

ブフッと鼻を鳴らしたガネー馬は、口から唾を飛ばしながら言った。

「君に、見せたいものがある！」

ガネー馬に連れて行かれたのは、パドックと呼ばれる場所だった。

競馬コースの隣にある楕円形の広場で、次のレースに出る馬の様子を下見できるとのことだ。

「どうかね？」

ガネー馬は、調教助手に手綱を引かれて進む馬たちを蹄で指し、興奮して言った。

「競走馬たちの筋肉の張り、四肢の動き、精神状態……新聞で予想するのとはまったく違うだろう！」

「た、確かに」

ガネー馬の言うとおり、実際の競走馬たちを目の前で見るのはかなりのインパクトがあった。でも……。

「どうした？」

ガネー馬から聞かれ、僕は戸惑いを口にした。

「私は競馬の知識がほとんどないので、実際の馬を見てもどうやって予想すれば良いのか分かりません」

するとガネー馬は、「ヒヒヒヒヒン！」と笑って言った。

「『好きな匂いを見つける』の課題を思い出したまえ！　君は、好きな匂いを新たに見つけたのではない。元々知っていたのだ。しかし、それを表面的な知識や理屈、常識で覆い隠してしまっていた！」

そしてガネー馬は蹄の先で、僕の胸を軽く突いて言った。

「君は、元々自分に備わっているものを軽視しすぎているのだ！」

「元々自分に備わっているもの……」

「そうだ！」

ガネー馬はうなずいて続けた。

「君は、なぜ、人間が大自然の中にいるとリラックスできるか知っているかね？」

「それは……」

突然の質問に戸惑いながらも答えようとすると、例のごとくガネー馬が先に答えた。

「空気が美味しいとか、緑を見ると目が癒やされるとか、そういうことを言うつもりなのだろう。確かにそれもある、が！」

ガネー馬は、踵《かかと》で床をカツーン！　と鳴らすと言った。

「音だ」

「音……？」

「自然界にある音――川のせせらぎや、木の枝葉の触れあう音、動物や虫の鳴き声――には人間が聞き取れる周波数の上限を超えた音が含まれている。それらは都市で耳にする音には一切含まれず、楽器の中でも琵琶《びわ》や尺八など、ごく一部に限られる。そして耳では感知できないその音こそが、人間を癒やしているのだ」

興味深い話にうなずくと、ガネー馬は続けた。

「目に見えるものだけが、耳に聞こえるものだけが、世界ではない。君には、君自身が意識していない素晴らしい能力が備わっているのだよ！」

そしてガネー馬は、顔を上げ、これが自然の音だと言わんばかりの勢いで、
ヒヒヒーンッ！

と高らかにいなないた。

――言われてみると、自然に囲まれた場所で耳にする音には、普段の生活で聞くのとは違う独特の響きがある気がする。

ガネー馬は続けた。

「レオナルド・ダ・ヴィンチくんが『創造しようとするならば、直感に従いなさい』と言い、スティーブ・ジョブズくんが『自分が本当になりたい姿を知っているのは、自分の心だ』と言い、ショーペンハウアーくんが『私たちの幸福に役立つものは、人間が外に持っているものではなく、内に持っているものだ』と言った……こんな例は枚挙にいとまがないが、私が言いたいことは一つだけだ」

そしてガネー馬は、蹄で僕を指して言った。

「自分に元々備わっている大いなる力に蓋《ふた》をしたまま偉業を成し遂げた人間など、この世界には一人も存在しない！」

——僕は、ガネー馬の言葉を聞きながら、これまでの会社生活を思い出していた。

三か月前に課長が配属されてから……いや、就職活動をしているときも、今の会社に入ってからも、何となく落ち着かない感覚をいつも抱いていた。でも僕は、「会社で働かないと生活できないから」と自分の感覚に蓋をして、日々の生活を送ってきた。

本当の僕は分かっていたのだ。朝、起きられなくなったのも、皮膚の表面や胃の奥が痛み出したのもすべて、僕からのメッセージだった。

（僕には、普段意識していない、素晴らしい能力が備わっているんだ……）

僕は今後の人生で、自分の深いところにある感情や感覚——心の声——を大事にしていくことを誓った。

そして僕は、希望に満ちた視線をパドックに向けた。

＊

最終的に僕が購入した馬券は、競馬新聞で予想したものとは違う組み合わせになった。

パドックを歩く姿を見て、内に秘めたる闘志《とうし》を感じた馬がいたのだ。直感的に、その馬に賭けてみたいと思った。

急いでマークシートを書き直し、締切時間ギリギリで馬券を購入できた僕は、ホッと一息ついてから近くのモニターに視線を向けた。

パドックで見た馬たちが、今、まさにスタートラインに立とうとしている。

（ああ、どんな結果になるんだろう……）

胸に熱いものが込み上げてくる。こんな風に手に汗を握るのはいつぶりのことなのか分からなかった。

そして、僕は、あることに気づいた。

(この感覚は、会社のトイレ掃除で味わったものと近いかもしれない――)

まったく同じというわけではない。でも、未来に対する高揚感という点で、共通するものがあった。

(僕は、確実に〝本物の夢〟の発見に近づいている――)

そんな風に思い始めた、まさにそのときだった。

「君は、ここで一体何をしてるんだ?」

隣にガネー馬が立っていた。なぜか、猛烈にいら立っているように見える。

「何って……」

今から始まるレースを観るためじゃないですか、と言おうとしてモニターを指差したが、ガネー馬の声にさえぎられた。

「君は、競馬場に来ているのに、最も重要な『レース』を、画面越しで見ようと言うのかね!?」

「あっ……」

言われて初めて気づいた。馬券の予想で頭がいっぱいで、レースを直接観る喜びがあることをすっかり忘れてしまっていた。

またもや楽しむことから遠ざかってしまっていた自分を責める言葉が頭に浮かんだが、その言葉はガネー馬の声にかき消された。

「乗れ！」

見ると、ガネー馬は四つん這いになっていた。

（こ、この人は一体、何をやっているんだ……）

唖然とする僕の前で、ガネー馬はブン！　と首を大きく横に振って言った。

「君じゃない！」

ガネー馬は続けた。

「私が『乗れ！』と呼びかけているのは、君じゃない！　君の心の奥底で眠らされている――本当の君だ！！！」

そして、ガネー馬は、ヒヒーンッ！　といななきながら上半身を反らすと、僕のネクタイの結び目に蹄を引っかけて宙に放った。そして、落ちてきたネクタイを口にくわえて言った。

「さあ、乗るんだ！」

――僕の体が動いた。まるで、自分の体じゃないみたいだ。

そして僕は、ガネー馬にまたがると、ネクタイの両端を手綱を持つように握り込んだ。

ヒヒヒーンッ！！！

ガネー馬はもう一度上体を反らしていななくと、馬券売り場をものすごいスピードで駆けていった。

すれ違う人たちが好奇の目をこちらに向けている。

でも、そんなことは、どうでもよかった。

僕は、ガネー馬にまたがってフロアを疾走することに、ただひたすら、夢中になっていた。

「尻を叩け！　尻を！」

ガネー馬に言われるがままに尻を叩いた。

「もっとぉ！」

さらに力を込めて叩く。するとガネー馬は、ヒヒッ！　ヒヒッ！　と歓喜の声を上げながらスピードを高めていく。

そして、競馬場のコースへ続く通路を駆け抜けた瞬間、大量の照明の光が一斉に目に飛び込んできて、世界が真っ白になった。

それから徐々に目が慣れて周囲の様子がぼんやりと映り始めたとき、スターターが勢い良く手を挙げ、ゲートが開いた。

ガネー馬から降りた僕は、フェンスから身を乗り出すようにして視線を送った。

ほんの数メートル前を、競走馬が土ぼこりを上げながら駆けていく。

地面が揺れているんじゃないかと思うくらいの地響き。そして、全速力で駆けていく競走馬たちの美しさ。

「懸命に走る」という行為が、これほどまでに感動的だなんて――。

僕は目頭が熱くなるのを感じながら、子どものころのことを思い出していた。

子どものころの僕は、公園や校庭で、遊具に向かってまっしぐらに走っていた。

でも、いつからか、何かを求めて走ることをしなくなってしまった。

――どうしてだろう。

必死な姿を見られるのが恥ずかしいと感じるようになってしまったからだろうか。

この世の中には、走って求めるようなものなんてないと考えるようになってしまったからなのだろうか。

理由はいくつもあるように思えたけれど、このとき僕はあることを確信した。

何かを求めて走ることを止めたとき、世界は、色あせるんだ。

隣のガネー馬は、汗だくになった体を上下に揺らし、呼吸を整えながら言った。

「君たちは、インターネットやテレビ……『画面』を通して世界を知ることに慣れすぎてしまっている。しかし、それは『知っている』のではない。『知った気になっている』のだ」

ガネー馬は続けた。

「『モナ・リザ』を描いたレオナルド・ダ・ヴィンチくんは、芸術だけではなく、医学、数学、物理学、天文学、哲学……極めて多彩な分野で才能を発揮した。なぜ彼がこのような『万能の天才』になり得たのか分かるかね？」

僕が首を横に振ると、ガネー馬は続けた。

「彼が若いころ、師事していた芸術家のもとで解剖実習《かいぼう》が行われた。被写体をリアルに描くために骨格や筋肉の作りを知る必要があったのだが、この解剖実習に誰よりものめり込んだのがレオナルドくんだった。そして彼は、『生物をもっと詳しく、正確に知りたい』という思いから、医学、物理学、数学へと、その興味を広げていったのだ」

ガネー馬は、コースを走る競走馬たちを指して言った。

「『実物』を見たまえ！」

ガネー馬は続けた。

「この世界を知る方法は、ただ一つ。『実物を見る』ことだ。実物にできる限り近づき、見て、触れて、感じることだ。そのとき君は気づくだろう。この世界がいかに美しく、感動に満ちあふれたものかということを。そしてこう思うだろう。『もっと、この世界を知りたい』と」

競走馬が最終コーナーを回っていく。

僕が馬券を購入した馬も、先頭グループの中で必死に四肢を動かしている。

「行け！」

僕は叫んだ。そして、その一言をきっかけに、堰《せき》を切ったように感情があふれ出した。

「行けぇぇぇぇ！」

僕は、先ほどモニターの前にいたどの人よりも大きな声を出しながら、右手の拳を競馬場の夜空に向かって高々と突き上げた。

＊

「……さて、と。次のレースで外したら、完全に『おけら』やな」

馬の姿からおじさんに戻ったガネーシャは、喫煙所でタバコを吸いながら言った。

僕は、地面が揺れているのか自分が揺れているのか分からないくらい全身を震わせながら口を開いた。

「ど、ど、ど……」

「なんや。『どどど』て。工事でも始まったんかいな。まあ、いっそのことコースを工事してもらいたいくらいやわ。最後の直線がもうちょっと長かったらワシの買《こ》うた馬券、全部当たってたからな」

「ど、ど、ど、どうして……。こ、こ、こ、こんなことに……」

動揺する僕の前で、ガネーシャはタバコの煙で輪っかを作りながら言った。

「こっちが聞きたいくらいやで。実は、ワシ、競馬よりパチンコの方が得意やねん。せやから今回は、自分のビギナーズラックに賭けたみたいなとこあってんで。せやのに何や、全然引きが弱いやん。自分『ビギナー』やったら『引かなー』あかんやろ」

そしてガネーシャは、「今のギャグ何となく思いついたけど、『鬼滅《きめつ》の刃《やいば》』の鬼のレベルで言うと『上弦の弐《に》』ぐらい鬼面白《おもろ》いな」と言ってメモ帳を取り出して書き込んだ。

僕はそんなガネーシャの行動に反応する余裕もなく、頭を抱えてその場にうずくまった。

ゼロ、ゼロ、ゼロ……貯金額、ゼロ。

今後の生活費は？　ガネーシャの食費は？　いや、それだけじゃない。僕は、毎月引き落とされる予定の家賃や光熱費まで使ってしまったんだぞ。

僕は明日からどうやって生きていけば良いんだ――。

（借金……）

唐突に思い浮かんだ二文字の言葉が、現実味を帯びて迫って来る。

でも、借金なんかに手を出したら、利子が雪だるま式にふくらんで人生の大転落が始まるんじゃないか。

ただ、今後の生活を考えると、借金以外の選択肢があるとも思えなかった。

（ああ、こんなことになってしまった原因は全部、ガネー馬じゃないか！）

僕は、ガネー馬の言葉を思い出しながら頭をかきむしった。

（何が「最高の『楽しい』は、必ず『分からない』を含む」だ！　何が「君には、君自身が意識していない素晴らしい能力が備わっている」だ！　あいつが無責任に盛り上げるから、使ってはいけないお金にまで手を出してしまったじゃないか！）

恨《うら》みを込めた目をガネーシャに向けると、ガネーシャはサッと視線をそらし、タバコを吸いながら言った。

「ほんま、最低のやつやったな」

（ま、まさか――）

衝撃を受けながら話の続きを聞いたが、そのまさかだった。

「あいつ、なんちゅう名前やったっけ……ガネービ、ガネーブ……ああ、そうそう、ガネー馬《バ》や。好き勝手なことぬかして馬券買わせるだけ買わせてとんずらしよった。次会うたら、あいつは馬刺しにしたらなあかんな。馬刺しにして甘口醤油《しょうゆ》にニンニクつけて、けど忘れたらあかんのがオニオンスライスや。オニオンスライスと一緒に食べることで食感と辛みが絶妙なハーモニーを……」

そしてガネーシャは沈黙する僕に向かって言った。

「この話を無視しとるちゅうことは、自分、もしかして――万能ネギ派か？」

こいつ、本気か――。

本気で言っているのか――。

怒りと絶望が入り混じり、経験したことのない感情を抱えて呆然とするしかなかったが、ガネーシャは僕の肩にポンと手を置いて言った。

「ま、少々負けが込んだからって気い落とすことあれへん。自分を不幸のどん底に落とし込んだ馬の化け物はもうおらんわけやし、何よりも……」

ガネーシャは僕のポケットを指差して言った。

「まだ、最終レースが残ってるからな」

――僕は、ガネーシャの言葉に何の希望も見出せなかった。

力の入らない手でポケットの中の馬券を取り出して眺めたが、残りわずかになったお金で一発逆転を狙って買ったものだ。こんなものが当たるわけないのは、競馬素人の僕でも分かる。しかし、ガネーシャは僕の背中を勢い良く叩いて言った。

「いい加減そのしけた面やめえや！　……しゃあないな、今からワシの教えの中でも、とっておきのやつを自分に授けたるわ」

そしてガネーシャは、ゴホンとわざとらしい咳《せき》ばらいをして言った。

「『あきらめたら、そこでレース終了だ』」

――少年漫画の有名な台詞《せりふ》じゃないか。

教えの内容まで適当になってきたガネーシャにいよいよ失望していると、ガネーシャはゆっくりと首を横に振って言った。

「自分は何も分かってへんな」

「……どういうことですか？」

いら立ちながら言葉を返すと、ガネーシャは続けた。

「『あきらめたらそこで終わり』――この言葉はみんな知ってんねん。知ってるのに、簡単に物事をあきらめてしまいよる。なんでや？　それはな、みんなこの言葉の本当の意味が分かってへんからや」

（本当の意味……）

返答する気力もなく黙っていると、ガネーシャは僕に聞いてきた。

「『あきらめる』の反対の言葉は何や？」

「………あきらめない」

「まあ、それはそうなんやけど。あきらめずにいるには何が必要や？」

僕は、少し考えてから弱々しい声で返した。

「希望……ですか」

「そうやな。希望を持つこと――自分の未来を信じることで人間はあきらめずに前を見続けることができるんや」

僕がうなずくと、ガネーシャは僕の顔をのぞき込むようにして言った。

「でも、自分らは、信じることは自分の意志ではどうにもならへんて思てへんか？」

――確かに希望は、いくら持とうと思っても持てないもののような気がする。

「無根拠な自信」という言葉があるように、希望を持てるかどうかは子どものころに培われた性格のようなもので、自分の意志で持ったり失くしたりすることはできないんじゃないだろうか。
そのことを伝えると、ガネーシャは、「もちろん、生まれた環境や生来の性格で、自分に自信があったり、楽観的な人はおるやろな」と言ったあと、声に力を込めて続けた。
「ただ、『信じる力』を強めることは誰にでもできんねんで」
「信じる力を強める……」
僕がつぶやくと、ガネーシャはうなずいて言った。
「自分、リンカーンくんは知ってるか？」
「はい。アメリカの大統領ですよね。『人民の、人民による、人民のための政治』という演説が有名な……」
「そうや。彼がアメリカの大統領になったんは52歳のときやけど、それまでは、
22歳で事業に失敗、
23歳で州議会議員に落選、
24歳で再び事業に失敗、
29歳で議会議長職に落選、
31歳で大統領選挙人に落選、

34歳で下院議員に落選、
45歳で上院議員に落選、
47歳で副大統領に落選、
49歳で上院議員に落選、
これがリンカーンくんの経歴やったんや」
(失敗だらけじゃないか……)
唖然とする僕に向かって、ガネーシャは言った。
「ちなみに、リンカーンくんには失敗を気にしない図太さがあったわけやないで。むしろ逆や。彼はな、弁護士としての仕事の報酬が多すぎると感じたときはわざわざ依頼者に返金するくらい、繊細《せんさい》な性格の持ち主やったんやで」
ガネーシャは続けた。
「ただ、彼は選挙で落選するたびに、必ずしてたことがあんねん。それは、大それたことやない。めちゃめちゃシンプルなことや。リンカーンくんは落選したあと、必ず行きつけのレストランで腹いっぱいになるまで料理を食べ、理髪店に行って髪を入念に手入れして整髪料をたっぷり塗ったんや。そうすることで、次の挑戦への前向きな気持ちを生み出していったんやな」

「なるほど……」

僕が興味深くうなずくと、ガネーシャは遠い目をして言った。

「『信じる』のは、どんどん怖くなっていくねんな。人生の中で何かを信じていたのに裏切られた経験が重なっていくと、『もうあんな思いはしたくない』て、信じることから逃げるようになってまう」

そしてガネーシャは、僕に顔を向けて言った。

「でも、人生では、どんな状況に陥っても信じなあかんもんがあんねん。それは、自分の周囲におる大事な人――親友や家族――そして何より……」

ガネーシャは、僕を指差して言った。

「自分自身や」

ガネーシャは続けた。

「自分を信じるためにできるかぎりのことをする。自分への疑いが強いんやったら、その疑いが少しでも晴れるような行動を取る。――リンカーンくんの話で大事なんは、行きつけのレストランや理髪店に行ったらええちゅうことやないねん。彼は、どんな失敗や挫折《ざせつ》に遭っても、必ず自分の未来を信じられるようになるための行動を起こしてたちゅうことやねん」

そしてガネーシャは言った。

「自分の胸に手をあてて考えてみい。これまで自分は、自分を本気で信じようとしてきたんか？」

ガネーシャの言葉は本当に耳が痛かった。

ガネーシャの言うとおり、僕はこれまで自分に対して、心のどこかであきらめてしまっていたように思う。

あきらめていたからこそ――レールの上を進む人生を選んできたのだ。

「ほな、ガネ、、、ーシャ様からの課題や」

ガネーシャはそう言うと、僕の馬券を力強く指差した。

「今から始まる最終レースの馬券、『当たる』て信じてみい」

（そ、そんな……）

僕は、改めて馬券を見た。購入金額も少なく、勝つ可能性の低い馬ばかりだ。買った馬券がことごとく外れたので冷静に考えられなくなり、適当な選び方をしてしまった。

（当たるはずないじゃないか、こんな馬券……）

やはり、疑いの気持ちが浮かんでくる。

ただ、そんな気持ちで馬券を見つめていると、あることに気づいた。

「こんな馬券」だと思われているこの紙は、まさに僕自身なんじゃないのか——。

馬券を買う前だったら、色々調べたり、人にアドバイスを求めることもできただろう。

でも、購入してしまった以上、僕にできるのは、信じることだけだ。にもかかわらず、僕は、この馬券に対して疑いの気持ちしか抱いていない。何の期待もしていない。


僕は、僕として生まれてしまった以上、僕を信じる他ないはずなのに。

それでも、僕は、僕を疑ってしまっている——。


(でも……)

そう思いながらも、わき上がる不安を打ち消すことができなかった。

(「信じる」ことが、果たして僕にできるのだろうか——)

これまで何年も……いや、それ以上に長い間、自分を信じて生きてこなかった僕が、今、この瞬間に「信じる」ことなんてできるのだろうか。

「コツを教えようか？」


聞き覚えのある声が耳に飛び込んできた。真っ先に感じたのは、怒りだ。

声の方に視線を向けると、そこには、予想どおりの顔があった。

ガネー馬は、ヒヒーンッ！　といななき、相変わらずの自信満々の口調で言った。

「君はもう、信じられないいいだろうね、私を！」

（そりゃそうだろ！）

ガネー馬をにらみつけたが、彼は右の蹄を持ち上げると、僕に向かって勢い良く突き出して言った。

「だが、私の裏切りの比ではないぞ、**今後の君の人生は！**」

ガネー馬の言葉に体が固まった。ガネー馬は、カッカッと床を踏み鳴らしながら続けた。

「今、君は、夢を見つけようとしているのだろう？　しかも、〝本物の夢〟を！だとするなら！　今後の人生では、途方もない数の期待が裏切られるだろう！」

（そのとおりだ……）

僕は愕然としながら思った。

僕が今、見つけようとしているのは「夢」だ。そして、夢は必ずかなうとは限らない。夢は僕たちを裏切り、不幸にすることだってあるだろう。

僕が〝本物の夢〟を見つけ、かなえるために行動を起こしたら、貯金がなくなる程度では済まないかもしれない。予想もしていないような苦しい出来事に遭遇するかもしれない。

ガネー馬は顔を上げ、夜空を見つめて言った。

「『夜と霧』の著者、ヴィクトール・フランクルくんがいた強制収容所では、クリスマスから新年の間に最も多くの死者が出た。その理由は――過酷な労働でも、食糧事情の悪化でも、気温の変化でもなかった。この大量死の原因は、『クリスマスには家に帰れるというウソの噂が広まった』からなのだ。そしてクリスマスが来ても一向に解放される動きがなかったことで、収容されている者たちは落胆し、抵抗力を弱め、生きる力を失っていった」

ガネー馬は、蹄で僕を指して続けた。

「苦しみの只中《ただなか》にあるとき、君は、この世界から問いかけられているのだ。『それでもなお、信じるのか？』と。そして、どれだけ絶望的な状況にあっても決して人生から降りず、その瞬間に成し遂げられる最高の心の姿勢を持つこと。それこそが、『あきらめたら、そこでレース終了だ』という言葉の本当の意味なのだよ！」

——ガネー馬の言うとおりかもしれない。

うまくいっているときは、誰もが自分を信じることができる。

でも、本当に大事なのは、自分を信じられなくなるような出来事に見舞われたときこそ、自分を信じること。少なくとも、「信じようとする」ことなんだ。

「どうすれば……」

僕はガネー馬に向かって言った。

「どうすれば、私は、『信じる』ことができますか？」

ガネー馬はゆっくりとうなずくと、僕をまっすぐ見つめて言った。

「すべて、伏線だ」

（すべて、伏線……）

僕がメモ帳を取り出して書き込むと、ガネー馬は続けた。

「これまで、君の人生には、君から自信を奪い、自分への不信感を募らせる出来事が起きたろう。苦しみ、嘆《なげ》き、みじめな気持ちになる出来事が起きたろう。それらのすべてに向かって言いなさい。『君たちは、伏線だ』と。これらは自分が夢を見つけるという——自分が幸せになるという——人生のドラマを最高に盛り上げるための必要不可欠な伏線なのだと！」

ガネー馬は、続けた。

「もし、そう思えなかったとしても！　思うために、できる限りのことをしなさい！」

そして、ガネー馬は両前足を広げて叫んだ。

「『伏線だ！』と強く思いなさい。『伏線だぁ！』と声に出しなさい。『伏線いただきましたぁ！』と声を張り上げなさい。『いただいた伏線は後ほど回収させていただきますぅ！』と敬礼しながらマイクに向かって叫びなさい。すると、どうなると思う？　そう。間違いなくバカにされるだろう。それでいいのだ！　周囲の者が誰一人信じなくとも、君が、君自身を信じれるようになるための行動を起こすこと。それこそが、自分を信じるという心の状態を生み出すのだ！」

僕は——ガネー馬の言うように叫ぶのはさすがにはばかられたが——小さな声で

つぶやいた。

「全部、伏線なんだ」

僕が会社で苦しんできたのも、自分の好きなものを遠ざけレールの上を行く人生を歩んできたのも、すべて、これから〝本物の夢〟を見つけるために必要な伏線だったんだ。

そして、そう思えるだけの最大の根拠が、僕にはある。

それは、何の取り柄もなく平凡な僕だったからこそ、ガネーシャに出会えたということだ。

僕は、手に持った馬券を強く握りしめた。

先ほどまで、当たるわけがないと確信していた馬券。

今もまだ、当たる、と心から信じることはできない。

でも、当たる未来があってもおかしくはない。

そして、もし当たらなかったとしても、失ったお金を取り戻すことができなかったとしても――それもまた、伏線だ。

自分を見捨てることなく前に進み続ければ、すべての出来事が「伏線だった」と心から思える日が、いつか必ず来るはずだ。

ワーッ！！　ワーッ！！！

モニターの方から歓声が聞こえてきた。

このとき僕は、喫煙所の中に誰もいなくなっていることに気づいた。

自動扉を開け、近くのモニターに目を向けると、最終レースの馬たちはすでにゴールしていた。

（レースは、どうなったんだ……？）

僕は、コースに向かって全力で走り、中央にある掲示板に目を向けた。

4着、5着の馬はすでに確定していたが、1～3着が審議に入っているようだ。

モニターでは、ゴール板の前を通過する馬たちの録画映像が映し出されている。

ごくりと唾を飲み込み、結果が発表されるのを待った。しばらくすると、1～3着の馬の番号が、同時に点灯した。

おおお……！

競馬場に、地鳴りのような歓声が響き渡る。

（そ、そんな……）

馬券を持つ手が震え出した。僕は手元の馬券を確認する。何度も何度も確認する。

最後に、もう一度確認した。やはり、間違いじゃなかった。

「あ、当たった……」

膝ががくがくと震え出し、その場にへたり込みそうになった。それでもなんとか踏ん張ると、

「ガ、ガネーシャ様……」

そうつぶやいてガネーシャの姿を探した。しかし、どこにも見当たらない。

僕は、ちゃんと地面を踏めているのかも分からないふわふわとした足取りで競馬場の中を歩き回った。

そして、誰もいないパドックの前に座り込んでいるガネーシャの姿を見つけた。

「ガ、ガネーシャ様……！」

僕は、馬券が当たったことを報告しようと駆けていったが、話しかける寸前で視界に入ったものに意識が奪われた。

ガネーシャの足元にある鞄から、丸い物体が飛び出していたのだ。

バクだった。丸々とふくらんで鞄に収まりきらなくなったバクの体が、外に飛び出ていた。

（良かった。バクも競馬場でたくさんの夢を食べられたんだな……）

一瞬そう思ったがよくよく見てみると、体だけでなく頬までふくらんだバクは蒼ざめた顔をしていて、今にも吐きそうになっている。

（ま、まさか――）

あることに気づいた僕は、近くのモニターに視線を向けた。ちょうど、最終レースのダイジェストが放映されているところだった。僕は、自分が馬券を購入した穴馬ではなく、本命の馬に目を向けた。

（や、やっぱり――）

僕は、ショックでその場に崩れ落ちそうになった。

このレースの本命の馬と騎手たちは終始やる気を見せておらず、最後の直線に入ると他の馬たちにどんどん追い抜かれてしまっていたのだ。

「ガ、ガネーシャ様……もしかして……」

疑いの目を向けながらたずねると、ガネーシャはあわてた様子で立ち上がり、

「な、何言うてんねん。ワシは神様やで？　神様のワシがそんなことするわけ……」

しかしそこまで言うと、突然、両手を顔の前で交差させた。

するとガネーシャの顔から光が放たれ、目の前に現れたのは……。

（イ、イカ……？）

あまりの意味不明さに困惑する僕に向かって、ガネーシャは聞き直るように言った。

「そ、そうです！　ワシは、神様やのうて、イカ様《サマ》です！」

そして、体を軟体《なんたい》動物のようにくねくねと動かしながら、謎の歌を歌い始めた。

「イ～カ、イカイカ、イカサマは～～競馬の当たり目《アタリメ》分かるから～～お金をゲッ、ソリ稼げます～～」

ただ、僕が一切笑っていないのを見て焦ったのか、ガネーシャは急に猫なで声になって言った。

「ま、まあ、ほら、確かにやり方はアレやったかもしれへんけど、馬券が当たったから今後の生活は安泰《あんたい》やし、何より自分は『信じる』ことを学べたわけやから……」

そしてガネーシャは親指で自分を指すと、渾身《こんしん》の力を込めたキメ顔で言った。

「こんなワシも、イカすやん？」

——その瞬間、ガネーシャのあまりにもつまらないギャグに止《とど》めを刺されたのだろう、

「オエエエエエエエ！」

バクが飲み込んでいた夢を全部吐き出した。

［ガネーシャの課題］

生活に「初めて」を取り入れる
自分の感情・感覚を丁寧に観察する
実物を見る
過去の出来事を「伏線」ととらえ、希望を持ち続ける

5

（こ、こんな大金を手にしたのは人生で初めてだ……）

僕は、自宅の丸テーブルの上に置かれたお札を見ながら震えていた。コンビニのATMで引き出したお金と今後のガネーシャの食費を差し引いても、結構なお釣りが出るだろう。

（またナイター競馬に……）

そんな思いが頭をかすめたが、首を振って誘惑を追い払った。

競馬で勝てたのはガネーシャがバクを使って不正《イカサマ》をしたからであって、僕の実力とは一切関係ないのだ。

（これに味をしめないよう、ギャンブルは控えよう）

と自分を戒《いまし》め、馬券を外してしまった人たちに、

（このお金は大事に使わせていただきます）

と心の中で両手を合わせてから、メモ帳を開いた。今日の教えを振り返るためだ。

――競馬場という特殊な場所で聞いた内容だったけれど、ガネーシャ（とガネー馬）の教えは普段の生活でも実践できそうなものばかりだった。

特に、「生活に『初めて』を取り入れる」という課題。これは夢を見つけるための最も基本的な行動であり、また、僕が苦手にしてきたことだ。

初めてのことをするのは、不安だ。でも、不安を避けることは、「間違いがないもの」だけを選ぶことになる。そして、その姿勢が人生を色あせさせていく。

「最高の『楽しい』は、必ず『分からない』を含む」のだ。

未来は、分からないからこそ喜びを感じられる。だから夢を見つけて追いかけることは、最高に楽しく感じられるのだろう。

そして、「自分の感情・感覚を丁寧に観察する」という教え。

本来、僕たちには、自分自身が意識していない素晴らしい能力が備わっている。でも、年齢を重ねることで身につけた常識や理屈によって、その能力に蓋をしてしまっている。ある意味、「鈍感」になってしまっているのだ。

（これからは、もっと自分の状態を丁寧に観察して、信頼するようにしよう）

そんなことを考えながら競馬場で書いたメモを読み進めていると、次の文字が目に留まった。

・乗馬

これは、競馬場の片隅で「乗馬体験」のポスターを見かけてメモしたものだ。この言葉を見て呼び起こされたのは、ガネー馬の背中に乗って競馬場のフロアを駆け抜けたときの高揚感だった。

あのときの感動を思い出していると、僕の頭にこんな考えが浮かんだ。

（そういえば、馬に乗っていた時代の人たちは、どんな生活をしていたんだろう）

車が登場する前、一部の人は馬を使って移動していた。そういった人たちの家の近くには馬小屋があり、馬の健康を毎日気遣う必要があっただろう。何よりも、仕事のパートナーとして動物がそばにいる生活がどんなものだったのか興味がわいた。乗馬を体験すれば、馬と人間の関係についてのイメージもふくらむはずだ。

（「実物を見る」のもガネーシャの教えだったな……）

そんなことを考えながら、いつか乗馬に挑戦しようと考えていたところ、あることに気づいてハッとさせられた。

——僕は、すでに「やりたいこと」を見つけている！

ガネーシャと出会ってから、それほど日にちが経ったわけじゃない。しかもガネーシャから出される課題は仕事とは違って、ほとんどが楽しみながら実行できたものだった。

周囲からの圧力で、やりたいことや夢が「見つけなければならないもの」になったとき、やりたいことは見失われる。

でも、本当はやりたいことを見つけるのは簡単で——というより、楽しく幸せに生きようとしたら、「やりたいこと」は自然と見つかるもの……でも、ちょっと待てよ、僕はそもそも「乗馬」なんてお洒落な趣味を持つタイプの人間じゃなかったし、馬の背中に乗って揺られて何が楽しいんだって話だし、競馬場のパドックにも結構な量の馬糞《ばふん》が落ちて……。

(何か変だぞ)

思考が途中からおかしな方向に流れていることに気づいた僕は、顔を上げると、

「おいっ！」

と声を出した。

バクが僕に向かって鼻を伸ばし、夢を吸い取っていたのだ。

バクは、フンと鼻を鳴らして言った。

「勘違いすんじゃねえぞ。こんなものは、夢と呼べるような代物《しろもの》じゃねえからな。

例えるなら、蕎麦屋で『ご自由にお取りください』って書いてある天かすみたいなもんだから。ご自由に取ってやってんだよ」

「わけの分からないこと言ってないで、僕の『やりたいこと』を返せ！」

僕はバクの動きを先回りして体をつかむと、お腹を締めつけた。

するとバクが、ごぼぼっ！　と音を出して吐く動作をしたので、すかさず口と鼻孔を目いっぱい開いて吸い戻そうとしたが、

「痛っ！」

バクが僕の手に噛みついてきた。思わずバクをつかんでいる手を離しそうになったが、

（これは僕がやっと見つけた「やりたいこと」なんだ！）

と歯を食いしばりながらバクと激しく揉み合っていると、やけにのんびりとした声が聞こえた。

「自分ら、ほんまに仲がええなぁ」

動きを止めて振り向くと、そこにいたのは風呂上がりのガネーシャだった。

（な、なんて格好をしているんだ――）
サングラスをつけバスローブを身にまとい、右手に葉巻、左手にワイングラスを持って現れたガネーシャの姿に愕然としたが、
「ガネーシャ様ぁっ！」
バクが僕の手をすり抜けてガネーシャのもとに向かったので、あわててバクが吐

き出したものを吸い戻した。

僕は乗馬を…………やってみたい。

よし、ちゃんと戻ってる！

ホッと胸をなでおろしていると、ガネーシャが葉巻をふかしながら言った。

「乗馬か……。ワシみたいなセレブにぴったりの趣味やね」

それから悠々《ゆうゆう》とした動きでソファに座ったガネーシャは、バクを膝の上に載せると、足元にある高級ブランドのロゴマークが入った紙袋を持ち上げて開いた。そして、夢を食べ始めたバクの背中を、ペルシャ猫を扱うように優雅《ゆうが》に撫《な》でた。

（お金を手に入れたからって、こんな風に豹変《ひょうへん》できるものなのか――）

絵に描いたような成金ぶりに衝撃を受けたが、ガネーシャは顔を上げて部屋を見回すと言った。

「なんかこの部屋、殺風景やなぁ。セレブなワシと釣り合わへんから絵でも買って飾ろか」

（絵……⁉）

ガネーシャの言葉に嫌な予感しかしなかったが、ガネーシャの続く言葉は僕の予想をはるかに超えていた。

「競馬場でもチラッと名前出したけど、レオナルド・ダ・ヴィンチくんの絵なんかええんちゃうか。あの子の絵って今、なんぼやろ……」

　僕のスマホで調べ始めたガネーシャは、平然とした口調で言った。

「これまでに落札された絵の中で一番高いんがレオナルドくんの『サルバトール・ムンディ』で500億か。ま、あと何回かバクちゃん連れて競馬行ったら全然いける数字やな」

「だ、だめですよ！」

　あわててスマホを奪い取り画面を閉じた僕は、金輪際《こんりんざい》ギャンブルをしないことをガネーシャに強く宣言すると、ガネーシャはしぶしぶ受け入れつつも言った。

「まあ競馬はやらんにしても、乗馬はしようや。ワシ教えたったやろ？　レオナルドくんは単に解剖実習にのめり込んだだけやのうて、実物を正確に把握するために様々な分野に興味を広げていったんやで」

　そして、ガネーシャは言った。

「次の課題はこれやな。『興味を持ったことを一歩深める』」

　それからガネーシャは、結核菌やコレラ菌、炭疽《たんそ》菌を発見した生物学者のコッホの話をしてくれた。

当時、ヨーロッパでは何万頭もの牛や羊が原因不明の病気で死んでいたが、コッホは開業医の仕事が忙しく調べられなかった。ただ、二十八歳の誕生日に妻から顕《けん》微鏡《びきょう》をプレゼントされたことでこの問題の究明に没頭し始め、世紀の大発見をすることになったという。

（なるほど……）

僕はメモを取りながら話を聞いていたが、ガネーシャは突然、ハッとした顔で言った。

「ちょうど明日から休みやし、乗馬ができてバクちゃんも楽しめるような、セレブなホテル泊まりに行こうや！」

（だめだ。結局この人は、浪費することしか考えてないじゃないか――）

せっかくお金に余裕ができたのにこんなペースで使われたらすぐになくなってしまう不安に襲われた僕は、なんとかこの旅行を阻止しようとしたが、ガネーシャは呆れるような口調で言った。

「自分は、まだワシのことが理解できてへんようやな」

「どういうことですか？」

僕が眉をひそめると、ガネーシャは葉巻に火をつけながら続けた。

「自分、まさかワシが何の考えもなしにセレブなホテルに泊まる思てんのか？」

――正直、何も考えていないとしか思えなかった。

最初の葉巻を二、三口吸っただけで新たな葉巻に火をつけたガネーシャは、今、同時に二本吸っているのだ。

ガネーシャは、大量の煙を吐き出しながら言った。

「これからワシらが行くんは、旅行という名の『合宿』やで」

（合宿？）

僕はさらに眉間にしわを寄せたが、ガネーシャはまたもや僕のスマホを勝手に操作してこちらに向けた。

そこに表示されていたのは、すでに予約済になった、ペットと一緒に泊まれる超高級ホテルの画面だった。

（そ、そんな――）

僕はショックで全身の力が抜けていくのを感じたが、新たな葉巻に火をつけたガネーシャはニヤリと笑って言った。

「この合宿所は、夢を見つけるための最高の環境なんやで」

その台詞、めちゃくちゃデジャブなんですけど――。

競馬場でのガネー馬の言葉を思い出して悪寒で体が震え出したが、ガネーシャは何かを閃いたような表情で言った。

「ワシ、めっちゃええこと思いついたわ。合宿中、自分が夢を見つけられるまでバクちゃんが断食すんねん。そしたら自分は、愛するバクちゃんに夢を食べさすために必死で課題をこなすやろうし、バクちゃんも自分に惜しみなく協力するやろ。これ、めちゃめちゃええアイデアやん。バクちゃんもそう思うやろ？　な？　な？」

ガネーシャにたずねられたバクは、こめかみをピクピクと震わせながら答えた。

「さ……す……が……ガネーシャ……様……です……」

——バクへの同情は禁じ得なかったが、ガネーシャは、

「よっしゃ、そうと決まればバクちゃんは今から断食や！」

と宣言すると新たな葉巻に火をつけ、サングラスの奥の目をキラリと光らせて言った。

「この『真☆ガネーシャ式～ＫＩＺＵＮＡ～』を使えば、今回の合宿で自分の夢は、２０００％見つかるで」

右手のすべての指の間に葉巻を挟み、工場の煙突のように口から煙を吐き出すガネーシャを見ながら自分の感情を丁寧に観察してみたが、「不安」以外の何も見つけることはできなかった。

［ガネーシャの課題］

興味を持ったことを一歩深める

6

（しかし、本当にすごいホテルだな……）

僕は、フロントでチェックインの手続きを進めながら思った。

ホテルの外観や内装も驚くほど豪華だが、何と言ってもすごいのは敷地の広さだった。三万坪以上あるこのホテルには、エントランスにたどり着くまでに小川が流れる庭園があった。またホテル内の施設もすごくて、ペット専用のエステサロンや温泉まであるとのことだ。

ただ、ホテルへの感動よりも、（こんな豪華な場所に泊まってしまって大丈夫なのだろうか……）という不安の方がはるかに勝っていたが、（来てしまった以上は、必ずこの場所で夢を見つけるんだ）と自分を奮い立たせた。

ところが、チェックインを済ませて、

「部屋に着いたら早速、課題を……」

と言いながら隣に顔を向けると、さっきまでいたはずのガネーシャが見当たらない。

「お連れ様なら、ワンちゃんと一緒にドッグランに行かれましたよ」

ホテルのコンシェルジュから差し出されたドッグランへの地図を、震える手で受け取りながら思った。

（これは夢を見つけるための『合宿』なんじゃなかったのか――）

僕は、早くも漂い出した暗雲の中をドッグランに向かって駆け出した。

＊

ドッグランというのは犬がリードを外して走り回れる場所で、このホテルに併設されていたのは特に大きなものだった。

ただ、時間が早いからか遊んでいる犬と飼い主も二組ほどで、すぐに全体を確認することができた。しかし、ガネーシャはどこにもいない。

（おかしいな……）

柵《さく》の中に入り、じっくり見回してみたが、やはり姿は見当たらなかった。

ただ、ドッグランの片隅にバクがうずくまっていたので近づいて声をかけようとすると、突然、背後から巨大な何かが覆いかぶさってきた。

「うわぁ！」

驚いて飛びのいた拍子に尻もちをついてしまった。怖々と視線を向けると、そこにいたのはとんでもなく大きな犬だった。

（と、土佐犬⁉　ペットと一緒に泊まれるホテルってこんな大型犬も入れるのか……⁉）

口から大量の涎《よだれ》を垂れ流し、周囲をコバエが飛んでいるのを見て恐怖感はさらに増していったが、次の瞬間、まったく予想していなかったことが起きた。

土佐犬は僕に近づいてくると両肩に前足を置き、涎を垂らしながら——しゃべったのだ。

「おまんは、まだ、分からんがか？」

（も、もしかして——）

僕は土佐犬に向かって言った。

「ガ……ガネーシャ……様？」

すると土佐犬は、澄み渡った青空に顔を向け、過去を懐かしむように目を細めた。

「ワシも、昔はそんな名前じゃったことがあったのう」

そして土佐犬は言った。

「ワシの名は、『土佐ーシャ』じゃ」

(と、土佐ーシャ――)

あまりの不可解な変身に呆然とするしかなかったが、土佐ーシャはぶつぶつとつぶやくように言った。

「ワシがこの姿になったがは、犬専用のホテルがあるのにゾウ専用のホテルがないっちゅうことでゾウより犬の方が可愛がられちゅう可能性があり……」

――たいした考えもなく変身したことが分かり閉口したが、なぜか土佐ーシャは、

「すまんすまん。気づかんかったきに」

と言って化粧まわしの下からメモ帳を取り出し、前足でページをめくった。

首をかしげながら視線を向けると、そこにはこう書かれてあった。

土佐ーシャの『土佐弁講座』

おまん　↓　お前
げに　↓　すごく　本当に

まっこと　↓　本当に
〜ぜよ　↓　〜だよ
〜ちゅう　↓　〜ている　（例）知っちゅう　↓　知っている
…………

土佐ーシャは言った。

「おまんが黙り込んじゅうがは、ワシの土佐弁を理解できちょらんからじゃろ？」

（いや、問題は言葉だけじゃないんだけど……ていうか、何で僕がわざわざ土佐弁を覚えなきゃいけないんだよ。土佐ーシャになんか変身せずいつも通り話せば済むじゃないか）

僕がため息をつくと、土佐ーシャは前足でページをめくり、太い指で一つの単語を指した。

べこのかあ　↓　馬鹿者
そして僕が読み終えた瞬間、

「べこのかあ！」

と叫びながら、前足で僕の頬を思い切り張ってきた。

「痛ぁっ！」

叫びながら吹き飛んだが、こちらに近づいてきた土佐ーシャは僕を見下ろして言った。

「肉球ちゅう優しさがなかったら、今ごろおまんの首は吹き飛んじょったぜよ！」

僕は、土佐ーシャに対して言いたいことは山ほどあったが、ドッグランにいた他の犬が吠《ほ》え始めたので、

「と、土佐ーシャ様の教えを集中して聞きたいので、落ち着いて話せる場所に移動しませんか？」

と言い、ドッグランの外に連れ出した。

敷地内を流れる川沿いに歩き、人けのない場所にやって来ると土佐ーシャは話し始めた。

「ワシが何でおまんに『べこのかあ』したか、分かっちゅうがか？」

（分かるわけないだろ……）

　そもそも土佐犬になっていることすら意味不明なのだから何も答えずにいたが、土佐ーシャが、

「べこの……」

　と言いながら再び前足を持ち上げたので、「わ、分かります」と言ってしまった。そして無理やり答えをひねり出した。

「それはやはり……私の『土佐弁講座』に対する姿勢に問題があったからではないでしょうか」

　すると土佐ーシャは言った。

「まっこと、そのとおりじゃ」

（よ、良かった……）

　適当に言ったことが正解だったのでホッと胸をなでおろしていると、土佐ーシャは野太い声で続けた。

「おまんは、『どうしてわざわざ土佐弁を覚えなきゃいけないんだ？』と面倒くさがったがじゃろ」

　僕がおずおずとうなずくと、土佐ーシャは目をギロリと見開いて言った。

「その『わざわざ』ちゅう考えが、おまんを『夢』から遠ざけちゅうがよ。ほんで、現代を生きる多くの者が夢を失くしてしもうちゅう理由も同じながよ」

そして土佐ーシャは、「どっから話したら分かるかのう」とつぶやきながら川べりをゆっくり歩くと、立ち止まって言った。

「おまんがやりたがっちゅう『乗馬』は、『夢』か？」

僕は一瞬考えたが、

「違うと思います」

と答えた。『乗馬』はやりたいことではあるけれど、その気になればできてしまう。それは夢よりも趣味という言葉の方がしっくりきた。

するとと土佐ーシャはうなずいて言った。

「『夢』には色んな定義があってええがじゃけど、ここでは一般的に考えられちゅう『夢』の話をするぜよ」

そして土佐ーシャは語り始めた。

「人間には、色んな欲求があるぜよ。『寝たい』『食べたい』『楽しいことをしたい』という日常の欲求。一方で、『お金持ちになりたい』『世界一周旅行をしたい』『温かい家庭を築きたい』……これも欲求じゃ。ただ、後者の欲求はすぐには満たすことができん。つまり、人間には、『短期』と『長期』の欲求があるわけじゃ」

そして土佐ーシャは言った。

「『夢』ちゅうのは、『長期の欲求』じゃ」

(なるほど……)

土佐ーシャの話に納得した僕は、メモ帳を取り出して書き込んだ。

土佐ーシャは続けた。

「どんな人間にも、短期の欲求は存在しちゅう。つまり、『やりたいことがない』『夢がない』と言う人にも欲求がないわけじゃないきに。ただ、途中のしんどいことを乗り越えたり、わざわざ面倒なことをしてまで満たしたい欲求がないちゅうことじゃ」

——土佐ーシャの言っていることは納得のいくものだった。

僕も日々、ご飯を食べたいとか、眠りたいという欲求を持っている。会社にいるときは「早く終わってほしい」と考えている。僕には欲求がないわけじゃない。ただ、長い時間をかけたり、面倒を乗り越えたりしてまで満たしたい欲求がないのだ。

「どうして世の中の人がそうなっちゅうか、分かっちゅうがか?」

土佐ーシャの言葉に首を横に振ると、土佐ーシャは無言で、僕のポケットを指差した。

何だろうと思いながらポケットに触れると、入っていたのはスマホだった。

僕がスマホを取り出すと、土佐ーシャはスマホを指差して言った。

「そのスマホには、ボタンすらない。ただ『触る』だけで、ゲームや動画やＳＮＳで欲求を簡単に満たすことができてしまう。じゃけど、実はその手軽さこそが人間を夢から遠ざけゆうがよ」

そして土佐ーシャは、少し考えてから続けた。

「ちょうどええから、そのスマホで『マシュマロ実験』を調べてみいや」

（マシュマロ実験？）

唐突な言葉に眉をひそめながらも、検索エンジンに入力した。


『マシュマロ実験』

スタンフォード大学の心理学者、ウォルター・ミシェルが実施《じっし》した実験。被験者の子どもは机と椅子が置いてある部屋に連れていかれ、椅子に座るよう言われる。机の上には皿があり、マシュマロが一つ載っている。試験官は「私は用があるので外出します。そのマシュマロはあなたにあげますが、私が戻ってくるまで15分間食べるのを我慢できたら、マシュマロをもう一つあげます。でも、私がいない間にそれを食べたら、二つ目はなしです」と言って部屋を出ていく。そして、この実験に参加した子どもたちのその後の人生を調べてみると、目の前のマシュマロを我慢して二つ目を手に入れた子どもの方が社会的・経済的に成功していた。

土佐ーシャは言った。

「この実験は、ニューヨーク大学の再検査で『成功の要因はマシュマロを我慢するという自制心だけでなく子どものころの社会・経済環境にもある』と指摘されちゅう。じゃけど、それでも『マシュマロ実験』は、人と夢の関係において重要な事実を示しちゅうがよ」

土佐ーシャは続けた。

「現代人の多くは、いつでもスマホでインターネットと接続できる環境——目の前のマシュマロにすぐ手を伸ばせる環境——におるぜよ。そしてインターネットは、消費者にいかに目の前のマシュマロを食べさせるかを追求することで進化しゆう。じゃからこそ、その行為に慣れすぎると時間をかけて満たす欲求——夢——から遠ざかってしまうがよ。ＩＴ業界の巨人たち……スティーブ・ジョブズくんが子どものデジタル機器の使用時間を厳しく制限し、ビル・ゲイツくんが子どもが14歳になるまでスマホを与えんかったがもそのことが分かっちょったからじゃ」

――土佐ーシャの話は腑《ふ》に落ちるものだった。

ちょっとした空き時間にスマホやパソコンでネットを見始めるといつのまにか時間が過ぎていて、画面を閉じたあとも疲れが残って何かをやろうという意欲がわいてこないことは多々あった。

土佐ーシャは言った。

「もちろんスマホやパソコンも生活する上で必要な場面はあるじゃろ。ただ、おまんが本当に夢を見つけたいがじゃったら、付き合い方を考えないかん」

そして土佐ーシャは、僕に顔を向けて言った。

「おまん、この課題をやってみるがじゃ。『インターネットを一日断つ』」

（インターネットを一日断つ……）

言われたままメモ帳に書き込んだが、すぐに不安がよぎった。その不安を見透かすように、土佐ーシャは言った。

「難しいじゃろ」

僕が無言でうなずくと、土佐ーシャは続けた。

「人間がインターネットを発明したがは最近のことじゃけんど、今やインターネットがないと一日も過ごせんくらい生活に入り込んできちゅう。ただ、裏を返せば、それだけ現代人は目の前のマシュマロを食べることに慣れきっちゅうがよ」

そして土佐ーシャは言った。

「おまんは、ユングくんを知っちゅうがか？」

「確か、有名な心理学者ですよね」

「そうじゃ。ユングくんはずっと仕事中心の生活を送っちょってな。一日に十人近くの患者を診《み》て、数多くの講演もこなし、休日は執筆活動に充《あ》てちょった。ただ、心身の疲れが限界に達しているのを感じた彼は、ボーリンゲンちゅう村の湖畔《こはん》に土地を買い、簡素な家を建てたがよ。石の床の上には床板も絨毯《じゅうたん》も敷かず、電気も電話もひかんかった。暖炉には薪を、料理には灯油コンロを使った。水道もなく、水は湖からくんできた。ユングくんがこの家で過ごすときは、必ず長い時間をかけて朝食の準備をしてな。食事を終えたあと、書斎で瞑想《めいそう》したり、丘を散歩したりしよった」

そして、土佐ーシャは言った。

「人間の心に誰よりも精通しちょったユングくんは、この家での生活をこう表現しちゅう。『ボーリンゲンでは本当の人生を生きている。とても深いところで自分自身になれる』とな」

　土佐ーシャの話を聞きながら、僕は顔を上げ周囲を見回した。小川から少し離れた場所にはミズナラとコナラの木が立ち並び、黄色や紅色に染まった葉が穏やかな風に揺れている。

　土佐ーシャは続けた。

「ワシが都市を離れて自然に囲まれた場所に来たのも、自分が夢を見つけるために必要な環境やったからじゃき」

　僕は土佐ーシャの言葉に心が温かくなった。そして同時に申し訳なく思った。

　僕は心のどこかで、ガネーシャがこのホテルに来た理由は、遊びたいだけだと思っていた。いや、「心のどこか」ではなく、全・心で思っていた。

　でもガネーシャには、ちゃんと深い考えがあったのだ。

「土佐ーシャ様、ありがとうございました」

　そう言いながら神妙に頭を下げると、土佐ーシャは顔を上げ、青く澄んだ大空に向かって言った。

「おまんは、ワシと一緒に人生ちゅう大海原《おおうなばら》を航海しゆうがじゃ。『夢』ちゅう名の大陸はすぐそこぜよ」

——最初に聞いたときには違和感しかなかった土佐弁が、土佐の英雄・坂本龍馬の言葉のような響きを持っている。

唯一、水を差していたのが顔の周囲を飛び回るコバエで、この虫がいなかったらもっと感動できただろう。そんなことを考えていると、土佐ーシャは言った。

「ワシがなんで虫を追い払わんか、分かるかえ？」

僕が首を横に振ると、土佐ーシャは言った。

「ほんに、現代人ちゅうのは虫が嫌いじゃな。虫は、突然近づいてきたり、刺したりすることもあるきに、嫌がる人も多いがやろうけど……」

そして土佐ーシャは右の前足を持ち上げ、コバエを止まらせた。

「たとえば、この虫には『花粉を運ぶ』ちゅう役割がある。また、鳥にとっては貴重な食料ぜよ。『花鳥風月《かちょうふうげつ》』——自然界の美しい風物を指す言葉じゃけんど、美しい花や鳥が存在するためには、それを支える虫が必要じゃ。そして、虫がたくさんおるちゅうことは、その土地に栄養のある土と水が豊富にあることを表しちゅう」

そう言うと土佐ーシャは、そっとコバエを宙に放ってたずねた。

「おまんらが虫を嫌う感情と、ついさっきワシがした夢の話には共通点があるじゃろ？」

僕は、少し考えてその答えをつぶやいた。

「短期的な欲求と、長期的な欲求……」

「そのとおりぜよ」

土佐ーシャは、うなずいて続けた。

「虫を嫌う感情は、短期的な欲求じゃ。じゃけど長期的に見たら、虫は、人間が生きていくには欠かせん大事な存在じゃ。もちろん虫の被害を防がにゃいかん状況もあるじゃろうが、害虫として一方的に嫌い、排除することはできんはずぜよ」

僕は土佐ーシャの言葉を聞きながら思った。

インターネット、マシュマロ実験、昆虫……土佐ーシャは様々な例を挙げたが、一つの共通することを話している。

目の前の欲求に飛びつくのではなく、自分の中にある深い欲求を時間をかけて満たすこと。それが「夢をかなえる」ということなのだ。

僕が理解を深める様子を見て満足そうにうなずいた土佐ーシャは、スマホを指差して言った。

「おまんらは、スマホは人間の叡知《えいち》を結集して作られた最先端の機器であり、スマホを作った人間をすごいち思いゆうみたいやけんど――」

　土佐ーシャが手のひらを空に向けると、そこに光が集まり、肉球の上にコバエが現れた。

「おまんらは、このコバエ一匹、ゼロから生み出せんちゅうことを忘れたらいかんぜよ」

　そして、飛び立ったコバエは、他のコバエたちと一緒に土佐ーシャの顔を周回し始めた。

　――ガネーシャの言うとおりだ。

　僕たちは、様々な機能を備えたスマホを非常に価値の高いものだと思っているが、完全な機能を備えた虫を、一匹すら生み出すことはできない。

だとしたら、スマホとコバエは、どちらが偉大な存在なんだろう――。

　これまで何気なく送ってきた生活に、何か大事なものが欠けていることに気づいた僕は、土佐ーシャに言われたとおりスマホの電源を切ることにした。

　すると土佐ーシャは満足そうにうなずいたが、ふと思いついたようにこんなことを言った。

「そういえば、おまんのスマホのキャリアはどこじゃったか？」

僕は、（どうしてそんなことを気にするんだろう？）と不思議に思いつつも、

「ソフトバンクです」

と答えた。

すると、土佐ーシャは突然、僕のスマホを口で奪い取り、ものすごい勢いで歯を立てた。

何が起きたのか分からず呆然とする僕の前で、土佐ーシャは、ガリッ、ガリッ、と音を立てながらスマホを破壊していく。

（ええ――）

「ど、どうして……」

やっとのことで声を出すと、土佐ーシャはボロボロになったスマホを口からペッと吐き出して言った。

「ワシがガネーシャじゃったらこんなことはせんで済んだじゃろうが、土佐ーシャ的には、ソフトバンクのＣＭに出ちょる国民的人気の白い犬に対抗心を燃やさざるを得んかったがよ」

（燃やさざるを得んかったがよって、それはあんたのさじ加減だろ――）

愕然とする僕に向かって、土佐ーシャは笑いながら続けた。

「でも、良かったがじゃ。これでもう完全にスマホは見れんようになったわけじゃき」

そして土佐ーシャは顔を輝かせて言った。

「しかし、げにまっことすごいがは、ワシの噛む力じゃ。スマホがまるでマシュマロみたいじゃったぜよ！　がはははは！」

豪快に笑う土佐ーシャを、うつろな目で見ながら思った。
(こいつは間違いなく、これまでガネーシャが変身した中で最悪の害獣だ――)

[ガネーシャの課題]

インターネットを一日断つ
自然の中でゆっくり過ごす時間を持つ
虫の役割を知り、大事にする

7

土佐ーシャにスマホを破壊されたことで、

（仕事のメールや電話が来たらどうすればいいんだ⁉　というか、スマホの中のデータは無事なのか⁉）

といった猛烈な不安が次から次へと押し寄せてきてパニックになり、

（と、とにかく、ここから一番近い携帯ショップへ！）

と地図アプリを開こうとしたがスマホが壊れていることを再び突きつけられ、混乱を極めることになった。

こうして途方に暮れた僕だったが、しばらくすると、ある違和感を持った。

それは、今、都市を離れて自然の中にいるはずなのに、会社で働いているときとまったく同じように焦っているということだ。

そんな自分に気づくことができたのは、「自分の感情・感覚を丁寧に観察する」ことを学んだからかもしれない。

僕は、壊れたスマホのことはいったん忘れることにして（とはいえ頭の片隅ではどうしても気になってしまうのだけど）、近くを散策してみることにした。

川沿いの道を歩いていくと道が二手に分かれ、一方は木々が生い茂る遊歩道に続いている。

遊歩道に入ると、ほとんど人が通っていないのだろう、地面を踏むたびに落葉が音を立てた。しばらく進むと、座るのにちょうど良い石を見つけたので腰を下ろした。

大きく息を吸い、ゆっくりと吐き出す。空気が本当に美味しく感じられる。

（そういえばガネーシャは、自然の中にしかない周波数の音があるって言ってたな……）

目を閉じて耳を澄ますと、木の葉が風に揺れる音や、遠くで野鳥の鳴く声が聞こえた。

こんな風にゆったりとした時間を過ごすのは、いつぶりだろう。

入社してからは、カフェや公園にいても頭の中は仕事に占領されていて、心からリラックスできることはほとんどなかった。

（これからは、こうやって自然の中で過ごす時間を作っていきたいな……）

ふと、そんな考えが頭に浮かんだが、これも一つの「やりたいこと」だと気づく。ポケットからメモ帳を取り出し、「乗馬」のあとに書き込むと、それ以外にも、キャンプをしたり、青空の下で美味しいものを食べたりしたいという思いがどんどん浮かび上がってきた。

課長から「お前の夢は何だ?」と聞かれたり、普段の仕事を監視されたりしているときに感じるプレッシャーは一切ない。穏やかな気持ちで、メモ帳の上のペンを動かしていく。

それは、僕にとってすごく「自然」な行為に感じられた。

*

ホテルの部屋に着いて扉を開けると、ガネーシャたちは先に戻っていた。

ガネーシャが土佐ーシャではなくおじさんの姿になっていたので安心したが(できれば、あの凶悪な犬には二度と変身してほしくない)、今度はバクの外見がおかしなことになっていた。

（一体、どうしちゃったんだ……）

バクの変わり果てた姿に驚いていると、ガネーシャが言った。

「ワシの夢やってん」

「ゆ、夢……？」

僕は首をかしげたが、ガネーシャの目が真っ赤になっているのが分かった。

（な、泣いているのか……？）

けげんな表情を向けていると、ガネーシャは赤い目をこすりながら話し始めた。

「ワシ、前々から、バクちゃんの体毛整えたら可愛さのポテンシャル最大限引き出せるんちゃうかて思てたんや。ただ、こんなこと言うても単なる言い訳にしかならへんのやろうけど……ワシが人を育てるときはバクちゃんが見つからへんようにしてきたやろ？　せやからトリミングサロンに出すタイミングが見つからへんかってん。いや、ワシが『絶対にバクちゃんをトリミングしてもらうんや！』て覚悟決めたらいけたはずなんやけど、そこはワシの甘さが出てもうたんやな。ただ、今回、ついに念願かなってこのホテルのサロンでバクちゃんの体毛整えてもろたら、なんやこの可愛さ。『目に入れても痛くない』ちゅう言葉があるからほんまに入れてみたら全然痛なかってん。麻酔打たれてたんちゃうか？　ちゅうくらいの無痛やってん」

ガネーシャの目が充血している理由が分かり（強がっているだけじゃないか）と思ったが、

「ほら、もっと近くで見たってや」

と差し出されたので、改めてバクのふわふわの姿を眺めた。

どういう過程でこの状態になったのか分からないが、可愛いリボンまでつけられていて、別の生き物のようだ。ただ、バクは、そんな可愛らしい外見とは対照的に、奥歯をギリギリと噛みながら小声で言った。

「……お前、絶対にこの姿イジるんじゃねえぞ。一言でもイジりやがったらお前のやりたいこと全部吸い取って……」

しかしバクは途中で口をつぐみ、うずくまってしまった。

（どうしたんだ？）

不思議に思っていると、ガネーシャが焦った口調で言った。

「昨日から何も食べてへんから弱っててんねん。早《は》よ自分が夢を見つけて食べさせたらんと、バクちゃんどんどん弱っていってまうで」

そしてガネーシャは、

「バクちゃん、頑張ってや！　これも全部、ＫＩＺＵＮＡのためやで！　ほら、ＫＩＺＵＮＡて言うてみ！　言うたら元気出るから！　言えへんのやったら、せめて体で……」

ガネーシャがバクの手足を持って「Ｋ」の文字を作ろうとしているのを見て、

（言うよりそっちの方が大変……というか、僕が夢を見つけるまで断食させるという謎のルールをやめれば済む話じゃないか……）

と呆れ果てたが、バクは本当に苦しそうなので、早く夢を見つけなければという気持ちがわき立った。

「では、ガネーシャ様、課題の方を……」

そう言ってうながすと、ガネーシャは「次の課題はもう決まってんねん」と言って続けた。

「次の課題は――」

そこでガネーシャは言葉を止め、鋭い眼光を僕に向けてきた。（そんなことをしている暇はないんじゃないのか？）と疑問に思ったが、ガネーシャは苦しんでいるバクをよそに、無言のままゆっくりと顔を近づけてきたり、口は動かすが言葉を発しないというフェイントをかけてきたり、大いにもったいぶってから言った。

「『名作を鑑賞する』や」

「名作を鑑賞する……？」

「そうや」ガネーシャは、うなずいて続けた。

「映画や小説、音楽……どんなジャンルにも名作て呼ばれる作品があるやろ。それを鑑賞するんや」

それが夢と何の関係があるんですかと言いかけたが、「まずは実行する」という契約を思い出し、「分かりました」とうなずいた。

しかし、すぐにこの課題を実行する上で問題があることに気づいた。

名作を鑑賞するにもスマホが壊れているので、動画や電子書籍のアプリを開くことができないのだ。

するとガネーシャは、「安心せえ」と言ってテレビのリモコンを手に取り、ホテルの施設案内のページを表示した。

画面に登場したのは、豪華な部屋の写真と説明文だった。


普段、ワンちゃんと一緒に行けない場所といえば映画館。当ホテルでは、巨大プロジェクターとワンちゃんのお耳に優しい音響設備で、ワンちゃんと一緒に映画をご覧になれるシアタールームをご用意しております。


ガネーシャはニヤリと笑って言った。

「すでに部屋は予約済や。観る映画は、ペット映画の名作中の名作、『僕のワンダフル・ライフ』一択《いったく》やで」

そして、ガネーシャはまだ赤みが取れていない目を遠くに向けて言った。

「ワシ、バクちゃんと最高の環境で映画観るの――夢やってん」

僕は、ふわふわのバクを抱きかかえ、軽やかな足取りで部屋を出ていこうとするガネーシャの後ろ姿を見て思った。

（「夢をかなえるゾウ」ってもしかして、「（人のお金で、自分の）夢をかなえるゾウ」なんじゃないのか――）

*

「……最高やったな」

巨大スクリーンの中でエンドロールが流れ終わると、ガネーシャは鼻をすすりながら言った。

僕も、ガネーシャと同様に涙を流しながらうなずいた。

「……最高の映画でしたね」

――ペット映画には興味がないので一切期待せずに観たのだが、『僕のワンダフル・ライフ』は本当に素晴らしい内容で大いに感動させられた。僕は、溜まっていた感情を一気に吐き出すように、身振り手振りを交えながら語った。

「『自分は何のために生きるのか？』という問いの答えを探し求める犬のベイリーは、今の僕の状況そのもので……まさにこの映画は『夢』を描いた映画だったと言えるのではないでしょうか⁉」

「せやな。ベイリーは人生ならぬ『犬生』についてずっと考えて……」

「あと、何と言ってもユーモアですよね！　『不運』や『死』が題材になっていますが、犬ならではの笑いがふんだんに盛り込まれていたので暗い気持ちになりすぎず観ることができました！」

「せやな。『笑いの神様』的に見てもベイリーの笑いは……」

「ラブストーリーも素晴らしかったです！　ベイリーの犬生を追いながらも、飼い主のイーサンの恋の行方《ゆくえ》にはドキドキハラハラさせられました！」

「せやな。ワシはこの映画を本年度の『ガネデミー賞』最有力候補……」

「映像も本当に綺麗でしたよね！　ベイリーがイーサンの故郷の草原を走るシーンの美しさにはため息が出ました！」

「本年度のガネデミ……」

「あと、何と言っても素晴らしかったのがラストシーン！　ベイリーが『生まれ変わる』というアイデアによって意外性も高まって、もう本当に最高の……」

「おまん、ええ加減にしいや」

突然、ガネーシャの声色が変わったので顔を向けると、

「うわぁ！」と声を上げて飛びのいた。

そこにいたのは、やはり、土佐ーシャだった。

（ま、また現れた――）

驚きと恐怖で腰を抜かしている僕の体に前足を載せ、ぐりぐりと踏みつけると土佐ーシャは言った。

「どうしておまんばっかり『僕のワンダフル・ライフ』について語るがじゃ？『僕のワンダフル・ライフ』はおまんだけのもんじゃないき。『みんなのワンダフル・ライフ』ながじゃき！」

「す、すみません！」

僕はあわてて謝ったが、土佐ーシャはフゴォッと大きな鼻息を吐き、涎を滴《したた》らせながら続けた。

「そもそもおまんは、『名作を鑑賞する』ちゅう課題がどうして夢を見つけることにつながるか分かっちゅうがか!?」

「わ、分かりません……」

怯えながら答えると、土佐ーシャは太い足でのっしのっしと歩き出し、スクリーンに映し出されている画面を指して言った。

「もしおまんが、この映画を家で一人で観ちょったら、最後まで観たがかえ?」

僕は、(こんなに素晴らしい映画なんだから最後まで観るに決まってるじゃないか)と思ったが、よくよく考えてみると、そうも言い切れないことに気づいた。

この映画の前半は、主人公が立て続けに不幸に遭い、観るのがつらくなる時間がある。それは最後まで観たら伏線だと分かるのだけど、映画館ではなく自宅で観ていたら途中でスマホを触ったり、パソコンでネットを開いたりして、観るのを中断してしまったかもしれない。

土佐ーシャは言った。

「ワシが昼間にした夢の話、覚えちゅうか?」

僕がうなずくと土佐ーシャは続けた。

「人間の欲求には、短期と長期のものがあり、夢は長期の欲求と言えるがじゃけど――これは長編映画と似た構造になっちゅう。もし前半に観るのがつらくなったり、退屈に感じたりする場面があったとしても、それは物語が感動を生むために必要不可欠な一部ぜよ。また、時代を超えて受け継がれる名作は、人物や情景の描写が丁寧じゃき冗長《じょうちょう》に感じられたり、当時の時代背景が分からんかったりしてとっつきにくい部分もある。じゃが、名作と呼ばれる作品は必ず人間の普遍的な奥深さを描いちゅうき、新たな生き方や人生の意味を示唆《しさ》してくれるもんながよ」

そして土佐ーシャは言った。

「おまん、ジェフ・ベゾスくんは知っちゅうろう?」

「はい。アマゾンの創業者で億万長者の人ですよね」

「そうじゃ。電子書籍のKindle《キンドル》を作ったベゾスくんが、いつもKindleに入れて持ち歩いて愛読しゆうがカズオ・イシグロくんの『日の名残り』じゃ。この小説は、執事として働いた老人が人生を振り返り、自分の選択が正しかったかを思い悩む話じゃけんど、ベゾスくんは『フィクションは、ノンフィクション以上に、人生について教えてくれる』て言いゆうぞ。彼が勤務先のヘッジファンドの高給を捨ててアマゾンを創業するかどうか悩んだときも、『日の名残り』の老執事のように後悔したくないいちゅう思いがあったはずじゃ」

僕はメモ帳を取り出して土佐ーシャの言葉を書き込みながら、自分の気持ちが高鳴るのを感じた。名前を知ってはいるものの、まだ観たり聴いたりしていない名作はたくさんある。それを鑑賞することが夢を見つけることにつながるのなら、楽しくて充実した時間を過ごすことができるだろう。

そんなことを考えながら、今後鑑賞したい作品を書き出していこうとしたのだけど、突然、土佐ーシャの声色が変わったのでメモを止めて視線を向けた。

「バ、バクちゃん、大丈夫か⁉」

土佐ーシャは元のガネーシャの姿に戻り、バクを抱きかかえている。

ガネーシャは焦った口調で続けた。

「ふわふわの毛が隠れ蓑《みの》になってて気づけへんかったけど、びっくりするほどガリガリになってもうてるやん！」

（トリミングサロンなんかに連れて行くからだろ――）

呆れた視線を向けていたが、ガネーシャは、潤んだ瞳で言った。

「こんなバクちゃんは、もう見てられへんで。無理や！　限界や！　レフリー、ギブアッ……でも、この苦しみを乗り越えなあかん。なぜならそれが――『真☆ガネーシャ式～ＫＩＺＵＮＡ～』やからや！」

（結局、それが言いたいだけか――）

心の声が思わず漏れ出そうになったが、ガネーシャはこの謎のルールを撤回する気は一切ないようで、僕に向かって真剣な口調で続けた。

「バクちゃんを助けるためにも、自分は一刻も早く夢を見つけるんや。こうなったら、とっておきの課題を出すしかあらへんで！」

そして、僕の手からメモ帳を奪い取ると、何枚か破ってペンで殴り書きし、乱暴に突き返してきて言った。

「自分は今すぐ部屋に戻ってこの課題をこなすんや！　この課題は一人でじっくり取り組まなあかんやつやからな！」

僕は、あわてて紙を受け取りながらたずねた。

「ガ、ガネーシャ様はどうされるのですか？」

するとガネーシャは、戦場に向かう兵士のような凛々《りり》しい表情で言った。

「ワシは――映画観るわ」

「えっ……」

予想外の返答に固まってしまったが、ガネーシャは「ワシ、前々から気になってる名作映画があんねん」と言ってモノクロ映画のＤＶＤを取り出した。

そして背表紙を見ると、さらに勇《いさ》ましい表情になった。

「この映画の上映時間は……１２４分や！　つまり、自分に残された猶予《ゆうよ》は１２４分！　この時間内に必ず夢を見つけるんやで！」

ガネーシャは、バクの背中に手を置いて続けた。

「バクちゃん、あと１２４分や！　１２４分耐え切れば……１２３分やとあかんで！　ワシ、余韻を楽しむタイプやからエンドロールは必ず最後まで観るて決めてんねん！　せやから、きっかり124分耐えるんや！　そしたら、必ず夢が食べられるからな！」

そしてガネーシャは、DVDをセットしながら僕に向かって言った。

「さ、早よ！　早よ部屋に戻って課題こなすんや！　バクちゃんを救えるのは、自分だけやで！」

僕は、豪華なソファにごろんと寝転がり、リモコンを操作しながらクッキーをかじり始めたガネーシャを見て思った。

（決死のプロジェクトが始まった感を出してるけど、一人で落ち着いて映画を観る時間を確保しただけじゃないか――）

［ガネーシャの課題］

名作を鑑賞する

8

ガネーシャの指示には納得がいかない部分も多々あったが、

（これは、夢を見つけるために必要な課題なんだ）

と考え直した僕は、ホテルの部屋の机の前に座り、渡された紙を取り出した。一枚目の紙にはこう書かれてあった。

やりたくないことを全部書き出す

課題の意図が分からず他の紙も見たくなったが、「書かれた内容を実行してから次の紙に進むこと」という指示があったので、まずは実行してみることにした。

（やりたくないこと……）

この言葉から連想されたのは、やはり、職場のことだ。

これ以上、課長のもとでは働きたくないし、会社での仕事もほとんどがやりたくないことに思えた。今となっては職場の同僚たちと食事をしたり飲みに行ったりするのも避けたかった。

（こんな愚痴《ぐち》のようなことばかり書いてしまっていいのだろうか）

罪悪感がふつふつとわき上がってきたが、課題には「全部」とあるので思いつくままに書いていった。

課長と働きたくない
会社に行きたくない
満員電車に乗りたくない
気の乗らない飲み会に参加したくない
データをまとめる作業をやりたくない
仕事が終わってからも仕事の不安を抱えていたくない
休日に仕事の電話を受けたくない
仕事のことで親から口出しされたくない
…………
…………

仕事についての「やりたくないこと」から始まり、日常生活に関わることも書いていったが、やはり大半が仕事に関するものになった。

思いつく限りのことを書き出したので、次の課題が書かれた紙を開いた。


やりたくない（面倒だ）けれど、やった方が良いと思うことを消す

（やりたくないけれど、やった方が良いと思うこと……）

——もし、ガネーシャと出会う前だったら、この課題の意図を理解するのは難しかっただろう。でも、今の僕は、この課題にどう取り組めば良いのかが分かった。

自分の感情や感覚を丁寧に観察すれば、理屈や表面的な思考に囚われず、心の奥底で「大事だ」と思っていることが分かる。これは、そのことを見つけるための課題なのだ。

たった今書き出したリストを見返しながら、自分の感覚がどう反応するかを観察する。

その結果、「会社に行きたくない」は消した方が良いことが分かった。僕が会社

に行きたくないのは、課長や同僚との関係が悪いからであって、仲間たちと一緒に同じ目的に向かって努力したり、助け合ったりする場所は必要だと思う。

一方で、「満員電車に乗りたくない」は残すことにした。仲間とのつながりは大事だけれど、満員電車は本当に苦しくて体力も気力も削られてしまう。僕は本音として、もう満員電車には乗りたくなかった。

こうして自分の意識下にある気持ちを観察しながらいくつかの項目を消したあと、課題が書かれた最後の紙を開いた。その紙にはこう書かれてあった。


やりたくないことをひっくり返して、やりたいことに変える

(やりたくないことをひっくり返す?)

この言葉はさすがに意味が分からなかったが、紙の端にこんな表記を見つけた。


(例) ダイエットしたくない　↓　何も気にせずたくさん食べたい

——ガネーシャらしい具体例によって課題の意図が理解できた。僕は、書いた項

目をひっくり返してやりたいことに変えていった。

課長と働きたくない　↓　尊敬できる上司と働きたい
会社に行きたくない
満員電車に乗りたくない　↓　移動でストレスを溜めず、万全の状態で働きたい
気の乗らない飲み会に参加したくない　↓　仲の良い人たちと楽しい飲み会をしたい
データをまとめる作業をやりたくない　↓　自分の強みを活かせる仕事がしたい
仕事が終わってからも仕事の不安を抱えていたくない　↓　仕事と休暇をしっかり分けたい
休日に仕事の電話を受けたくない
仕事のことで親から口出しされたくない　↓　親の意見を気にせず伸び伸びと働きたい

…………
…………

2巻 「お金」と「幸せ」の関係、ごっついの教えたろか。

夢をかなえるゾウ2
ガネーシャと貧乏神
【単行本・文庫版】

万年売れないお笑い芸人、西野勤太郎のもとにガネーシャが降臨!「ワシとコンビ組もうや」。お笑い界での成功を目指す西野に、ガネーシャは「お金」と「才能」の関係について教えを授けるのだが——。夢に向かって挑戦しても才能がなかったら生活はどうなる? バラエティ豊かな教えが満載の自己改革小説、第二弾!

3巻 「仕事」と「恋愛」に効くスパイシーな教えやで。

夢をかなえるゾウ3
ブラックガネーシャの教え
【単行本・文庫版】

人生くだりのエスカレーターに乗りかかった、夢をあきらめきれない女性社員の部屋に現れたガネーシャは、筋肉隆々のブラックな姿に変身!鬼コーチ、ブラックガネーシャが手ほどきする、カーネルサンダースを白髪にし、ムンクを叫ばせるほどにスパイシーな教えとは?ガネーシャのライバル神との商売対決も必見の第三弾!

4巻 自分、今の生き方やったら、死ぬときめっちゃ後悔するで。

夢をかなえるゾウ4
ガネーシャと死神
【単行本・文庫版】

妻と娘を何よりも愛する平凡な会社員の主人公は、突然医者から「余命三か月」を宣告される。狼狽する彼の元にガネーシャ登場!家族の将来を守るため、わずかな期間で大金を手に入れようと、藁にもすがる思いでガネーシャのアドバイスを実践することになるが——。夢の「かなえ方」と「手放し方」が学べる、シリーズ第四弾!

0《ゼロ》巻 え!? 自分、「夢」がないやて? ほな「夢の見つけ方」教えたろか。

夢をかなえるゾウ0
ガネーシャと夢を食べるバク
【単行本・文庫版】

パワハラ上司の横暴に悩まされる会社員を「宇宙一の偉人に育てる」と宣言したガネーシャ。しかし彼にはそもそもかなえたい「夢」がなかった——。夢ソムリエのバクや、ガネーシャの父親シヴァ神も登場し、隠されていたガネーシャの秘密も明らかに。「夢とは何か?」「夢は本当に必要なのか?」を解き明かす、シリーズの原点「0」!

この作業を進めていくと、自分の気持ちがどんどん高揚していくのが分かった。

「やりたくないこと」を書き出すのは愚痴のように思えて抵抗感があったが、それを反転させて「やりたいこと」にすると心が前向きになっていった。

(この作業は、今後も定期的にやっていきたいな)

そんな風に考えながら作業を進め、すべての「やりたくないこと」を「やりたいこと」に変えたとき、突然、視界を覆っていた霧が晴れるかのように次の言葉が思い浮かんだ。


尊敬できる仲間と一緒に、夢中になれる仕事がしたい

その言葉をメモ帳に書いてみると、全身を電気が走り抜けるような感覚があった。

(これだ。これが……僕の夢なんだ)

他の人が聞いたら漠然《ばくぜん》とした夢だと感じるかもしれない。ありふれた夢だと思われるかもしれない。

でも、会社生活で苦しんできた僕が今、何よりも手に入れたいもの。それは、「尊敬できる仲間」と「夢中になれる仕事」だった。

今の職場は、居るだけで苦しい。でも、僕は仕事がしたくないわけじゃないんだ。いや、むしろ、会社のトイレ掃除で経験したように、時間の感覚がなくなるくらい仕事に没頭してみたい。

さらに、周囲の仲間たちと支え合い、切磋琢磨《せっさたくま》しながら仕事を進められたら、それ以上に素晴らしいことなんてないように思えた。

（尊敬できる仲間と一緒に、夢中になれる仕事がしたい）

頭の中でもう一度繰り返してみる。全身に熱が広がっていくのを感じ、これこそが追い求めてきたものだという確かな感覚があった。

もし、ガネーシャと出会ったばかりのころに今回の課題を出されたとしても、僕は夢を見つけることはできなかっただろう。ガネーシャから出される課題を一つ一つこなし、自分について掘り下げてきたからこそ、このタイミングで見つけることができたのだ。

顔を上げ時計を見ると、ガネーシャから指定された時刻を少し過ぎてしまっていた。

僕は、ついに夢を見つけたことをガネーシャに報告すべく勢い良く席を立った。

そして、僕が部屋の扉を開こうとして手を伸ばしたとき、扉の方が先に開いた。

扉の向こうには、バクを抱えたガネーシャが立っていた。

「ガ、ガネーシャ様！」

僕は、夢を見つけたことを喜び勇んで伝えようとしたが、ガネーシャの顔を見た瞬間、口をつぐんでしまった。

ガネーシャは、まるで別人になってしまったかのような、蒼白《そうはく》な顔面をしていた。

そして、体を丸めたバクを僕に手渡すと——最後の力を使い果たしたかのように——その場に崩れ落ちたのだった。

［ガネーシャの課題］

やりたくないことを全部書き出し、やりたいことに転換する

9

「例えるなら……焼肉屋の会計のあとに渡されるガムのような無個性な味わい……〝本物の夢〟からはほど遠いな」

「文句があるなら食べなくていいから」

僕はバクの鼻をつかもうとしたが、バクはさっとかわして吸い込むとゴクリと音を立てた。

僕の夢を食べたことでバクの体調は徐々に回復していたが、その様子を見ても心が休まることはなかった。

僕は、ベッドの上に横たわるガネーシャを見て言った。

「……一体、何があったの？」

バクは何も言わず、鼻先を扉に向け、部屋の外に出るよう指示した。

＊

ホテルの1階にあるライブラリーで、パソコン画面を開いた。

ガネーシャから出された課題「インターネットを一日断つ」が頭をかすめたが、この課題は他の日に必ず実行すると心に決め、検索を急いだ。

画面に表示されたのは、先ほどガネーシャがシアタールームで見た名作映画の概要だった。


『エレファント・マン』

1980年製作のイギリス・アメリカ合作映画。監督はデヴィッド・リンチ。生まれつき、顔と身体が強度に変形していたことで「エレファント・マン（ゾウ男）」の呼び名で見世物小屋に立たされていた実在の青年、ジョゼフ・メリックの半生を描く。アカデミー賞最優秀作品賞、主演男優賞など8部門にノミネートされ、1981年、日本での興行収益1位を記録……


（ガネーシャは、こんな内容の映画を……）

衝撃を受け言葉を失っていると、隣のバクは、

「今から言うことは絶対に誰にも言うなよ」

と前置きしてから言った。

「ガネーシャ様はな、自分がゾウの顔であることに劣等感を抱えていらっしゃるのだ」

「えっ……」

思わず声を漏らすと、バクは続けた。

「お前は、ガネーシャ様の生《お》い立ちを知ってるか？」

僕が首を横に振ると、バクは鼻をパソコンの画面に向け、検索するよう指示した。

検索ワードを打ち込んでページを開くと、その内容が画面に表示された。


「ガネーシャの生い立ち」

ヒンドゥー教の女神、パールヴァティーは、入浴中に身体の垢《あか》を集めて人形を作った。その人形の出来栄えは美しく、大変気に入ったパールヴァティーは魂を吹き込んで「ガネーシャ」と名付け、自分の息子にした。そして、最初の仕事として、入浴中に誰も家に入ってこないよう見張りを命じた。

そのことを知らずに帰ってきた夫・シヴァは家に入ろうとしたが、シヴァを知らないガネーシャは、母の言いつけを守り追い返そうとした。


ガネーシャに腹を立てたシヴァは、ガネーシャの首を切り落として遠くへ投げ捨ててしまった。ただ、その出来事を知ったパールヴァティーが深く嘆き悲しんだので、シヴァは、投げ捨てたガネーシャの首を探すよう部下に命じた。しかし首は一向に見つからず、業《ごう》を煮やしたシヴァは、

「一番最初に出会った者の首を切ってガネーシャの頭とする」

と決めて歩き出した。

そして、最初に出会ったのが「ゾウ」だった。


（そ、そんな……）

あまりにも理不尽な出来事に言葉を失っていると、バクが続けた。

「ゾウになる前のガネーシャ様は、相当な美男子だったという話だからな。ゾウの

顔にすげ替えられたことを、ずっと気にされているのだ」

バクは、悲しそうな表情で続けた。

「ガネーシャ様は、『ワシは、外見もギャグセンスも教えの内容も神様界でぶっちぎりの№1やで』とよくおっしゃっているが、他の神々には陰でこう言われてるんだよ。『あいつが№1なのは、自分のルックスに自信がないことだ』ってな」

（そうだったんだ……）

バクの話を聞いて、思い当たるふしがいくつかあった。ガネーシャがいつも自分の外見の魅力を誇示していたのは不安の裏返しだった気がするし、ガネー馬や土佐ーシャに変身する前も、馬や犬がゾウより人気があるのを気にしていた。

「ガネーシャ様の親子関係は複雑なんだよ」

バクは顔をうつむかせて続けた。

「ガネーシャ様は、自分の首をゾウにすげ替えたシヴァ様を恨んでいるが、一方で恐れてもいるから逆らえねえ。今回《こ》、土佐ーシャ様に変身されたあとも、『おとんと違う言葉に挑戦したくて土佐弁使てみたんやけど、結局、ワシはおとんの掌《てのひら》の上で踊らされてただけやったわ……』と寂しそうな顔で言いながら一冊の本を見せてくれてな。その本のタイトルは『竜馬がゆく』で、著者名が司馬遼太郎《シヴァ》だったたんだ」

——バクが冗談を挟んできたのかと思ったが、バクの表情は真剣そのものだった。

バクは、長いため息をついてから言った。

「いずれにせよ、こっからが大変だぞ。ガネーシャ様は過去の降臨で何度か、ご自身の外見について落ち込まれたことがあるが、今回は元に戻るまで特に時間がかかりそうだからな」

僕は、ベッドの上に横たわるガネーシャを思い出しながらたずねた。

「ちなみに、これまではどれくらいの間、落ち込んでたの？」

「短くて数年。長いときだと１００年近く落ち込んでたな」

（ひゃ、ひゃくねん——）

あまりの気の遠くなる年月に、全身から力が抜けていくのを感じた。

＊

バクの予想通りガネーシャの精神状態は悪化の一途をたどっており、僕は乗馬の予定をキャンセルして、ガネーシャを自宅に連れ帰った。

壊れたスマホを修理するために一度だけ外出したが、それ以外はガネーシャに付きっきりで看病した。

ただ、何も食べていないガネーシャのために、「雑炊でも作りましょうか？」とたずねると、「ゾ、ゾウ⁉」と言って体をガクガクと震わせ、冷蔵庫に対しても「ゾ、蔵《ゾウ》が……」と震え出すほどの怯えぶりだったので、「ゾウ」を連想するものを部屋からなくすために『象印』の湯わかし器を収納の奥にしまい、ウーバーイーツのお気に入りから『小僧寿し』を削除した。

結局、食事は雑炊ではなくお粥《かゆ》を作ったが、ガネーシャは一口も食べず、横になったままだった。

そして月曜日の朝。

目を覚ました僕は、ガネーシャの様子を見にベッドに向かうと、

「うわっ！」

と声を上げることになった。

そこには誰もおらず、ベッドの脇に奇妙な物体が現れていたのだ。

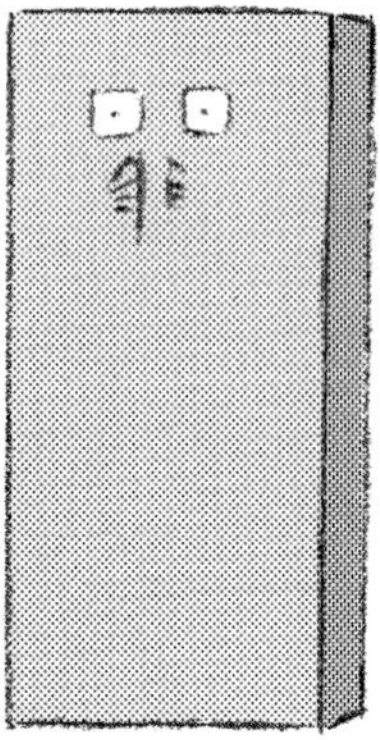

（な、何なんだこれは……⁉）

あまりの不気味さに震えていると、バクがやってきてあくびをしながら言った。

「あー、モノリスになっちゃってんな」

「モ、モノリス？」

「知らねえか？　ＳＦ映画の名作『２００１年宇宙の旅』シリーズに登場する、地球外知的生命体が作った石柱状の謎の物体だ」

「で、でも、どうしてガネーシャ様がモノリスに？」

「俺様もはっきりとは分かんねえけど、『形』が嫌になっちまったんじゃねえのか？

前にゾウの外見が嫌になったときは液化しちまったから、あわててタライに溜めたんだ。一個じゃ追いつかねえから何個かに分けてな。大変だったんだぞ」

(液化したガネーシャをタライに……)

そのときのことを想像してぞっとしたが、時計を見ると会社に行かねばならない時刻が迫っていた。

こんな状態のガネーシャを置き去りにするのは心苦しかったが、会社を休むわけにはいかないので急いで準備を始めた。

しかし、家を出ようとしたとき、モノリスになったガネーシャ(ガネリス)の方からうめくような声が聞こえた。

近づいて確認してみると、ガネリスは小さな声で「ゾウ……ゾウ……」とつぶやいていた。その恨めしい口調は、まるでこう言っているようにも聞こえた。

「憎……憎……」

*

会社に着いた僕は、真っ先に課長のデスクに向かった。

先週の金曜日の出来事はすべて猿渡先生に変身したガネーシャとバクがやらかしたことなのだけど、課長の中では僕が暴言を吐いたことになってしまっている。

「課長、先週のことですが……」

謝罪をするために口を開くと、課長は包帯が取れた右手を上げて言った。

「もう治ったから元の席に戻っていいぞ」

口調の冷たさから、相当いら立っているのが分かる。視界の隅で課長の膝が小刻みに揺れていた。僕は謝罪をしようか迷ったが、気まずい雰囲気に耐え切れず、

「分かりました」と言って机を整理し始めた。

——先週の金曜日、猿渡先生のセミナーに行った課長はどうなったんだろう。猿渡先生と話が噛み合うはずもないから、さらなるトラブルに見舞われた可能性が高い。

そのことを申し訳なく思いつつも、課長と物理的な距離が取れることにホッとしている僕もいた。

しかし、そのすぐあとに、自分の認識が甘かったことに気づかされる出来事が起きた。

朝礼が始まる時間になっても一向にその気配がないので、デスクで作業を進めて

いると、いつのまにか同じ部署の人たちがいなくなっていた。

(どうしたんだろう……?)

不思議に思いつつもパソコンに向かっていると、三十分ほどして大会議室の方からみんなが戻ってきた。ちらちらと自分に注がれる視線を感じる。

不穏な空気に胸騒ぎがしたが、すぐに予感は現実のものになった。

部内のメーリングリストから僕の名前が外されており、朝礼の場所が変わったことが知らされていなかった。しかも、共有資料へのアクセス権限も失っていることが分かった。

(そ、そんな……)

僕にも原因はあるとはいえ、あからさまな嫌がらせに悔しさが込み上げてきた。

指示を出したのは課長だろうけれど、それを受け入れている同僚たちにも憤《いきどお》りを感じた。

僕は、こぼれそうになる涙を必死でこらえながら、

(ああ、尊敬できる仲間と一緒に、夢中になれる仕事がしたい……)

と改めて夢に対する思いを強めた。

しかし一方で、猛烈な不安を感じることになった。

（僕は、この夢をかなえることができるのだろうか……）

様々な課題を乗り越えて、やっと自分の夢を見つけることができた。ただ、それはすべてガネーシャがそばにいてサポートしてくれたからだ。でも、肝心のガネーシャはモノリスになってしまっていて、会話をすることすらままならない。

顔を上げ、課長のデスクに目を向けた。僕なんてまるでこの世界に存在していないかのように、普段通り仕事を進めている。

夢を実現するためには、この会社を辞めなければならないだろう。

でも、今の僕は、課長に面と向かって言えるのだろうか。

「会社を辞めたいです」

と。

そう考えた途端《とたん》、足が、がくがくと震え出した。手で押さえつけようとしたが、震えが跳ね返してくる。

そのことがあまりにも哀《かな》しくて、僕はずっとこらえていた涙を目からあふれさせてしまった。

――ガネーシャは出会ったばかりのころ、僕に優しく、こう語りかけてくれた。

「自分、今日から、変わりや」

あの日から、僕はガネーシャの課題をこなし続け、変わることができたと思っていた。

でも、何も変わっていない。

いや、「やりたくない仕事」すら与えられず、誰からも見向きもされずに孤立している僕は、ガネーシャと出会う前より後退しているのかもしれない。

オフィスの壁が、ずずっ、ずずっと音を立てながらこちらに迫って来る。

これまでは会議室にいるときしか感じなかった圧迫感を、オフィス全体から感じる。

（誰か、助けて……）

心の中で懇願《こんがん》し、僕はさらに絶望する。

今までは助けを求めたとき、いつも必ずガネーシャが来てくれた。

でも、僕を助けてくれる人は、もう、どこにもいないのだ。


「おい」

足元から声がした。

涙がにじんだ目を向けると、鞄からバクが顔を出していた。

バクは、これまでの急《せ》かすような口調ではなく、半《なか》ばあきらめたように言った。

「課長の夢を食わせろ」

バクは、冷めた口調で続けた。

「お前には、もう、その道しか残ってねえんだよ」

僕はもう一度顔を上げ、課長のデスクに目を向けた。

課長は他の同僚と談笑している。

そんな和気藹々《あいあい》とした姿を見て、僕はこの数か月間、課長から受けてきた数々の仕打ちを思い出した。

僕が苦しんでいる間、課長はどんな風に過ごしてきただろう。課長にとっては僕の人生なんて、机の上に置いてあるコーヒーの空き容器くらいのものでしかないんじゃないだろうか。

僕は、再び足元に視線を落とし、唇を震わせながらバクに向かって言った。

「課長の夢を――」

＊

自宅に戻った僕が真っ先にしたのは、ガネーシャのもとに向かうことだった。

(やっぱり、そうか……)

ガネリスは今朝と寸分違《たが》わぬ場所にたたずんでいた。その無機質な姿は、ガネーシャの心が固く閉ざされていることを表しているように見えた。

それでも僕はガネリスの前に座ると、鞄からあるものを取り出した。

それは、「あんみつ」だった。

――にわかには信じ難い話だったが、バクによると、ガネーシャはあんみつが好きすぎて、あんみつを初めて食べる感動を味わうために、地上に降り立つ前にあんみつに関するすべての記憶を消し去るのだという。それがガネーシャの「降臨ルーティン」とのことだった。

僕は、あんみつの封を開け、スプーンで中身をすくった。

口元らしき場所に何度も持っていったが、ガネリスからの反応はなかった。苦肉の策として頭にかけてみたが、柄杓《ひしゃく》で水をかけられた墓石のようになっただけだった。

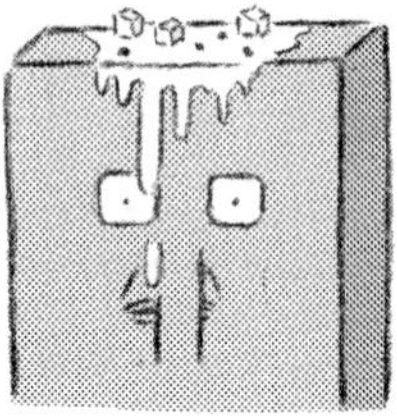

（だめ、か……）

がっくりと肩を落とすと、隣のバクが言った。

「……お前、どうして俺様に課長の夢を食わせなかったんだ？」

僕は、残りのあんみつをお供えするように、ガネリスの前にそっと置いて言った。

「だって、バクと取引したら……課長の夢を食べてもらう代わりに、僕はガネーシャ様の前から姿を消さなきゃいけなくなるだろ？」

僕は、ガネリスを見つめながら言った。

「こんな状態のガネーシャ様を置いていけないよ……」

するとバクは僕の顔をじっと見たあと、ぽつりとつぶやくように言った。

「……でも、お前はどうすんだよ？　ガネーシャ様は助けてくれない。会社にも居場所がない。例えるなら、助さん格さんとはぐれたあと、印籠《いんろう》まで落とした水戸黄門だぞ。ただの無力な爺《じじい》じゃねえか」

「……」

僕はすぐに言葉を返せなかった。バクの言うとおりだからだ。

それでも、僕はバクに向かって言った。

「……何か、他に方法はないかな？」

「んあ？」

顔をしかめるバクに向かって続けた。

「ガネーシャ様との付き合いが長いバクだったら、ガネーシャ様を立ち直らせる方法を知ってるんじゃないかと思って」

「分かんねえやつだな。ガネーシャ様が一度こうなっちまったら、ちょっとやそっとのことじゃ……」

「お願いします」

僕はバクに頭を下げて言った。

「僕には、無理なんだ。この状況を変えられるのは、バクだけなんだよ」

それから僕は、鼻孔と口を大きく開いて言った。

「ろうろ（どうぞ）」

「……何の真似だ？」

「いや、少しでも僕の夢を食べやすいように、と思って」

するとバクは言った。

「前々から思ってたけど、お前、ちょくちょく俺様やガネーシャ様のことをバカにしてくるよな？」

「そ、そんなことしてないよ」

僕はあわてて否定したが、バクはフンと鳴らした鼻を伸ばして僕の夢を吸い込み、ゴクリと音を立てて言った。

「例えるなら……一晩寝かせたカレーのような、まろやかな味だ」

「えっ……」

意外な感想に驚くと、バクは続けた。

「お前の、『ガネーシャ様を元の姿に戻したい』っていう思いが味に反映されてんだよ」

（そ、そうなんだ……）

気持ちのこもった夢を持てていることに喜びを感じたが、バクは、しばらくの間、静かな表情でガネリスを見つめてから、ぽつりと言った。

「お前、命を賭ける覚悟はできてんのか？」

「えっ⁉」

突然の言葉に動転して声を出すと、バクは呆れた顔で言った。

「何驚いてんだよ。それくらい当然だろ。ガネーシャ様を元の姿に戻せるとしたら、あのお方しかいねえんだからな」

「あのお方……？」

まだピンと来ない僕に向かって、バクはため息と一緒に言葉を吐き出した。

「シヴァ様だよ」

10

『シヴァ神』

ヒンドゥー教の最高神であり、破壊と再生を司《つかさど》る。特に破壊神としてのイメージが強く、その力は、「一本の矢で三つの都市を破壊する」「激怒すると一瞬で世界を焼き尽くす」とも言われている——。

シヴァについての情報を頭の中で整理していると、鞄からバクが顔を出して言った。

「お前、本当に分かってんのか?」

バクは、焦った口調で続けた。

「もう一度確認しとくけど、絶対に、シヴァ様を怒らせるんじゃねえぞ。シヴァ様が怒ったら、俺たちなんて一瞬で消え失せるからな。例えるなら、キラウエア火山の火口に投げ込まれたクリオネくらい一瞬で消滅するぞ。そこんとこちゃんと理解してやれよ、緊張感なし芳一」

「わ、分かってるよ」

そう答えたものの、本物のシヴァがどういう存在なのか、そもそも本当に会うことができるのか、現実感がまったくわかなかった。

だいたいシヴァはインドの神様なんだから、会うためにはインドに行かなければならないんじゃないのか。

でも、バクに連れて来られたのは、自宅からそれほど離れていない、人けのない古びた神社だった。

バクは、鞄から出した鼻を、怯えるように震わせて言った。

「と、とにかく今から何が起きようが俺様は一切関係ねえからな。あとはお前ひとりでやれよ」

そしてバクは鞄の中に鼻を引っ込めた。

バクの怖がり方は尋常《じんじょう》じゃなかったが、僕は、あまりの現実味の無さに恐怖を感じるどころか緊張すらできなかった。

ただ、ここまで来た以上、バクから言われたとおりにやるしかないので、鞄を地面に置き、石像の前で両手を合わせた。

その瞬間、

「おいおいおいおいおいおい！」

鞄から声が聞こえてきたので視線を向けると、バクが怒りの形相で言った。

「鞄のチャック閉め忘れてんぞ！！！　この場合のチャックは、日銀の金庫の扉くらい厳重に管理しとけ！！！」

（どれだけ怖がってんだよ……）

呆れながらチャックを閉め、再び正面を向いた。

そのとき、一陣の風が吹き、神社にある大きな椎《しい》の木の枝がザザッと音を立てた。

顔を上げると、いつのまにか雨雲がたちこめていて、今にも雨が降り出しそうな雰囲気だ。

（――本当に、大丈夫なのだろうか）

このとき初めて、自分がとんでもないことをしようとしている気がして体が震え出した。

でも、このまま何もせずに帰ったとしたら、僕を待っているのはこれまでどおりの絶望的な会社生活だ。

そして何よりも、ガネーシャをあの状態のまま放っておくことはできなかった。

僕は、石像の前で両手を合わせ、言葉を唱え始めた。

「オンマカキャラヤソワカ。オンマカキャラヤソワカ。オンマカキャラヤ……」

バクに言われたとおり、心を込めて真言《しんごん》を七度繰り返した。

……しかし、何も起きなかった。

相変わらず神社には冷たい風が吹いていて、椎の木の枝を揺らしている。

（おい、バク、何も起きないぞ）

バクに聞いてみようと、鞄のチャックをつかんで開けようとしたが、少しでも隙間ができると鼻が伸びてきて素早くチャックを元の位置に戻してくる。

（こ、こいつ――）

僕も意地になって引っ張り返していると、突然、空全体が光り、ドーン！　という轟音《ごうおん》が響き渡った。

（雷が落ちた⁉）

反射的に耳を塞いで座り込んだ。それからおそるおそる目を開けたが、視界が靄《もや》のようなものに包まれていて何も見えない。

恐怖に身をすくめていると、靄の中から声が聞こえたのでさらに体を強張らせた。

「うちの愚息《ぐそく》がお世話になっております」

そして、視界が徐々に晴れてくると、声の主の姿が露《あら》わになった。

（やっぱり七福神の一人、大黒《だいこく》だ……。でも、どうして……？）

――バクから指示されたのは、神社に祀《まつ》ってある大黒の石像の前で両手を合わせて真言を唱えることだった。でも、どうして大黒を呼び出すことがシヴァ神と関係があるのか分からず戸惑っていると、大黒は頭をかきながら柔和な表情で続けた。

「しばしば勘違いされるんですけども、大黒はもともと日本の神様ちゃうんです。大黒の由来はサンスクリット語の『マハーカーラ』でして、『マハー』が『大』、『カーラ』が『黒』。日本語に訳すと『大いなる暗黒神』であり、私、シヴァの二つ名なんですわ」

そして大黒は、

「しばしば、勘違いされるんですけどね」

ともう一度言って、細長い目で僕をじっと見つめてきた。

——このとき僕は、大黒の言葉に、何かとてつもなく重要な意味が込められていることを感じた。ただ、一方で、その直感を口にして良いのだろうかという不安もあった。破壊神シヴァの機嫌を損《そこ》ねたら、僕なんて一瞬で消し飛んでしまう。でも——それでも僕は——自分の直感に従って行動することにした。

僕は大黒に向かって言った。

「もしかして、今の『しばしば』の『しば』は……『シヴァ』と掛かっているので

「は？」

するとと大黒は、一瞬、沈黙したあと、ぐわはははぁ！　と大きなお腹を揺すって笑い出した。

「さすが息子が見込んだだけの方ですわ！　言うてもワシ、まだ『しばしば』言うとったでしょ？　もうちょっとスルーされたら『シヴァシヴァ』に変えるとこやったんですけど、その前にちゃーんと拾ってくれはった。さすがですわ！」

感心しながら話していた大黒は、自慢するように続けた。

「ほんまにデキの悪い息子ですけど、笑いのセンスだけはワシに似てええもん持ってますねん。この前も、『おとん、プレゼント持ってきたで』言うから何持ってきたか思て見たら……『パワーストーン』やったんですわ！！！　最高神であるところのワシに対して『パワーストーン！』て！　一番いらんやつやん！」

そして大黒は、再び、ぐわはははぁ！　とお腹を抱えて豪快に笑い出した。その姿を見て、

（この親にしてあの子どもありだな）

と納得した。

それから大黒は、「日本の神様はインド出身が多いんでっせ。七福神の中でも、弁財と毘沙門《びしゃもん》はインドから来たんです」「ワシを日本で最初に祀ってくれたんが大阪の羽曳野《はびきの》の大黒寺なんですわ。せやからあっちの言葉使わせてもろてます」「あ、これでっか？　打ち出の小槌《こづち》ですわ。振れば何でも出てくるでお馴染《なじ》みの……そうそう、『一寸法師』の体を大きくしたんもこれですわ。ちなみに、一寸法師に助けられて結ばれることになった娘は、コレ使て一寸法師を自分好みの身長に調整したんでっせ。あこぎな女でっしゃろ⁉」などと気さくに話してくれた。

（思っていたのと全然印象が違う……というか、めちゃくちゃいい人じゃないか）

鞄のチャックを開けてそのことをバクに伝えたかったが、大黒はハッと何かに気づいた様子で言った。

「そういえば、うちの息子がどんなご迷惑をおかけしてるかまだ聞いてませんでしたな。もちろん、最高神であるところのワシはわざわざ話を聞かんでも分かるんですけども、こうして下界に来たわけですから人間らしい手続き取った方がええんちゃうか思いまして。まあ、そうやって回り道できるんも最高神としての余裕の表れなんでしょうな。ぐわははははぁ！」

——自分が「最高神」であることを強調する様子を見て、改めて「間違いなくガネーシャの父親だ」と確信することになった。

＊

「ただいま戻りました」

自宅の扉を開けながらガネーシャに声をかけたが、やはり、返答はなかった。

「お邪魔します〜」

家に上がりながらあいさつをする大黒に向かって、僕は恐縮して言った。

「……すみません、最高神様をこんな汚い場所にお招きしてしまって」

ガネーシャを初めて家に通したときも同じようなことを言ったのを思い出していると、大黒は「ええんです、ええんです」と手を大きく横に振って言った。

「最高神であるワシにとっては、ワンルームのおんぼろマンションも100階建てのハイタワーマンションも、同じ『家畜小屋』でしかありませんから」

（ガネーシャの口の悪さも父親譲りだな……）

そんなことを考えながら、大黒との神社でのやりとりを思い出した。

――大黒は、ガネーシャがモノリスになってしまったことを知ると、目を丸くして言った。

「仮にも神ともあろうものが、そないみっともない姿を晒《さら》しとるとは、ほんまにあのボケ……」

怒りを露わにした大黒だったが、すぐに調子を戻した。

「とはいえ、あの子がああなってしもたのも全部、親であるところのワシの責任ですから。こちら、迷惑料としてとっといてください」

そして右手に持った打ち出の小槌を振ると、キラキラと光る黒い石が大量に落ちてきて地面に散らばった。

「こ、これはなんですか？」

「ブラックダイヤモンドですわ」

大黒はダイヤモンドを指差して続けた。

「これで五億円くらいありますけど、小槌でどんだけでも大きくできますからね。何カラット上げときます？」

「い、いいえ、結構です」

僕はダイヤモンドを拾い集めて大黒に返すと、大黒はダイヤモンドを砂利《じゃり》でも詰めるかのような動作で袋の中に放り投げて言った。

「ほんまに、謙虚《けんきょ》な方ですなぁ。ワシ、ますますあんさんのことが気に入りましたわ。あんさんのような方をこれ以上困らせるわけにはいきまへん。さあ、すぐに息子のところに案内してください！」

すると、大黒が乗っていた米俵が地面を滑るように動き出した。

（ど、どういう構造になっているんだ？）

不思議に思って見ていると、大黒が解説した。

「この米俵、『セグウェイ』みたいでっしゃろ？　ワシ、『セグ俵《ヒョウ》』呼んでますねん」

――何の説明にもなっていなかったが、こうした流れで僕は大黒を家に連れてきたのだった。

大黒は、モノリスになったガネーシャを一目見た瞬間、ショックのあまり膝から崩れ落ちて言った。

「ワ、ワシがつけたったゾウの顔が気に入らんからて、なんちゅう姿になってんねん……」

ガネリスの無機質な姿からは、さらに深く心を閉ざしているような雰囲気が漂っていた。

　ゆっくりと立ち上がった大黒は、ガネリスの前に行き、優しい口調で語りかけた。

「ガネしゃん……」

（ガネーシャって、家では『ガネしゃん』って呼ばれてるんだ……）

　一瞬そちらに気を取られてしまったが、大黒はガネリスに向かって穏やかな口調で続けた。

「ガネしゃんがゾウの顔を気にしてるの、おとんは知ってるで。ワシも『最初に会うたやつの首を切って頭にする！』言うて鼻息荒く出かけたあと、会うたのがゾウやったとき、正直、『ゾウかよ』て思たよ。『ゾウはないわ』思たよ。でもしゃーないやん。言うてもうたんやから。でもな、ガネしゃん。ゾウもそんな悪ない思うで。そら確かに、見た目は奇妙やし、皮膚もガッサガサや。リンゴが似合いすぎるちゅう欠点もある。でも、そういう弱点を補って余りあるのが、インパクトや。自分も神様やってきたんなら分かる思うけど、神様って、ほぼインパクトで決まるやん？　インパクトが9割やん？　もし自分がゾウの顔やなかったら、インドでこない有名な神様になられへんかった思うで。そのこと考えたら、むしろおとんには感謝してもらいたいくらいや。な、ガネしゃん、そない固まっとらんと元の姿に戻ってえや」

そして大黒はガネリスに頬ずりをした。

しかし、ガネリスはガネリスのままだった。

一瞬、焦った様子を見せた大黒だったが、すぐに気を取り直して続けた。

「で、でもおとんはな、ガネしゃんみたいな子どもがおってほんまに鼻が長い……って鼻が高いの間違いや！　長いのはゾウやった！　ぐわははははぁ！」

大黒のギャグにもガネリスは微動だにしなかった。

眉間にしわを寄せた大黒だったが、僕を指差して言った。

「なぁガネしゃん、機嫌直してえな。ほら、お友達もガネしゃんが元の姿に戻るの待ってんで」

僕も「お願いします、ガネーシャ様。元の姿にお戻りください」と頭を下げたが、ガネリスは頑《かたく》なに動かない。

「しゃあないなぁ。こうなったら、最終兵器出すしかないかぁ」

大黒がこちらに手を差し出して目配せをしたので、僕はあんみつを持ってきて大黒の手の上に置いた。

大黒はあんみつの封を開けると、スプーンで中身をすくってガネリスに近づけた。

「ほら、ガネしゃん口開けえな。最高神シヴァ様にあーんしてもらえる『シヴぁーん』を受けられるのは、愛息子《まな》であるところのガネしゃんだけやで」

ガネリスはやはり、動かない。

大黒は、ガネリスにスプーンを近づけて言った。

「ほら、シヴぁーん、シヴぁーん、シヴぁーん……」

そして、あんみつを載せたスプーンをガネリスに向かって何度も差し出し、途中からスプーンの先でガネリスの頬のあたりをぐりぐり押し始めたが微動だにしないのを見ると、そっとスプーンを容器に戻して言った。

「そら、そうやわな。一度ヘソ曲げたガネしゃんが、そない簡単に機嫌直してくれるわけあれへ……って自分、シヴァ《し》いたろ《ば》か！」

突然、大黒は険しい顔つきになり、発せられた声が地響きのように部屋を揺らした。

大黒は鬼のような形相のまま続けた。

「こっちが優しく出たらつけあがりよってからに！　ワシぁシヴァやで⁉　全宇宙を束《たば》ねる最高神やで！　その最高神が頭下げてんのやからとっととゾウの化け物に

戻らんかい、このごくつぶしがぁ！」

あまりの情緒《じょうちょ》不安定さに震え上がることになったが、大黒は手に持ったあんみつを凄まじい勢いで床に叩きつけて怒鳴った。

「ていうか、なんでゾウのくせに大好物が『あんみつ』やねん！　脈絡《みゃくらく》が無さすぎんねん！　いや、『あんみつ』なんかどうでもええ！　そもそもワシに歯向かって首飛ばされたんやから、神様として復活できただけでも有難く思わなあかんやろ！　それが気に入らへんのやったら、今から自分を神様やのうて普通のゾウにして……いや、もうゾウすらもったいないわ。雑巾《ゾウ》にしたるから一生、床に頬ずりしとけや！」

しかし、ガネリスからの反応はなかった。

すると、大黒の細長い目が、徐々に大きく見開かれていった。

「……ここまで言うても、自分は、このシヴァを――最高神を――愚弄《ぐろう》するんやな」

そして大黒は、ゆっくりと右腕を持ち上げた。黒色だった腕がみるみるうちに青色に染まっていく。

「シヴァく。こいつ、絶対シヴァく」

シヴァがそう言うと、右腕の筋肉が瞬《またた》く間に盛り上がっていき、握っていた打ち出の小槌が三叉《みつまた》の槍《やり》に変化した。シヴァが持つ有名な武器、トリシューラだ。

シヴァは、口から轟音のような声を放った。

「そんなに自分の顔が嫌なんやったらなぁ……望みどおり木《こ》っ端《ぱ》みじんにしたるわ！」

そして、シヴァは槍を大きく振りかぶったが、ガネリスは動こうとしなかった。

その姿は、シヴァに怯えるあまり体を硬直させているようにも見えた。

「お前、何しとんねん」

――シヴァにそう言われるまで、僕は、自分が何をしているのか分からなかった。

気づいたとき、僕は、シヴァとガネリスの間に立ち、両手を広げていた。

目の前のシヴァは、大黒のときとはまったく違う、青鬼のような顔になっている。

そんなシヴァに対して――何か言葉を発するだけでも恐怖で気を失いそうだったが――僕は言った。

「こ、これ以上、ガネーシャ様を苦しめるのはおやめください」

するとシヴァは、呆気に取られた表情になったあと、顔じゅうに、まるでミシミシと音が聞こえるかのような大きなシワを作り、激高した。

「貴様ごとき虫けらが、最高神のワシに対して命令するやと⁉」

そしてシヴァは、槍を持つ手にさらに力を込めて叫んだ。

「貴様も、ガネーシャもろとも宇宙の塵《ちり》になれや！」

（ああ、もうだめだ――）

観念した僕は両目を閉じたが、「お、お待ちください！」と、部屋の中に大きな声が響き渡った。

見ると、鞄から飛び出たバクが、シヴァの前で土下座していた。

バクはその姿勢のまま、早口で話し始めた。

「全宇宙の中心にして頂点、その名を口にすることすらはばかられる大シヴァ様へ、宇宙の底辺から申し上げ奉《たてまつ》ります。私たちのようなゴミ虫、いや、ゴミ虫の排泄物《はいせつぶつ》でしかない私たちが崇高なシヴァ様のお目を汚してしまい誠に申し訳ございません」

そしてバクは飛び上がり、前足で僕の頭をつかんで耳元で言った。

「お前も頭を下げるんだよ。今すぐ限界まで下げろ！」

言われたとおりその場にひざまずいて頭を下げると、シヴァは、重く禍々《まがまが》しい声でバクに向かって言った。

「うぬは何や。変色したマリモか？」

——バクの毛はまだふわふわしていたので、シヴァの前でどれだけ頭を下げようが、あまり身は低くなっていなかった。バクは狼狽《ろうばい》しながら言葉を返した。

「わ、私めは、ガネーシャ様の従者、バクにございます」

そしてバクは続けた。

「改めまして、この人間、いや、宇宙の粉末が大シヴァ様に対して愚の骨頂なる行為に及んだことを深くお詫《わ》び申し上げます。大シヴァ様が愛息のガネーシャ様を槍で破壊し后《きさき》であるパールヴァティー様を悲しませるようなことは決してなさるはずがないこと——つまりは、すべてガネーシャ様を元のお姿に戻すための迫真の演技であることは明白なのに、ブラックホールのごとき巨大な節穴《ふしあな》を両目に開けたこの愚か者がすべてを台無しにしてしまいました」

そしてバクは、僕の頭を乱暴に床に押しつけた。

「そ、そうやな。自分の言うとおりや」

バクに話を合わせるようにうなずいたシヴァは、少し落ち着いたのか、その姿を徐々に大黒に戻し始めた。するとバクは、機に乗じるように声を張って続けた。

「加えて、この者の大シヴァ様に対する無礼な発言の数々！　この者の犯した罪は『万死《ばんし》』に値します！！！」

するとシヴァは、突然、右手に持った槍を傘に、左手の袋を鞄に変化させ、こちらに顔を傾けて固まった。

(な、何が起きたんだ?)

僕は呆然としたが、バクは、ハッとした表情をすると、すかさず右手を上げていった。

「シ、シヴァ様、それは、『万死』ではなく、『バンクシー』でございます!」

さらにバクは続けた。

「バンクシーのあの絵はネズミでございますが、

『大黒鼠《だいこくねずみ》』の例を出すまでもなく、ネズミはシヴァ様の使者にして近縁の者。バンクシーはあの絵をシヴァ様に捧げたと考えて間違いありません！」

さらにバクは、「一瞬だけ、よろしいですか？」と断りを入れてからシヴァの傘と鞄を借り受けると、ポーズを取って言った。

「バ、ク、シー」

その瞬間、シヴァは「ぐわはははぁ！」と大きなお腹を抱えて笑い出した。

心を開いたシヴァに向かって、バクは「あくまでこのギャグはシヴァ様の二番煎《せん》じに過ぎませんので！」と抜かりなく持ち上げたあと、口調を落ち着かせて続けた。

「ただ、改めて考えますに、そもそもの元凶は、ガネーシャ様を元のお姿に戻すのに最高神シヴァ様のお手をわずらわせようとしたこの者の浅はかな行動にありました」

（それは、バクが提案してきたことじゃないか――）

そんな言葉が思い浮かんだが、今は口を挟むべきじゃないと思い何も言わずにいると、シヴァは納得するように何度もうなずいた。

「そうやな。なんでワシがわざわざ下界まで来てこんなことせなあかんねん、ちゅう話やな」

「そのとおりでございます」

バクは大きくうなずいてから続けた。

「そこで、一刻も早く罪を償《つぐな》わせるべきなのですが、これ以上、シヴァ様のお手をわずらわせることがないように、この罪人に多少の猶予を与え、ガネーシャ様を元のお姿に戻させるというのはいかがでしょうか」

「なるほどな」

シヴァはアゴに手を添えて言った。

「で、猶予はいかほどや？」

「そうですね……」

バクの額から一筋の冷や汗が垂れた。バクは言った。

「ガネーシャ様がいったんこうしたお姿になられると、元に戻るまでに少なくとも数年かかりますので、まずは一年ほど……」

「あ？」

「……なわけないですよね。大シヴァ様を一年も待たせるなんてどの口が言えるんだって話です」

そしてバクは、

「この口か、この口か！」

と自分の頬をすごい勢いではたいたあと、シヴァに向かって言った。

「では、一か月……」

「あ？」

「一週……」

「あ？」

「一日で！　一日いただければ何の問題もございません、というか、逆に、『一日も⁉』という感覚でございます！」

するとシヴァは、

「せやな。ワシも暇やないからな」

とうなずいて言った。

「明日のこの時間までにガネーシャが元の姿に戻ってへんかったら、お前ら全員、木っ端みじんや」

それからシヴァが呪文のような言葉を唱え始めると、シヴァの体が徐々に煙に包まれ、煙は部屋全体に広がっていった。

そして視界が晴れたとき、シヴァの姿は跡形《あとかた》もなく消え去っていた。

11

「ああー！！！　どうすんだよどうすんだよどうすんだよ！！！」

バクは頭を抱え、部屋じゅうをのたうち回りながら叫んだ。

「この状況を例えるなら、笹《ささ》の葉に乗って太平洋を横断……いや、宇宙服の代わりに浴衣《ゆかた》でロケットに乗り込んで……ていうかこんな絶体絶命の状況、例えようがねえわ！」

それからバクは、すごい剣幕で僕を責め立ててきた。

「おい、俺様はあれほど言ったよな⁉　シヴァ様を怒らせるなって！　お前がやったことを例えるなら、店の壁という壁に『ソースの二度漬け禁止』って書いてある串カツ屋で店主の両目をガン見しながら百二度漬けしたようなもんだぞ！」

「ご、ごめん……」

僕は謝ったが、バクは、

「お前の安い謝罪じゃ状況は何も変わんねえんだよ！」

と言い捨てると、

「ガネーシャ様ぁぁあっ！」

とガネリスにすがりついて言った。

「ガネーシャ様ぁぁあっ！　元のお姿にお戻りくださいぃぃぃぃっ！　ガネーシャ様がお戻りになられないと、我々は明日の今頃に宇宙の藻屑《もくず》となって消えてしまいますぅぅぅっ！　お願いします、元のお姿にお戻りください、ガネーシャ様ぁぁぁっ！」

そしてバクはすごい勢いでガネリスのありとあらゆる箇所を舐め続けたが、ガネリスの形は変わらず、表面がピカピカになっただけだった。

肩を落としたバクは、体を重そうに引きずって僕の所までくると、深刻な口調で言った。

「俺たちに残された時間はほとんどねえ。とにかく、やれるだけのことをやるぞ」

僕は、バクの言葉におずおずとうなずくしかなかった。

（いいか？　ちゃんと打ち合わせどおりやれよ）

（わ、分かったよ）

バクの言葉に小声で答えると、僕はわざとらしく声を張り上げて言った。

＊

「と、ところで、バクは『スポッチャ』って知ってる？」

「『スポッチャ』？　いやぁ、知らねえなぁ！　フォカッチャだったら知ってるけど？」

「いやいや、フォカッチャは、イタリア料理に出てくるパンのこと！　まあフォカッチャも香りが良くて美味しいけど、そんなフォカッチャよりも魅力的なもの、それが『スポッチャ』さ！　『スポッチャ』っていうのは、複合型アミューズメント施設で、ボウリング、卓球、ビリヤード、バスケット……体を動かす遊びができるんだけど、なんとゲームセンターやカラオケまでついてて、しかも時間内は無制限で遊べるんだ！」

「それって、ガネーシャ様がめちゃくちゃ好きそうな場所じゃねえか！」

「確かに！　スポッチャは『あんみつの持つエンターテインメント性を施設で表現したらこんな感じになりました』的な場所だからね！」

「なんだか、いても立ってもいられなくなったぜ！　今から、そのスポッチャとやらに突撃だ！」

「大賛成！　あ、でもガネーシャ様はモノリスになっちゃってるから……」

「俺たちだけで行くしかないかぁ。残念だなぁ！」

　そして僕たちは玄関に向かって歩き出し、扉を開くと同時にガネリスの方に顔を向けた。

　しかし、ガネリスのたたずむ位置はまったく変わっていなかった。

　僕は、ふうとため息をつき、メモ帳に書かれた「天岩戸《あまのいわと》作戦」にバツをつけた。天岩戸に閉じこもってしまった天照大神《あまてらすおおみかみ》を外に出すために、岩戸の前で楽しそうに騒いでおびき出した伝説にヒントを得た作戦だったが、ガネリスを動かすことはできなかった。

　それから僕たちは、大量の出前を取ってガネリスの前でこれみよがしに食べたり（ＵＥＴ《ウーバーイーツテロ》作戦）、笑わせれば形が変わるかもしれないと思い、ガネリスに向かっていきなり駄洒落を浴びせかけたり（ゲリラ駄洒落豪雨作戦）してみた。

しかし、ガネリスは一切、動かなかったので、ガネリスを色々なモノとして扱えば、
「ワシは○○とちゃうわ！」
とツッコミを入れてくれるんじゃないかと思い（ガネリサイクル作戦）、
まな板にしたり、

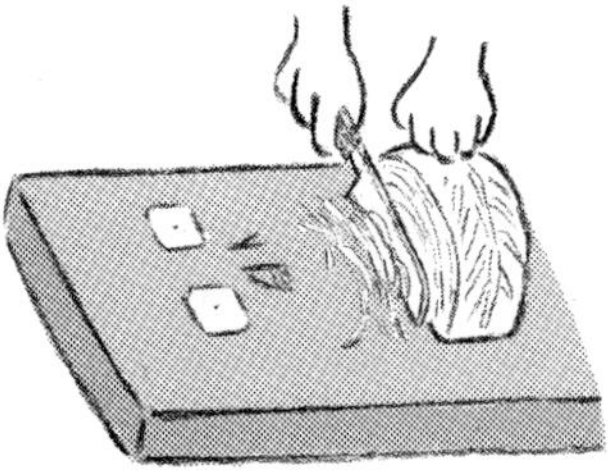

ダーツの的にしたり、

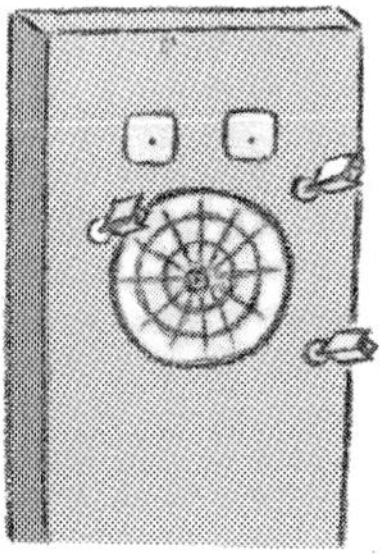

ズボンプレッサーにしたり、

してみたが、言葉を発することはおろか、一切動かなかった。

しかし、そうこうするうちにシヴァとの約束の期限は、刻一刻と迫っており、僕たちは、少しでも可能性のありそうなことをひたすら試し続けるしかなかった。

＊

（眠ってしまっていたのか……）

目を覚ましたとき、僕の近くには横たわるガネリスと、大量の猫じゃらしが置いてあった。

最初は状況がまったく飲み込めなかったが、バクとの話し合いで、

「ガネリスをくすぐってみてはどうか？」

ということになり、深夜営業のドン・キホーテで猫じゃらしを大量に買ってきたことを思い出した。

（一体、僕は何をやっているんだろう……）

あまりの意味不明さに全身から力が抜けていく。

もう、何もかも面倒になり、何ならこのままシヴァに消されてしまっても良いん

じゃないかという自暴自棄《じぼうじき》な考えも思い浮かんできた。

（僕が消えて失くなってしまえば、もう、課長に悩まされることもないんだ……）

そう思うと少しだけ気持ちが軽くなるのを感じたが、ふと、視界の端にあるものが目に留まった。

それはカーテンの隙間からこぼれている光だった。

（もう朝か……）

僕はゆっくり立ち上がると、ガラス戸の前に行きカーテンを開いた。

曇り空の隙間から、薄《うっす》らと光が差し込んでいる。僕は、その光を見ながらぼんやりと思った。

（そういえば、ガネーシャが最初に出してくれた課題は、「日の出を見る」だったな……）

あのときも、太陽の光を前にして、抱えている悩みが消えていく感覚があった。

でも、それは、今のような投げやりな状態とはまったく違うものだった。

――この違いは何だろう。

答えは、すぐに出た。

あのときの僕は、希望を見ていた。

目の前で輝く光に向かってガネーシャと一緒に進んでいく、そんな希望に満ちた状態が悩みを小さくしてくれていた。

でも、今の僕の前に広がっているのは、闇だ。この闇を消してしまいたい。そして、この闇さえ消せるのなら、どんな方法でもかまわないと考えてしまっている。

僕は振り返ってガネリスを見た。

薄明かりに照らされたガネリスは、一緒に日の出を見たときのガネーシャからは想像もできなかった、変わり果てた姿をしている。

（ああ、もう一度。もう一度ガネーシャと――）

僕は思った。

（あのときのように大空を羽ばたいたりできなくてもいい。もんじゃ焼きを食べたり、雑談をして笑い合ったり……ガネーシャと過ごした日常を取り戻したい）

僕は、ガラス戸の前を離れ、ガネリスの方に向かった。

そして、ガネリスの前に立った僕は、ゆっくりと語りかけた。

「ガネーシャ様……」

ガネリスから返答はなかったが、僕はそのまま続けた。

「ガネーシャ様のお父様、シヴァ様にお会いして、私はガネーシャ様がこの姿になってしまった理由が分かる気がしました。でも、ガネーシャ様が自分の殻に閉じこもっていては、苦しみもまた、留まり続けるのではないでしょうか」

僕は、しばらくうつむくと顔を上げ、決意を込めた表情で言った。

「僕は、今日、課長に言います」

僕はガネリスに――そして、自分に向かって――続けた。

「これまで口にすることができていなかった気持ちのすべてを、課長に伝えます。だから……」

そして、ガネリスをまっすぐ見つめて言った。

「ガネーシャ様も、ガネーシャ様本来の姿で、お父様とお話をされてください」

僕はガネリスのもとを離れると、机の前に座り、ノートパソコンを開いた。

それは、課長と向き合う準備をするためだった。

*

オフィスに到着した僕は、デスクの下で震える両足を手で必死に押さえつけていた。

（僕は、課長に向かってはっきりと言うことができるのだろうか……）

ガネーシャと出会う前、僕は今と同じように足を震わせていた。そして、決意を固めて立ち上がったはずなのに、課長を前にした途端、思っていたのとは違う言葉が口をついて出てしまった。

僕は、また、あのときと同じ行動を取ってしまうんじゃないだろうか――。

そんな不安が次から次へと胸の内に現れたが、

（違う）

と自分の意志で打ち消した。

ガネーシャと出会ってから、僕は様々な課題をこなし、成長してきた。そして、何よりも、今、僕の中には「ガネーシャと一緒に過ごした日々を取り戻したい」という強い思いがある。

（よし、行こう）

僕は立ち上がると、課長のデスクに向かって歩き始めた。

足は、震えていた。でも、踏み出す一歩一歩に、床をしっかりと踏んでいる感覚がある。

「夢にはな、ものごとの『意味』をまるっきり変えてまう力があるんや」――ガネーシャの言葉が頭の中でこだました。

あのときと、今の僕の明確な違い。それは、課長のデスクに向かうことの「意味」だ。

そして、僕は、課長の前に立つと言った。

「すみません、少しお時間をいただけますか」

課長は——まるで僕という人間が存在していないかのように、何も答えなかった。

でも、僕は続けた。

「課長からパワハラを受けているという内容のメールを、今朝、部長に送りました」

課長の顔色が変わる。僕は、もう一度言った。

「お時間、いただけますか」

＊

課長から指示された場所は、いつもの会議室ではなく、来賓《らいひん》用の応接室だった。

社員の僕もほとんど入ったことがない部屋で、大きなガラス張りの壁の向こうに立ち並ぶビルが小さく見える。

不思議と心は落ち着いていた。

強い不安を感じるのは行動を起こすまでで、いったん飛び込んでしまえば感情の波は穏やかになっていくものなのだろう。

ただ、待てども待てども課長がやって来ないので、（本当にこの場所で合っているのだろうか）という別の不安が頭をもたげてきた。そして、課長に連絡しようとスマホに手を伸ばそうとしたとき、扉が開いて人影が現れた。

課長は一人ではなかった。

「法務部でコンプライアンスを担当している澤田《さわだ》くんと、弁護士の小野寺先生だ」

二人を紹介されたとき、背筋に寒気が走った。二人は丁寧にあいさつをして座ったが、その礼儀正しさが僕の不安を増幅させていく。

澤田さんは自己紹介をしたあと軽い雑談を挟んだが、あらかじめ課長から指示を受けていたのか、ノートパソコンを開いて本題に入った。

「こちらに、直近三か月の勤怠表《きんたい》がありますが……何度か無断欠勤をしているようですね。長年に渡って関係を築いてきた取引先との契約が先日、解消されましたが、その原因の一つだとうかがっています」

――一瞬、何が起きたのか分からなかった。

無断欠勤は一度もしていないし、契約を切られたのは、課長が提示した金額に先方が納得できなかったからだ。

話の内容があまりにも事実からかけ離れており、どこから否定していいのか分からない。

驚きの目を課長に向けたが、課長は、当然のような顔をして座っていた。

澤田さんの声は続く。

「……課長からの度重《たび》なる注意にもかかわらず勤務姿勢を改めていません。懲戒《ちょうかい》処分に該当する事由だと考えられます」

「懲戒処分……？」

僕がつぶやくように言うと、課長が引き取って答えた。

「ようするに、『クビ』ってことだ。当然、解雇予告手当も退職金も出ない。失業保険が支払われるまでの待機期間も長くなるぞ」

「ちょ、ちょっと待ってください」

僕は、震える声をなんとか喉から絞《しぼ》り出して続けた。

「そもそも僕は、課長からパワハラを受けていて……」

するると課長は言った。

「パワハラ？　いきなり、何の話だ？」

しらばくれる課長への憤りで全身の毛が逆立ちそうになったが、このままではダメだと思い、課長が上司になってから何をされてきたのか説明を始めた。

しかし、課長がすぐに話をさえぎって否定してくるので、正確な内容を伝えることができない。そこで、「記録があります」と鞄から書類を取り出して机の上に置いた。

――前にガネーシャが、浴びせられた罵詈雑言を書き留めているのを見て、記録をつけ始めたのだ。

課長は書類を手に取ると、ほとんど確認もせず小野寺先生に渡した。

小野寺先生は書類に視線を落とすと言った。

「このデータの法的な効力は、極めて弱いですね」

「えっ……」

蒼ざめる僕に向かって小野寺先生は続けた。

「まず、記録の作成日がバラバラです。あなたがパワハラを受けたと主張する日と近接した日に作成日を明記して記録していたのであれば、まだ証拠価値はありますが……」

　課長が、小野寺先生の言葉に付け加えた。

「お前がこの内容を——たとえばＳＮＳで拡散した場合は、弊社としてはお前に対して損害賠償の訴えを起こすことになる。そうですよね、小野寺先生」

　課長の言葉に小野寺先生はうなずいた。

（そ、そんな……）

　僕は視界がグラグラと揺れるのを感じ、気が遠のきそうになった。

　課長のパワハラを証明できないだけでなく、僕は会社の業務を妨害《ぼうがい》したというでっち上げの理由で懲戒解雇され、さらには訴えられる可能性まであるのか——。

（ああ、まただ……）

　応接室の壁がこちらに迫ってくる。どの会議室よりも広いはずの部屋なのに、壁に押しつぶされてしまいそうな感覚に陥った。

　課長は、恐怖で震える僕に向かってほくそ笑んで言った。

「——ただ、それは、あくまでお前が弊社と全面的に対立《コンフリクト》した場合の話だ。もし、穏便《おんびん》にクローズしたいのなら、会社都合の退職にしてもらえるようサポートすることもできるんだぞ」

（退職……）

その言葉を聞いて、自分の心に安堵の気持ちが生じるのが分かった。

――そもそも僕は、最初からそうなることを望んでいたじゃないか。

この会社を退職すること。それが僕の「やりたいこと」だった。

そして、課長も、目の前にいる課長以外の二人も、そうした方が良いという雰囲気の視線を僕に投げかけている。

課長がスマホを触りながら言った。

「でも、まあ、退職を選ぶなら、一言アポロジャイズがほしいところだけどな。俺はお前の教育のために結構な時間を割《さ》いたし、これから部長に説明するのにも時間を取られるからな。『私が一番好きなものは、まったくお金がかからなくて、誰もが持っているもので、最も貴重な資源――時間だ』――スティーブ・ジョブズの言葉だよ」

課長はいつもの居丈高な口調で言うと、一言付け加えた。

「ああ、アポロジャイズっていうのは謝罪の意味な」

（謝罪しろだって――）

僕は課長の言葉に、全身が震えるほどの怒りを感じた。この人は、事実を捻《ね》じ曲げた上に、僕に頭を下げろと言うのか――。

ただ、一方で、謝罪さえすればすべてが丸く収まるという思いも捨てきれなかった。

このまま会社と対立すれば、おそらく僕は、懲戒解雇されるだろう。会社都合の退職と懲戒解雇では、退職金などの条件だけでなく、次の就職先に与える影響も大きく違うはずだ。

それに謝罪は僕の日常茶飯事で、これまでだって数え切れないほど課長に頭を下げてきたじゃないか。

（だから、今回も……）

そうやって自分を言いくるめようとするのだが、心が、全力で拒否しているのが分かる。心の奥底からわき上がる声が、「間違っている」と僕に告げる。

でも――。

一方ではさらなる不安の波が押し寄せてくる。法律の知識もない、一介の会社員にすぎない僕が、色々な経験を積んでいるこの人たちと渡り合うことができるのだろうか――。

高まる不安と恐怖に、心が押し流されそうになった、そのときだった。

最初は、目に映ったものが幻覚なのではないかと思った。

でも、間違いなかった。

目の前に座る三人の向こう側——ガラス張りの壁の外で——大きな耳をぱたぱたと上下させて飛んでいるゾウがいたのだ。

（ガ、ガネーシャ——）

涙でにじむ視界の中で、清掃服を着たガネーシャは、手に持っているモップでガラスに何かを書きつけた。それは——

（水が垂れてすごく読みづらい……っていうか「絆」の字が、逆！）

自分が読めるように文字を書いてしまったガネーシャに心の中でツッコミを入れながらも、思いをしっかりと受け取った僕は、課長に向かって言った。

「謝罪をするのは、あなたでしょう」

「な、なんだと？」

虚《きょ》を突かれた様子の課長に向かって、僕は続けた。

「ここに書かれていることは、すべて事実ですから」

そして僕は、机の上の書類を澤田さんに向かってもう一度差し出した。

「あなたが課長からどういった説明を聞いているのかは分かりませんが、僕は、一度も無断欠勤をしていません。僕が原因で取引先との契約を失ったというのもまったくのデタラメです。事実は——この書類に書かれたことだけです」

その言葉を口にした瞬間、胸の奥が温かくなり、その熱源から全身へとぬくもりが広がっていくのを感じた。それは、自分で自分を誇れるような感覚だった。

しかし、課長は書類を乱暴に手で払うと声を荒げた。

「だから、こんなものは何の意味もないんだよ。俺がパワハラをしたって言うならエビデンス出せよ。エビデンスを！」

興奮する課長を澤田さんがたしなめると、課長は苦笑いをして言った。

「確かに、こいつはこの会話を裏でレコードしておいて編集するかもしれませんからね。ありもしない事実を捏造《ねつぞう》するのが得意なやつですから」

(まだ、そんなことを言うのか……)

再び怒りが込み上げてきたが、課長は威嚇するような口調で言った。

「じゃあ、お前は、クビってことで良いんだな?」

——課長の言葉に動揺しないわけではなかった。でも、何より重要なのは、自分の心の声に耳を傾け、自分自身を認められるような行動を取ることだ。

そして、決意を固めた僕が、再度、課長に向かって対決の意志を伝えようとしたときだった。

「そのスーツ、何なの?」

課長の声が、応接室に響き渡った。

僕も、目の前の三人も、何が起きたのか分からずきょとんとしている。

そんな僕たちを置き去りにして、声は続いた。

「サイズも合ってないし、色もトレンドじゃない。シンプルに、ダサいよ。スーツは会社員にとってのフェイスだから重要な自己投資だろ。こんなスーツを着てるお前をセミナーに連れて行ってやろうって言ってるのに、お金がないから断るって、普段何に使って……」

どんどん語気が荒くなっていく課長の声は、僕の足元から流れてきていた。視線を落とすと、バクが、スマホを持った前足を鞄から突き出していた。

（バ、バク――）

ずっと会社についてきていたバクが、僕のスマホで課長の声を録音してくれていたのだ。

澤田さんが不安を浮かべた表情で、課長にたずねた。

「パワハラをしたという事実は……本当にないんですよね？」

課長は、

「も、もちろんですよ」

と、誰が聞いても疑わしく思うであろう、うわずった声で答えた。

＊

「乾杯！」

僕たちは、月島で見つけたペットを連れて入店できるもんじゃ焼き屋でジョッキを合わせた。

ごくごくと豪快な音を立ててホッピーを飲んだガネーシャは、ぷはぁと気持ち良さそうに息を吐いて言った。

「しかし、自分、よう頑張ったなぁ」

僕は、あわてて首を横に振って言った。

「いえいえ、私が課長に本音を伝えられたのは、ガネーシャ様が窓の外で激励してくださったおかげですから」

するとガネーシャは、「何言うてんねん」と機嫌良さそうに、はにかんで言った。

「ワシはただ観客席で自分を応援してただけやで。ちゅうか、そもそもワシは、自分に励まされて元の姿に戻ろうて思えたんやからな」

そしてガネーシャは、「ほんま、おおきに」と頭を下げた。

「そ、そんな……」

僕は恐縮しながら言った。

「で、でも、最大の功労者はバクですよ。ガネーシャ様が元の姿に戻れるよう力を尽くしてくれましたし、課長のウソを暴《あば》くことができたのも、バクが課長の声を録音しておいてくれたおかげですから」

そしてバクに視線を向けると、バクはジョッキに長い鼻を入れ、満足げな表情で僕の夢を吸い込んでいた。その様子を見て、ガネーシャがうなずいて言った。

「まあ、まとめると、今回の勝因はこれやな」

そしてガネーシャは、鉄板の上のもんじゃ焼きを指差した。

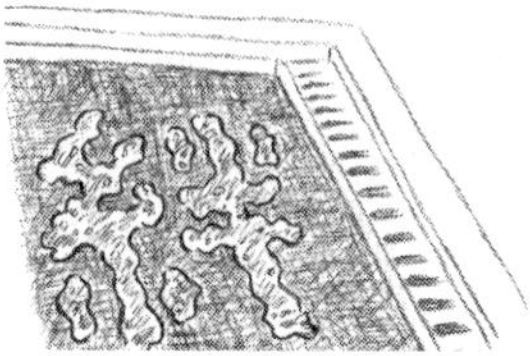

（この言葉、気に入りすぎだろ——）
ガネーシャの見事なヘラさばきで作られた「絆」の文字に呆れつつも（「絆」の

文字を保ちながら食べなければならないという謎のルールまで設定されていた）、雰囲気を壊さないよう前向きな発言をすることにした。

「そ、そういえば、もんじゃ焼きの語源は、昔、子どもたちが文字を書いて覚えたという『文字焼き』だと言われていますからね。素晴らしい『文字焼き』だと思います」

するとガネーシャは、

「自分、『興味を持ったことを一歩深める』習慣も身についとるようやな」

と感心して続けた。

「もんじゃ焼きは、小麦粉と出汁さえあれば簡単に作れて、しかもお腹がふくれるからな。戦後の物資不足のときにも重宝された、まさに『絆』の料理なんやで」

そしてガネーシャは、「せっかくやから、みんなで写真撮っとこか！」と、店員さんを呼び止めた。

店員さんの「撮りますよー」という声に合わせて笑顔を作りながら、僕は、戦後間もない時期に、鉄板を囲んでもんじゃ焼きを食べていた子どもたちのことを考えていた。

おそらく、生活が楽な子どもは一人としていなかっただろう。でも、もんじゃ焼きを食べているときの子どもたちは、きっと笑顔だったに違いない。

そして、このとき、僕はあることに気づいた。

ガネーシャと出会った日に教えられた、

「人が生きる上で一番大事なことはな、本当につらいときに『助けて』と口に出して言えることやねんで」

という言葉。

あの言葉は、「自分一人で悩みを抱え込まず、人に頼ることが大事だ」という意味だと思っていた。

もちろん、そういった意味合いもあるだろう。でも、それ以上にこの言葉は、「苦しいときに『助けて』と言えるような、『人間関係があること』の大事さ」を表しているのではないだろうか。

「助けて」と気兼ねなく言える関係では、自分が一方的に助けられるだけでなく、助ける側に回ることもある。また、そうした関係を続けていく中では、面倒だと感じたり、悩ましい出来事も起きるだろう。

でも、その関係には、常に他者からの評価に怯えたり、自分の市場価値を高めるために追いつめられたりしない、安らぎと温かさがあるはずだ。

それはきっと、もんじゃ焼きの鉄板を囲んでいた子どもたちが感じていたもので――決して高級ではないけれど、豊かさと呼べるものだと思う。

そして僕が課長の脅《おど》しに屈せずに済んだのも、そうした関係性があるという安心感が、自分に正直な行動を取る後押しをしてくれたからだった。

そのことをガネーシャに伝えると、ガネーシャは深くうなずきながら言った。

「ワシも、おとんの槍で貫《つらぬ》かれそうになったとき、自分が間に入ってくれたの、ほんまにうれしかったもんな。自分は、ワシの盾《たて》になって、『やめてください！』『ガネーシャ様は宇宙に必要な神様です！』『ガネーシャ様のいない宇宙は、〝くまモン〟のいない熊本県です！』て言うてくれたからな」

――かなり脚色された内容には若干《じゃっかん》戸惑ったが、ガネーシャの次の言葉に胸が締めつけられた。

「ワシが生まれたばっかのときはそういう『関係』があれへんかったから、一人でおとんに立ち向かわなあかんかった。もし、あんとき自分がそばにおったなら、違った結果になってたかもしれへんな……」

「ガネーシャ様……」

ガネーシャに何か声をかけたかったが、何と言っていいか分からなかった僕は、話題を変えるように言った。

「そういえば、シヴァ様は大丈夫でしたか？」

「お、おお」

ガネーシャはジョッキのホッピーを飲み干すと、わざとらしいジェスチャーを交えながら言った。

「ゾウの顔をつけられたときは怖くて何も言えへんかったけど、今回はおとんにビシッと言うたったわ。『これ以上、ワシの大事な人に手出しするんやないで！』ってな。せやから自分は何も心配する必要あれへんで」

――ガネーシャの話す雰囲気には強がりも感じられ、シヴァとの問題が解決したわけではないことが伝わってきた。長い年月によって作られたガネーシャとシヴァとの溝が簡単に埋まることはないのだろう。でも、今回のことが二人の関係が良くなるきっかけになれば、僕はうれしいと思う。

ガネーシャは新しい飲み物を注文すると、空気を変えるように言った。

「そんなことより大事なんは、今後の自分や」

そしてガネーシャは、僕の肩を強くはたいて言った。

「こっからが人生の本番やで！」

ガネーシャにそう言われ、僕は改めて気合を入れ直した。

――応接室での課長とのやりとりのあと、部長と二人で話し合う機会が設けられた。

このとき初めて知ったのだが、僕に対する課長の言動を同僚が報告してくれていたと聞き、心がじんわりと温かくなった。

部長からは会社に残るよう慰留《いりゅう》されたが、退社の意志が固いことを伝えると、有休消化期間や退職金について前向きな提案をしてくれた。これは、今後、僕が夢に向かって進むことの追い風になるだろう。

ずっと抱えていた重荷を下ろすことができた解放感と、未来に向かって進み出す高揚感で、僕は最高に胸を躍らせていた。僕はこれからの人生で夢をかなえ続け、必ず〝本物の夢〟にたどりつくのだ。

そう決意する僕を優しい表情で見つめていたガネーシャは、姿勢を少し正すと言った。

「ほな、人生という名の大海に本格的に乗り出す前に、今日のこと振り返っとこか」

「はい」

僕は、酔い覚ましに水を飲むと、メモ帳を取り出した。

ガネーシャは上体をかがめて鉄板の火を弱め、真剣な口調で語り出した。

「今日、自分は課長に対して、これまでずっと口に出せへんかった『怒りの気持ち』を伝えたわけや。これはほんまに大事なことやで。もちろん、怒りを伝えるちゅうても大声で叫んだり、やたらめったらキレてええちゅうわけやないけど、自分が傷ついて苦しんでることをちゃんと相手に伝えることが、自分を大事にすることにつながんねんな」

僕はガネーシャの言葉をメモしながら、これまでガネーシャが一貫して教えてくれてきた「自分を好きになる」という考えが、ここにも息づいているのを感じた。

そんな僕に向かって、ガネーシャは続けた。

「ただ……」

（ただ……）

ペンを握る手に力がこもる。ガネーシャは続けた。

「怒りの気持ちを伝えるのと同じくらい大事なことがあんねん。それは、『苦手な人の信念を読み取る』ことや」

（苦手な人の信念を読み取る……）

言葉の意味が理解できず首をかしげていると、ガネーシャは続けた。

「信念ちゅうのは、言い換えたら、その人が『～すべきだ』て考えてることや。人の行動は、それがたとえ不快に感じられるものでも、その人なりの信念に基《もと》づいて生まれてる。そんで、その信念を読み取ることができたら、ただ不快に感じるだけやのうて共感できる幅が広がるんやで」

（課長に共感するなんてことができるのだろうか……）

疑問を抱かずにはいられなかったが、まずはガネーシャの言葉を最後まで聞くことにした。

ガネーシャは続けた。

「繰り返すで。怒りの気持ちを相手に伝えるのは大事なことや。怒りちゅうのは、自分を大切に思う感情やからな。せやけど、怒りが強うなりすぎると『自分はまったく悪くない』『悪いのは、全部相手だ』ちゅう感情に支配されてまう。すると、人間としての成長も止まってまうんや」

そしてガネーシャは言った。

「自分、ネルソン・マンデラくん知ってるか？」

「確か……すごく長い間、刑務所にいて、出所後に大統領になった人ですよね」

「そうや。彼は、当時の南アフリカ共和国政府が行った極端な人種差別政策に反対したことで刑務所に入れられたんやけどな……」

ガネーシャは、過去を思い出すように目を細めた。

「彼が収監されたロベン島の刑務所では、暴力が日常茶飯事やった。しかも、当時の所長は残忍なことで知られる大佐やったんや。大佐は典型的な支配階級の白人で、黒人の受刑者は人間として扱う必要はないと考えとった。しかも、マンデラくんのことをテロリストや思てたから、危険人物として厳しい仕打ちを与え続けたんや」

僕が神妙な表情でうなずくと、ガネーシャは続けた。

「そんな中、裁判官の一団がロベン島を視察に来ることになってな。マンデラくんは囚人を代表して、大佐への苦情を申し立てることにしたんや。そんとき、裁判官たちは大佐抜きでの面会を提案したんやけど、マンデラくんは大佐を同席させた。そんでマンデラくんが大佐の暴力について訴え始めるとすぐに大佐は脅してきたんやけど、マンデラくんは毅然《きぜん》とした態度で裁判官たちにこう言うた。『たった今、この刑務所の所長がどんな人物かご覧いただけたと思います。裁判官の皆さんの前でも脅しをかけるくらいですから、皆さんがいないときの振る舞いは想像に難くないでしょう』てな」

ガネーシャの話を聞きながら、今日、課長と対面したときのことを思い出し、胸がすく思いがした。

しかし、ガネーシャは、「ただな……」と言って続けた。

「マンデラくんの訴えが認められて、大佐が島を去ることになったとき、大佐はマンデラくんに向かってこう言うたんや。

『君と同志の幸運を願う』

――マンデラくんも大佐に感謝の言葉を返したんやが、このときマンデラくんはあることに気づいたんや。それは、『大佐は、生まれながらに人間性が欠けていたわけではなく、環境がそうさせていた』ちゅうことや。刑務所の監督は、威圧的に振る舞い、厳しく罰を与えれば与えるほど評価される仕組みになっとった。そういう環境が大佐の暴力性を引き出してたんやな」

ガネーシャは、一呼吸置いてから続けた。

「こうしてマンデラくんは、差別的な振る舞いをする看守たちにも、共感できる面があると考えるようになったんや。ほとんどの看守たちは子どもの頃から不公平なシステムの中で育ち、人種差別の思想を叩き込まれてきた。また、貧しい育ちの者も多く、受刑者たちと同じような境遇で生きてきたんや。看守たちは、制度の加害者であると同時に、被害者でもあったんやな」

そしてガネーシャは、僕に顔を向けて言った。

「ワシは自分に会うたばかりのころ、こう言うたやろ。『自分は不安ちゅう鉄格子に囲まれた囚人や』て。会社は本来、自由に出入りできるはずの場所やけど、自分は心が縛《しば》られて身動き取れへんようになってもうてたんやな。一方、本物の鉄格子に囚われとったマンデラくんは、共感の気持ちを持ったことで、今まで以上に熱心に白人の言葉や文化を学んでいった。その結果、マンデラくんに心を開いて仕事の相談に来たり、知識を学びに来たりする看守が後を絶たんようになったんや。もちろん、刑務所での待遇も変わっていったで」

そしてガネーシャは言った。

「マンデラくんが刑務所に囚われてたのは二十七年間やけど、決して心は縛られてへんかった。共感ちゅうのは他者の心を理解すること、つまり――自分の心を広げていくことやからな。そして、そんなマンデラくんやったからこそ、出所後に、南アフリカ共和国の大統領として国を一つにまとめあげることができたんやで」

「なるほど……」

ガネーシャの話に感銘《かんめい》を受けた僕は、改めて「苦手な人の信念を読み取る」という課題について考えてみた。

課長は、「仕事で数字を上げるべきだ」と考え、そのことを基準に行動していた。だから、いつも時間に追われ、焦り、いら立っていたように思う。

――どうして課長は、その信念を持つようになったのだろう。

今、思い返してみると、課長が配属された時期は、管理職の評価基準が変わるという話が出ていた。課長は新たな環境でプレッシャーがあったのかもしれない。できるだけ早く結果を出そうと焦っていたのかもしれない。

ただ、それ以上に感じるのは、課長も、「自分に自信が持てなかったのではないか」ということだ。

生身の自分が好きじゃないからこそ、仕事の業績や、服装、使う言葉までも――他者から評価される「ブランド」を大事にしていた気がする。

課長は子ども時代をどう過ごしてきたのだろう。そして、その後どういう人生を歩み、今の会社で働くようになったのだろうか。

（僕は、課長のことを全然知らないんだな……）

そのことに気づいた僕は、いつかお酒を酌《く》み交わしながら課長と話ができたら……そんな風に考えようとしたが、違う場所から込み上げてくる怒りがその思いを許さなかった。課長とお酒を飲んだとき、彼はいつもスマホを触りながら立場の弱い人を叱責し、その最大の標的になっていたのは僕だった。僕が課長に共感する前に、まず、課長が僕に謝ってほしい。僕はまだ、彼からの謝罪の言葉を聞いていないのだ。

それが僕の偽らざる本心であり、そのことをためらいながらもガネーシャに伝えると、ガネーシャは少し考えてから言った。

「スマホ貸してみ」

（何だろう……）

首をかしげながらも言われたとおりにすると、ガネーシャはスマホを操作しながら話し始めた。

「相手を許せへんのやったら無理に許す必要はあれへん。時間が解決してくれることもあるやろし、何よりも大事なんは、自分を大切にして、正直に生きることや」

ガネーシャはスマホの操作を終えると、顔を上げてつぶやくように言った。

「……ただ、このことは忘れんといてな。どれだけ嫌やと感じられる人間にも、必ず、愛おしく思えるような欠点や弱さがあるもんやで」

そしてガネーシャがスマホの画面をこちらに向けると、僕は思わず吹き出してしまい、課長に対する激しい怒りは穏やかにならざるを得なかった。
そこに映し出されていたのは——バクに夢を吸われて白目を剥き涎を垂らしている、課長の顔だった。

［ガネーシャの課題］

怒りの気持ちを伝える
苦手な人の信念を読み取る

12

「おい、起きろ」

　僕はその言葉を聞いて思った。

（おい、おきろ……おいおきろ……おいおき郎……尾井沖郎……ああ、はいはい尾井沖郎ね。ところで尾井沖郎って何を成し遂げた偉人だったたっけ？）

「いつまでも寝ぼけてんじゃねえ！」

　頭をはたかれて我に返った僕は、朦朧とする頭で周囲を見回した。

　ここはどこだ？

　一瞬、自分の居場所が分からなかったが、自宅のソファの上で横になっていることに気づいた。ベッドの方からは、ガネーシャの豪快ないびきが響いてきている。

（そうだ。僕は、ガネーシャとしこたまお酒を飲んで……）

　飲みすぎで頭の奥が痛むのを感じながらも、先ほどの最高に楽しかった時間を思い出していると、ふと目の前の丸テーブルが目に留まった。

──ガネーシャと出会った日、僕はこの場所でガネーシャとビールを飲んだ。陰《いん》鬱《うつ》な会社生活から救ってもらえるという期待と共に飲んだお酒は、「これまでの人生で一番美味しい」と感じた。

でも違った。

一番美味しいお酒は、これなんだ。

誰かに一方的に救ってもらうのではなく、自分の意志と行動によって何かを成し遂げること。そして、お互いを支え合い、喜びを共有できる仲間がいること。

そんな仲間と飲むお酒こそが、本当に最高の味になる。

──これから夢を追い始める僕の前には、これまで以上に様々な困難が立ちはだかるだろう。でも、それを乗り越えたときに飲むお酒もまた、格別のものになるはずだ。そんなことを考えて、先ほどの幸せな時間の余韻に浸っていたが、

「ううっ」

胃の中のものが逆流してくるのを感じ、あわてて立ち上がってトイレに駆け込んだ。

（楽しいからといって飲みすぎてしまうのには気をつけないとな……）

吐きながら自戒《じかい》していると、何かの気配を感じて顔を上げた。すると、貯水タン

クの上にバクが立っていた。バクは、僕を見下ろして言った。

「話がある」

「話って……」

僕は、以前、会社のトイレでバクと話したときのことを思い出し、

「また僕に、便器の匂いをかがせる気じゃないだろうね」

とおどけてみせたが、バクは貯水タンクから静かに降り、トイレの扉を閉めて言った。

「この話は、絶対にガネーシャ様に聞かれるわけにはいかねえからな」

バクの緊迫した雰囲気を見て、ふざけて聞く内容の話ではないことが分かった。

それからバクは、再び貯水タンクの上に飛び乗ろうとしたが、体がよろけて落ちそうになった。

「だ、大丈夫？」

手を伸ばして支えようとしたが、バクは僕の手を避け、自分で体勢を直して言った。

「体に力が入らねえ。立冬が近いからな」

立冬――。色々なことがありすぎて意識できていなかったが、バクが冬眠をする

十一月七日まであと数日を残すだけになっていた。

「俺様が深い眠りに落ちる前に――」

バクは残り少ない力を振り絞るように言った。

「このことはお前に伝えておかなきゃいけねえ」

そしてバクは、前足でこめかみのあたりをぐりぐりと押し始めた。

バクはしばらくの間そうしていたが、眠気を覚ますというよりも、今から話す内容について、逡巡《しゅんじゅん》しているように見えた。

それからバクは覚悟を決めた様子で、ふうと大きく息を吐いて言った。

「ガネーシャ様は、もうすぐお前のもとを去ることになる」

えっ……。

バクが何を言ったのか分からず呆然とした僕は、あわてて口を開いた。

「な、何言ってんだよ。そんなわけないだろ。ガネーシャ様は元の姿に戻ったわけだし、今日だって『これからが本番だ』って言ってたんだから」

僕の言葉を冷めた表情で聞いていたバクは、「どっから話してやればいいかな……」と迷いながらも訥々《とつとつ》と話し始めた。

「ガネーシャ様がどうして人間を育てているか、お前は知ってるか？」

「どうしてって……」

僕は、ガネーシャと契約を交わしたときのことを思い出して言った。

「趣味なんじゃないの？」

するとバクは答えた。

「まあ、趣味と言えば趣味なんだが……人間を育て始めたきっかけってのがあるんだよ」

バクは、少し間を取ってから続けた。

「ガネーシャ様が人間に授けるご利益は多岐《たき》にわたるが、その中でも特に、『障害を取り除く神様』だってのは知ってるよな？」

僕はうなずきながら、一般的に知られているガネーシャについての知識を振り返った。

金運、仕事運、恋愛運、健康運……ありとあらゆるご利益があるガネーシャ神だが、特に「障害を取り除く」神様として知られており、新たな取り組みを始めるときに参拝する人が多いという。バクは続けた。

「なぜガネーシャ様が人間の障害を取り除くことにこだわるのか。それは――ご自身の出自《しゅつじ》と重ね合わせているからなんだよ」

バクは悲しそうな顔で続けた。

「突然、首を飛ばされ、望んだわけでもないゾウの頭にすげ替えられたガネーシャ様は、同じような理不尽に苦しんでいる人間を見つけると放っておけねえんだ」

そしてバクは、幼いころ車掌《しゃしょう》に耳を引っ張られて難聴になったと落ち込んでいたトーマス・エジソンを、「耳が聞こえへんぶん、発明に集中できるやん」と励ましたことや、スティーブ・ジョブズが創業して成長させたアップル社を追放されたときも、「これで、創業のころの気持ちに戻れたやん」と勇気づけたことを話してくれた。

そしてバクは、ゆっくりと首を横に振って言った。

「だが、そんなガネーシャ様の行動をシヴァ様は疎《うと》ましく思っておられる。まあ当然だな。首を切った自分への当てつけだと感じておられるだろうからな」

バクは続けた。

「だからシヴァ様は、ガネーシャ様が人間を育てているのを知ると、呼び戻すんだ。シヴァ様の虫の居所が悪くなければ多少の猶予が与えられることもあるんだが……

今回、シヴァ様は特にお怒りのご様子だからな。ガネーシャ様は、『今すぐ戻ってこないとシヴァき倒すぞ』とか言われてるだろうぜ」

――ガネーシャにシヴァとの関係がどうなったかを聞いたとき言葉を濁していたのを思い出していると、バクは付け加えた。

「そして、一度シヴァ様のもとに戻ったガネーシャ様が、その人間のところに再び降臨することは許されてねえんだ。シヴァ様の目を盗んで会いに行ったこともあるらしいが、そのときはとんでもない大目玉を食らったって話だ」

言葉を失う僕に向かって、バクは寂しげな口調で続けた。

「本当は、ガネーシャ様は人間と一緒にいたいんだよ。そりゃそうだろう。自分が愛を注いで育てた人間が夢をかなえるその瞬間を間近で見て、喜びを分かち合いたいに決まってる。でもシヴァ様には逆らえねえ。お前も見ただろ。シヴァ様は怒ると本当に手がつけられねえんだ。……だからガネーシャ様がシヴァ様に呼び戻されて、これ以上時間を引き延ばせなくなると、教え子に隠れて練習を始めるんだよ」

「練習？」

首をかしげる僕に向かって、バクは続けた。

「鏡の前で、『ワシがいつまでもそばにおったら、自分はワシに期待し続けるやろ』『自分の成長を妨《さまた》げるのは、神様が一番やったらあかんことや』的な別れの台詞の練習を始めるんだ」

その姿を想像すると、いかにもガネーシャのやりそうなことで顔がほころびそうになったが、バクの次の言葉に胸が締めつけられた。

「そしてガネーシャ様は、人間と別れたあとに――めちゃくちゃ泣くんだよ」

トイレは沈黙に包まれ、ガネーシャのいびきだけが扉の向こうから響いてくる。

バクは、ぽつりとつぶやくように言った。

「特にお前はガネーシャ様のお気に入りだからな。別れの悲しみは相当なものになるだろうよ」

「えっ……」

予想もしなかった言葉に驚くと、バクは悔しそうに唇を噛んで言った。

「『あんみつ』抜きの平場《ひらば》のトークでガネーシャ様の心をここまでつかんだ人間を、俺様は、過去、一度も見たことがねえ」

僕は——偶然そうなっただけなので複雑な気持ちだったが、あることに気づいて言った。

「じゃあ、バクが僕に対して冷たかったのも……」

「それは単にお前が気に入らねえだけだ」

即答されてがっくりしたが、しばらくするとバクは言葉を付け加えた。

「……早い時期に離れた方が、ガネーシャ様も悲しまずに済むだろ」

(やっぱりそうだったんだ……)

僕はバクの優しさに触れ、胸が温かくなるのを感じた。

そもそも本当に僕を陥《おとし》れたいなら、課長の言葉を録音しておいてくれるなんてことはしなかったはずだ。

「ありがとう」

まだ言えていなかった感謝の言葉を口にすると、バクは決まり悪そうな表情で言った。

「──俺様はもうすぐ冬眠に入る。だから、ガネーシャ様のおそばにいて悲しみを癒やすことができねえ」

そしてバクは貯水タンクから飛び降り、ふらふらとした足取りで便座の上に立つと、姿勢を低くして言った。

「頼む。このとおりだ」

バクは続けた。

「お前と別れたあとにガネーシャ様が悲しまないで済むよう、できる限りのことをしてくれ」

「できる限りのことって……」

言葉の意味が分からず戸惑ったが、バクは僕につめ寄って言った。

「お前がこれ以上、ガネーシャ様と親密にならないように──ガネーシャ様から嫌われてもらいたいんだ」

「き、嫌われる……!?」

バクの突然の申し出に、どう答えて良いか分からなかった。

そもそも、ガネーシャがもうすぐ僕の前からいなくなってしまうという話自体、まったく信じられないのだ。ガネーシャは僕を宇宙一の偉人に育ててくれるって言ってたし、何よりも、僕はまだ〝本物の夢〟を見つけることができていない。

(そ、それに……)

僕はバクと会ったばかりのころに言われた言葉を思い出した。

バクは僕に向かって、はっきりと言ったのだ。

「夢を『持つ』のと『かなえる』のとは別の話だ」と。

仮に僕が〝本物の夢〟を見つけられたとしても、かなえられるかどうか分からない。だから僕は、夢をかなえるその日まで、ガネーシャがそばにいてアドバイスしてくれる——そんな未来を想像していた。

それなのに、ガネーシャがもうすぐ姿を消してしまうなんて、そんな話を信じられるはずがないじゃないか。

「ねえ、バク……」

僕はバクから詳しく話を聞こうと声をかけたが、バクからの返答はなく、返ってきたのは寝息だけだった。

13

「重大発表があんねん！」

突然、耳元で大声が聞こえたので目を覚まして飛び起きると、ガネーシャの興奮した顔が鼻先の触れそうな位置にあった。

「ど、どうしたんですか？」

身をのけぞらせながらたずねると、ゴホンとわざとらしく咳払いをしたガネーシャは、もう一度大声で言った。

「重大発表があんねん！」

（重大発表……？）

その瞬間、昨晩バクの言っていたことを思い出し、自分の顔から一気に血の気が引くのを感じた。

も、もしかして重大発表って、僕のもとを去っていく話をしようとしているのか⁉

「ま、待ってください！　まだ、心の準備が……」

僕は必死に止めようとしたが、ガネーシャは首を大きく一度横に振って言った。

「あかん。こういうのは思い切って言うてしまわんと、ワシの方も迷ってまうから」

そして、「ほんなら、言うで」と前置きしたガネーシャは、すうぅぅ……と大きく息を吸い込んだ。

（ああ、やめてくれー！）

思わず目を閉じた僕に向かって、ガネーシャは言った。


「様、やめてもらいたいねん」


「様……？」

意味が分からずきょとんとすると、ガネーシャは口をすぼめて続けた。

「ほら、自分はワシのことをガネーシャ様て呼ぶやろ？　いや、確かにこれまでワシのことを『様』付けで呼ぶ人間はあんまおらへんかったし、『様呼ばれ』が気持ち良くない言うたらウソになるけど、完全なウソになるけど、『様』をつけられることでワシらの関係に若干の距離感が生まれてもうてる事実は見逃せへんやん？」

回りくどい言い方に眉をひそめたが、ガネーシャは勝手に納得して続けた。

「分かるで。自分が偉大な神であるワシに対して『様』をつけないなんてことはあり得ない、そんなことをするくらいなら舌を噛み切った方がマシだ的な心意気はよう分かる。せやけど、ワシが言いたいのは『こっから先に行くにはどうしたらええか』ちゅうことや。いや。確かに、ワシをちゃんと『様付け』で呼んでくれる人間は貴重やで。六本木で見つけたドングリくらい貴重や。せやけど、これまで一番大事にしてたことが、実は成長の足かせになってるちゅうのはようあることやし、ここで思い切って『様』を捨てることで、ワシらの関係はネクストステージに突入できんねん。いや、確かにワシも、なんとか『様』を残す形で次に行けへんかて考えたよ。たとえば、ワシって一緒にいると場が明るくなって盛り上がる『真夏』みたいな存在やから、ガネーシャ様《サマ》やのうて『ガネーシャsummer《サマー》』にしたらどうか、とかな。ただ、ワシの名前をガネーシャsummer《サマー》にしたら、やれ海や、ナイトプールやて誘われることになるやろ？　でも、ワシ、泳がれへんねん。結果、この改名で恥かくことになるやん？　あと、今、夏やのうて秋やしな。ちゅうわけで、『summer』やのうて『秋刀魚《サンマ》』はどうかとも考えたよ。ただ、『ガネーシャサンマ』て、この名前やと神様ちゅうよりサンマの一種やん？　ワシ、『様』はいらん言うたけど神様から魚になるて、どんだけ都落《みやこお》ちさすねん。あと、何べんも言うけど、ワシ、泳がれへんねん。サンマやのに泳がれへんて、完全にsummerと同じ轍《てつ》踏んでもうてるやん」

（この人は、一体何がしたいんだ……）

想像していたのとあまりにも違う発表に驚きながらも、一方で安堵している僕がいた。

こんなにどうでも良いことを延々と語るガネーシャが、もうすぐ僕のもとを去るはずがない。昨日のバクの話は、自分の冬眠中に、僕とガネーシャが親密になるのを防ごうとしてついたウソなのだ。

（嫉妬《しっと》するなんて、バクも可愛いところがあるじゃないか）

そんな風に考え始めたとき、僕はふと、こんなことを思いついた。

これから数日間、バクから言われたとおりガネーシャに嫌われるような行動を取って、バクが冬眠に入ってから「実は……」とネタばらしをしたら面白いんじゃないだろうか。

ガネーシャもバクのいじらしい行動を知って、大いに楽しんでくれるはずだ。

「どうや？　様、やめてくれるか？　……ま、確かにワシを心から崇拝する自分にとって様をやめるんは闇夜に針の穴を通すような困難極まる行為やろうけど、そこは断腸《だんちょう》の思いで……」

僕は、ガネーシャの言葉をさえぎって言った。

「じゃあガネーシャ、早速だけど今日の課題出してよ」

「ガ、ガネーシャ？」

突然呼び捨てにされ、大いに動揺するガネーシャを見てバクは満足そうにうなずいた。

こんな大胆な行動を取れるようになった自分に対して（僕は、本当に変われたんだなぁ）と感慨深く思いながら、さらに追い打ちをかけた。

「ほら、ぼけーっとしてないでさ。僕も暇じゃないから巻きで頼むわ。今日の課題、何よ？」

すると、ガネーシャは、しどろもどろになりながら答えた。

「そ、そうやな。フレンドリーな感じでいこう言うたんはワシやし、『呼び捨て』は心の距離が縮まった何よりの証拠やもんな。で何の話やったたっけ……そうや、課題や。課題……課題……カダイ……カタイ……そうそう、カタイ関係を柔らかくしよう言うたんはワシやから。他ならぬワシやから。呼び捨てにされるのはかなりの前進……」

――ガネーシャのあまりの動揺ぶりを見て、さすがに申し訳なく思えてきたが、バクは、まぶたが落ちそうな目を必死にこすりながらも、満足そうにうなずいた。

（立冬までの辛抱なので、お許しください――）

心の中でガネーシャに謝りながら、この口調のままやりとりを続けた。

＊

僕の言葉遣いの変化によって多大な精神的ダメージを受けたガネーシャの言動はかなり聞き取りづらかったが、なんとか解析した結果、今回のガネーシャの課題は、

「自分と違う分野・文化の人と話す」

だった。

これは、「尊敬できる仲間と一緒に、夢中になれる仕事をする」という僕の夢をかなえるために「尊敬できる仲間」をどうすれば見つけられるかについての課題だ。ガネーシャによれば、多くの人は、仕事を見つけるときに、職場の人間関係を軽く考えてしまう傾向があるという。

確かに、課長との関係でも痛感したが、会社で働く上で、自分と合うタイプの人や優しい人が周りにいるかどうかは非常に重要だ。

では、どうすればそういう環境を見つけることができるのか。

最大のポイントは——ガネーシャがこれまで出してくれた課題のベースにもある考え方なのだけど——人を見るときに、世間的な評価ではなく、「自分の本当の好き」を大事にすることだった。

これまで僕は、就職活動のOB訪問や会社の面接など、仕事に関わる人たちと話すとき、相手の肩書や収入……世間の評価ばかりを気にしていた。そして、得ている評価が高ければ高いほど、その人に気に入られようと腐心してきた。でもそれは同時に、自分が相手のことを好きかどうかという気持ちに蓋をすることでもあった。

もちろん仕事では、色々な人と出会うし状況も変化していくから、人間関係のストレスを完全に回避することはできないだろう。

でも、今後は、その人といると居心地が良いか、心が乱れないかどうか……自分の感覚を丁寧に観察して、できるだけ自分と合う人、好きだと感じる人のいる職場や環境に身を置こうと思った。

そして、「尊敬できる仲間を見つける」ためのもう一つのポイントは、

「会う人を増やす」

ことだった。

これは、僕を含め多くの人にとって、頭では理解しているけれど実行に移せないでいることの一つだと思う。その理由は、人と会うことで嫌な思いをしたりストレスを増やしたりすることになるんじゃないかという不安が先回りしてしまうからだ。

でもガネーシャは、次のようなことを言った。

「たった一人との出会いが、すべてを変えてしまうことがあるんやで」

これは以前、競馬場でガネー馬が言っていた「伏線」の話にも近いと感じた。

たとえ幻滅するような出来事が続いたとしても、人を信じて出会い続け、素晴らしい一人に出会えれば、それまでのストレスはすべて、その人に会うために必要な出来事だったと思える。僕は、今後、不安になりすぎずに色々な人と出会い、話す機会を持とうと思った。それは、過去の自分と比べると大きな変化で、ガネーシャ

に心から感謝した。

　そして、そんな有難い教えをくれたガネーシャに面と向かってこんなことを口にするのは本当にはばかられたが、僕はガネーシャに言った。

「んで、この課題を裏づける偉人のエピソードってあんの？」

　この言葉を聞いたガネーシャの口はわなわなと震え、目は充血していたが、「こ、このタメ口は……ワ、ワシのタメなんや……」と奥歯をぎりぎりと噛みしめながら続けた。

「フ、フランスを代表するデザイナーのクリスチャン・ディオールくんは、三十歳手前で無職やった。銀行、会計事務所、保険会社、役所、さらには、服飾デザイン会社の事務職にも応募したんやけど、全部不採用やった。ただ、彼は学生時代、カフェやサロンに入り浸っていたこともあって友達がぎょうさんおってな。友達の一人が有名な服飾デザイナーをやっとって、『一緒に住まないか』て誘われて、友達の助けを受けながらデザインの勉強を始めたんやで」

　なんとか話を続けていたガネーシャだが、表情と口調は我慢の限界に達しつつあった。

「じ、自分らは仕事を探すちゅうと、め、面接のことしか考えてへん。せ、せやけど、まったく別業種の人との関係が自分の才能を引き出してくれることもあんねん……ぐわぁぁぁ！」

言い終えた瞬間、ガネーシャは断末魔《だんまつま》のような悲鳴を上げてその場に崩れ落ちた。

その様子を見たバクは、「よし！」とガッツポーズを取った。

（本当にすみません……）

僕は心の中でガネーシャに両手を合わせつつ、自分の過去を振り返った。

僕はこれまで会社や学校を、偏差値やブランド……周囲の評判だけで選んできた。学校に入るときは、どんな先生や先輩がいて、どんな環境なのかはほとんど気にせず、自分が入れる中で最も評価の高い学校に進学し、職場も同じような感覚で選んできた。

でも本当は、どんな人たちが周りにいて、どんな環境で学び、働くのかを大事にする必要があったのだ。

僕はノートパソコンを開き、色々な業種の人たちと出会える場所を探し始めた。

これまでは、こういった会合をなんとなく敬遠していたが、調べてみると、会社の出勤前に授業を受ける「朝活」や、愛読書が同じ人たちとやりとりができる「読書会」など、多様な形式のものがあることが分かった。

そして、たまたまオンラインで当日参加できる交流会を見つけたので思い切って予約をした。不安がないわけではなかったが、「最高の『楽しい』は、必ず『分からない』を含む」のだ。

また、調べを進めていくと同業種の会合があることも分かったので、近日中に参加してみようと思った。同じ業界の別会社で働く人たちとやりとりをすることで、自分とは違う視点や考え方を学ぶことができるかもしれない。

この作業をしながら、僕は心からワクワクしていた。

これから出会う人たちに対して、僕は、世間的な評価ではなく自分が本音でどう感じるかを大事にしながら接することができるのだ。それは、新しい世界の始まりを予感させた。


オンライン交流会の時間がやってきた。

緊張しながらノートパソコンで会議ソフトを立ち上げる。しばらくすると交流会のホストの人から参加が承認され、パソコン画面に二十人ほどの画像や動画が映し出された。

その瞬間、僕は緊張すると同時に、前向きな気持ちが生まれた。オンライン交流会の画面は、参加人数で等しく分割される。対面でのコミュニケーションは声の大きい人、話のうまい人に注目が集まってしまいがちだが、オンラインであればそういった偏《かたよ》りが小さくなるかもしれない。

（やっぱり、新しいことをすると必ず何か発見があるものだな……）

そう考えて胸を躍らせながら開始を待っていたのだが、「えっ⁉」と思わず声を上げてしまった。

画面の中に、あり得ないものを見つけたのだ。

（ど、どうしてガネーシャが――）

僕はあわてて部屋を見回したが、ガネーシャの姿は見当たらなかった。ガネーシャはどこから参加しているのだろうか。というか、どうして僕がこの交流会に参加していることを知っているんだ――⁉

様々な疑問が浮かび上がったが、まずは状況を把握すべくカメラとマイクをオンにしてみたところ、他の参加者と軽快な口調で話すガネーシャの声が飛び込んできた。

「せやから何べんも言うてますやん！　この顔はアバターちゃいますって！　ワシ、本物のガネーシャですねん！　え？　何しに来たかって？　見ての通り、異業種交流ですやん！　言うても、人間は神様にとって完全な異業種やないですか！」

「ガ、ガネーシャ様、一体ここで何してるんですか？」

思わず話しかけると、ガネーシャは突然、ドスの利いた声で言った。

「様、使うなや」

突然の言葉に、参加者全員が静まり返る。凍りついた空気を和らげようとホストの人が言った。

「お二人は、お知り合いなんですか？」

するとガネーシャは、

「知り合い？」

と眉をひそめて続けた。

「まあ、知り合いちゅうか、ワシとこいつは、師匠と弟子、というより王様と奴隷みたいな関係やったんですけど、ワシが『もうちょいフラットな感じでいこか？』て提案したったら調子に乗って、突然、タメ口になりよったんですよ。皆さんどう思います？」

「……」

こんな質問に答えられるはずもなく、参加者は沈黙を続けた。

「で、ではそろそろ会の方を始めていきたいと思うのですが……」

ホストの人が気まずい空気を変えるように口を開いたが、ガネーシャは突然、その場にいる全員に向かって言った。

「ちなみに、こいつ、最近会社クビになりましたからね」

（な、何を言い出すんだ――）

ガネーシャの言葉に唖然としたが、ガネーシャは刺々《とげとげ》しい口調で続けた。

「本人は希望退職的な雰囲気で話してくると思いますけど、実際は上司と揉《も》めて会社におられへんようになったんですわ。今からこいつと知り合うみなさんのために、こいつのあるある、言うときますね。

『飼い主の手、噛みがち』

ぶっちゃけ、こんなやつと交流しても一個もメリットないですからね」

「あ、あの、ガネーシャさん、特定の個人を誹謗中傷《ひぼうちゅうしょう》するのは規約の禁止事項に……」

たしなめるホストの声をさえぎって、ガネーシャはさらに言葉を重ねた。

「あと、こいつは本当にがさつな人間なんですわ。ゴミの分別も適当やし、洗濯もたまにしかせえへんし……あと、寝起きの口がめちゃめちゃくさいんですよ。『あれ？　ワシが今話してるの肛門《こうもん》やったっけ？』って勘違いしそうになりますからね」

「ガネーシャさん、いったんミュートにしますね」

ホストの人がガネーシャの音声を遮断したが、ガネーシャはすぐさまチャットを使ってメッセージを送ってきた。

お前らみたいな下々の者が、『天啓』を聞こえへんようにするてどういうことやねん！😡😡😡神をミュートで、『カミュート』てか！←上手すぎ😂

そもそも、なんでワシのご尊顔と自分らの顔の面積が同じやねん。画面の99.9％をワシの顔にして、残りの0.1％をお前らで分け合えや！😡😡😡

だいたい何や、異業種交流会て。こんなん会社でイケてへん連中が傷舐め合うための互助会やろ？こっちから願い下げやわ！🤮

敬《うやま》え敬え

ほどなく、ガネーシャは強制退出させられることになった。

［ガネーシャの課題］

自分と違う分野・文化の人と話す

14

「いやあ、ほんまに自分の言うとおりやで」

ガネーシャは、僕がお詫びに差し出したあんみつを食べながら上機嫌で言った。

「あれほどワシが自分に、『本音を偽《いつわ》るな』て教えてきたのにな。『様をナシにしよう』ちゅう提案は、ワシの『敬われたい』ちゅう本音を無視した行動やったわ。『人は教えることによって最も良く学ぶ』ちゅうのはセネカくんの言葉やけど、神様にも当てはまるんやね」

ガネーシャは、あんみつのスプーンで僕を指して言った。

「ただ、一方で、自分は『様をナシにしよう』ちゅうワシの提案には、自分の殻を破ろうとする挑戦の意味合いがあることも認めてくれた。そこで、自分が考えたワシの呼び名が……何やったっけ？　『ガネーシャ氏』でも『ガネーシャ殿《どの》』でも『ミスター・ガネーシャ』でも『ガネーシャパイセン』でもない、何や、えらい響きのええ呼び名やったな」

「『ガネーシャさん』です」

「それや！　『さん』や！　最初聞いたとき、膝が粉砕骨折《ふんさい》するくらい叩いたもんな。『その手があったか！』て。『さん』はワシの中で完全に盲点やっててん。……しかも自分が言うには、この『さん』は何かと掛かってんねんな？　な？」

ガネーシャがあまりにも欲しがるので、僕は何度目になるのか分からない説明をもう一度繰り返した。

「私の中でガネーシャさんと言えば、人生に不安を持つ人たちをあまねく照らし出す太陽のような存在なんですよね。だから、敬意をこめてこう呼ばせていただきたいんです。ガネーシャsun《さん》と」

僕の言葉を聞いたガネーシャは、感動のため息を漏らして言った。

「ほんま、自分は最高やわ。最高の友人や」

――異業種交流会でのガネーシャの振る舞いを見て恐怖を募らせた僕は、色々な言葉で機嫌を取ったのだが（ガネーシャの新しい呼び名を提案したのもその一つだった）、結果的にガネーシャとの親密度が増すことになってしまった。

（バクは相当怒っているんだろうな）

そう思いながらバクの様子をうかがおうとしたが、姿がどこにも見当たらない。

（どこに行ったんだろう）

不思議に思ったが、肩を叩かれて向き直るとガネーシャは言った。

「なんかワシ、『ガネーシャsun』ちゅう二つ名を得たことで、太陽としての自覚が強まってきたわ。早速やけど、照らしてええ？」

「は、はい。よろしくお願いします」

そう言って頭を下げると、ガネーシャは立ち上がって歩き出した。

「自分の夢は、『尊敬できる仲間と一緒に、夢中になれる仕事をする』やったな。前回は仲間についてやったから、今回は、『夢中になれる仕事』の方を教えていこか。自分、前に〝本物の夢〟を経験させたときのこと覚えてるか？」

僕は、会社のトイレ掃除をしたときのことを思い出した。嫌な作業でしかなかった掃除がやりがいに満ちたものになり、最高にワクワクしながら進めることができた。

僕がうなずくと、ガネーシャはソファの前で立ち止まり、腰を下ろしながら続けた。

「夢中になれる仕事ちゅうんはな、あのとき自分が……熱うっ！」

話している途中で、突然、叫びながら飛び上がったので驚いていると、ガネーシヤはお尻を押さえながら言った。

「だ、誰や、こんなとこにお香置いたんは！」

見ると、ソファの上に火のついたお香が転がっていた。

燃え移らないようあわてて拾ったが、どこからか姿を現したバクが鼻で僕を指して言った。

「この者が置いていました」

（ええ――）

バクの言葉に対して、

「ぼ、僕じゃないです！」

とすぐさま否定したが、バクは、

「私は、はっきりと見ました。この者が置いていました」

と罪をなすりつけてくる。

（もしかして――）

僕は寒気を感じながら思った。

（もしかして、バクは僕とガネーシャの仲を裂くためにこんなことを――）

相当焦っているのだろう、バクの行動はかなり突拍子のないものになっていたが、ガネーシャは僕とバクの顔を交互に見ると、ゆっくりと首を横に振って言った。

「もう、お香のことは忘れようや。たいした傷やないし、ワシ、太陽《sun》やから。『熱い』ちゅう概念がないねんな」

そして、

「『概念が、ないねん』って偶然やけど掛かってるやん。笑いの神様本人に神様が舞い降りるパターンってあるんや」

と感心するガネーシャを見て、

（さっきめちゃくちゃ大きい声で「熱うっ！」って言ってたけど……大丈夫そうだな）

と思い、ホッと胸をなでおろした。

それからガネーシャはしばらくの間、自分が口にした駄洒落で悦《えつ》に入っていたが、

「ああ、そうやった、『夢中になれる仕事』やったな」

と話を戻して続けた。

「どうしたらそういう仕事を見つけられるかちゅうとな……」

そこで僕は、緊張感を取り戻しながらメモ帳を開いたのだが、

「痛ぁっ！」

とまたガネーシャが叫んだ。

見ると、先ほどガネーシャが火傷《やけど》をしたお尻に、洗濯バサミが挟まれていた。

「だ、誰や！」

「こいつです」

ガネーシャの言葉にバクが即答した。

「ぼ、僕じゃありません」

先ほどと同様、すぐに否定したが、バクがかぶせて言った。

「この者がガネーシャ様のお尻に洗濯バサミを挟むところを見ました」

「でも、僕の位置からどうやって……」

「私は見ました！　なんなら、洗濯バサミで挟んだあと、『隙あらば、干そう』という動きまで見せていました！」

「で、でも……！」

僕とバクが言い争いを始めると、ガネーシャが割って入って言った。

「もう、ええねん。ワシって洗濯バサミで挟まれたら『痛い』よりも『気持ち良い』が先行するタイプの神様やし、sunであるところのワシを見た洗濯バサミが『早く乾きそう！』思てテンション上がった勢いで挟んでもうたのかもしれへんしな」

——何を言っているのかまったく分からなかったが、とりあえず怒ってなさそうなので安心した。

ただ、何度も教えの出鼻をくじかれてさすがに気持ちが冷めたのか、

「ちょっと休憩しよか」

と言って冷蔵庫に向かい、扉を開けた。

その瞬間、ガネーシャは凍《こご》えた声で言った。

「あ、あり得へん……」

何事だろうと思い、近づいて様子を見ると、

(こ、これは……)

と衝撃を受けた。

ガネーシャ用に買い溜めしてあったすべてのあんみつの封が開けられ、食べかけの状態で放置されていたのだ。

そこにバクがやってきて、僕を指して言った。

「この者が、あんみつの封を開けて一口食べては、『まずい。こんなもん食えるか』と言って元に戻し続けるという『あんみつ大虐殺』をしていました」

（バ、バクのやつ――）

バクの行動にさすがに怒りを覚えつつ、

（今度ばかりはガネーシャも黙っていないんじゃないか）

と不安になった。

ガネーシャにとって、体の痛みと甘い物の恨みでは比較にならないほど後者の方が強いはずだ。

ガネーシャは……しばらくの間、顔を紅潮させぷるぷると震えていたが、ふうと大きく息を吐いて言った。

「――犯人が分かったで」

「えっ？」

僕とバクが驚いた顔を同時に向けると、ガネーシャは続けた。

「犯人は、ワシや」

（ええ――）

驚愕する僕たちに向かって、ガネーシャは続けた。

「ワシのことを心底愛しとる自分らがこんなことするわけないからな。となると、犯人は一人しかおらへん」

　そしてガネーシャは、震える指を自分に向けて言った。

「ワシや。ワシがやったんや」

（な、何を言い出すんだ――）

　僕は唖然としたが、ガネーシャはソファに座ると、肩を落として言った。

「『最近、物忘れがひどなってきたなぁ』とは思ててんけど、自分で置いたお香忘れたり、あんみつ食べたのを忘れたり、しかも食べてることすら忘れて途中で止めたりしてるんは、相当、重症やで」

　そしてガネーシャはタバコに火をつけたが、

「これ、ほんまに一本目か？　タバコに火ぃつけたまま吸い忘れてるやつあるんちゃうか？」

　とあわてて周囲を見回し、火のついたタバコが見つからなかったのでホッとした顔で再び煙をくゆらせた。

（いや、これは全部、バクの仕業《しわざ》で――）

　いっそのこと言ってしまおうかと思ったが、ガネーシャは達観したような表情で話を勝手に進めていく。

「このままやと、ワシ、神様続けていかれへんかもしれへんなぁ。もし悪いことしてる人間がおって『バチ当てよ』て思てバチ当てても、『あれ？　こいつ悪いことしてんのにバチ当たってへんやん』て思てバチ当てて、ひたすらバチ当て続けて、どんな軽犯罪者も三途《さんず》の川へ直行させてまうやん」

バクも、話がどんどん違う方向に進んでいることに動揺している様子だったが、今さら言い出せないのだろう、完全に黙秘《もくひ》を貫いていた。

ガネーシャはタバコの煙をぼんやりと目で追いながら考えていたが、タバコを灰皿に押し付けると言った。

「これは、ワシにとってええ機会かもしれへんな」

そしてガネーシャは僕の方を向いて、真剣な表情で言った。

「自分は上司の理不尽な振る舞いに対して最終的には行動を起こせたけど、最初のころは何もできへんかったやろ。その理由は何か分かるか？」

「そ、それは……」

僕は、課長が部署に配属されてきたばかりのころを思い出し、自分に自信がなかったこと、そして、自分の成長が足りなかったことなどを挙げた。

するとガネーシャは腕を組み、うなずきながら言った。

「もちろん、そういう要素もあんねんけど、それ以上に決定的なことがあんねん」

そして、ガネーシャは言った。

「それは、自分の生活手段が、『会社』だけやったからや」

ガネーシャの言葉に胸を射抜かれた感覚がした。

ガネーシャは続けた。

「もし、自分が、会社をクビになったとしても他に生きてく方法があれば、もっと早く上司に気持ちを伝えられた思うで。でも、自分は会社に依存してもうてた。せやから自分の生活を左右する力を持つ上司が、どれだけ理不尽な行動を取っても我慢するしかなかったんや」

――ガネーシャの言うとおりだ。

僕が課長に対して本音を言えなかったのは、僕の性格や能力だけではなく、状況がそうさせていた部分も大きかった。

ガネーシャは続けた。

「でも、それはワシも同じじゃやねん」

「……どういうことですか？」

僕がたずねると、ガネーシャは力のない声で答えた。

「ワシがおとんに正面から立ち向かえへん理由も同じやねん。最高神であるおとんには、ワシを神でなくしてまう力がある。でも、ワシは神様を辞めたら――何してええか分からへんねん」

ガネーシャの話を聞いて、

「ガネーシャはシヴァから今すぐ戻るよう言われている」

というバクの言葉が頭をよぎったが、

(ガネーシャが僕のもとを去るというのは、バクがついているウソなんだ)

と自分に言い聞かせた。

「せやけどな……」

ガネーシャが話を続けたので、そちらに意識を向ける。

「自分が殻を破って会社を辞めたのに、その師匠であるワシが行動を起こさんわけにはいかへんやろ」

そして、ガネーシャはソファから立ち上がり、天に向かって両手をかざした。

すると、ガネーシャの体から光が放たれたので、まぶしさのあまり目を閉じた。

しばらくしてから前を見ると、そこにいたのは可愛らしい子どもだった。

（どうして子どもに？）

不思議に思っていると、

「自分は今、『どうして子どもに？』て思てるやろ」

可愛らしい声だが、内心を言い当てられ、中身はガネーシャだと分かる。

ガネーシャは小さな歩幅で玄関に向かって歩き出すと、ゾウの鼻を人間の子どもの鼻に変え、悪戯っぽく笑って言った。

「ついてくれば分かるで！」

＊

「こ、ここは……」

思いもよらなかった場所に連れて来られ困惑する僕に向かって、ガネーシャは陽気な口調で言った。

「ここ、前々から気になっててん。ただ、ここは子どもやないと体験できへんねんな。まあ、子どもに変身すれば済む話やねんけど、敬われるはずの神様が子ども扱いされるのはどないやねんちゅう思いがあって二の足踏んでたんや。せやけど、今回、ついに殻を破ったで」

（殻を破るってそういうことじゃないだろ――）

ガネーシャの言葉には呆れるしかなかったが、

「こ、ここはぁぁ！！！　なんて夢にあふれた場所なんだぁぁ！！！」

興奮したバクが鞄から出てこようとするので、必死に押し留めねばならなかった。

――僕たちがやってきたのは、子どもたちがアトラクションを通して大人の仕事を体験する、『職業体験型テーマパーク』だった。

(結局、遊びに来ただけじゃないか……)

何かの教えがあると期待していたのでがっくりと肩を落としたが、ガネーシャは、

「自分は何も分かってへんな」

といつものように言った。ただ、外見と声が子どもなので、いつも以上にイラッときた。

ガネーシャは続けた。

「会社を辞めた自分は、これから新たな仕事を探すわけや。そんときに、世の中には色んな仕事があって色んな働き方があることを知れば、会社に依存する以外の形も想像できるやん。ただ、ワシが何よりこの場所を選んだ理由は……」

ガネーシャは、右手の拳を高々と突き上げて言った。

「めっちゃ楽しそうやからや！」

(やっぱり遊びに来ただけじゃないか！)

ガネーシャに文句の一つも言いたかったが、ガネーシャはすでにテーマパークの中に向かって駆け出していた。

僕は急いで受付を済ませて後を追ったが、アトラクションが並んでいる広場は人だかりになっていて、ガネーシャを見失ってしまった。

（どこに行ったんだろう……）

ガネーシャがトラブルを起こさないか心配で焦りながら周囲を見回したが、そこに広がっている光景に圧倒されることになった。

飲食、医療、宅配、美容、航空、商社、警察……ありとあらゆる業種がアトラクションになっていて、子どもたちはその業種を、次から次へと移動していたのだ。

その光景の対極として思い出されたのは、僕の就職活動だった。

目の前の子どもたちのように実際の作業を体験することなく、ひたすら面接を繰り返した。そもそも、僕はこれほど多くの業種を、「選択肢」として持っていなかった。

（もしこんな風に実際の作業を体験できたら、自分がやりたい仕事も選びやすくなるんだろうな……）

感動しながら子どもたちの様子を眺めていると、人気が高く行列ができている『お菓子作り工場』の前にガネーシャの姿を発見した。

（ガネーシャらしいな）

微笑ましく思いながら近づいていったが、ガネーシャのそばまで来ると血の気が引いた。

美味しそうなお菓子を見て興奮したからかガネーシャの変身が甘くなり、鼻がゾウに戻ってしまっていたのだ。

「ガ、ガネーシャさん……！」

あわてて声をかけたが、時すでに遅しだった。周囲の子どもたちがガネーシャを指差して、

「ゾウだ！」

「ゾウがいる！」

と言って騒ぎ出した。中には、

「変な顔！」

と言っている子どももいる。突然、大勢の子どもに指を差されてパニックになったのか、ガネーシャは鼻を変えることも忘れ、動揺した表情のまま立ち尽くしていた。

僕は、とっさに、子どもたちに向かって言った。

「この子の顔は変じゃない。すごく可愛いよ」

ガネーシャは僕を見上げ、涙目で言った。

「パ、パパ……」

僕は、子どもたちに続けた。

「君たちも、知らない子から変だって言われたら嫌でしょう？　されて嫌なことは人にしちゃダメだよ」

子どもたちは黙り込んだが、ちょうど体験の始まる時間になったのでスタッフの人がやって来て、みんなをお菓子作りの現場へと連れて行った。

ガネーシャも、ゾウの鼻をサッと変えて流れに加わった。

その後ろ姿を見ながら、

（ガネーシャはちゃんとお菓子作りができるのだろうか……）

と不安な気持ちでいっぱいになった。

でも、実際にお菓子作りが始まると、子どもたちは何事もなかったかのように（ガネーシャの鼻も玩具《おもちゃ》をつけていたくらいに思っているのだろう）、作業を進めていた。

（あ、笑った……）

ガネーシャに笑顔が浮かぶのを見てホッとする。

他の子どもたちも、ときに笑ったり、ときに真剣な表情を見せながら、みんな、本当に楽しそうだった。

(良かった――)

心から安堵した僕は近くの椅子に腰を下ろして一息つこうとしたが、あることに気づいて立ち上がり、他のアトラクションに視線を移した。

(やっぱりそうだ……)

――すべての子どもがそうしているわけじゃない。中には、泣いていたり、つまらなそうにしていたりする子もいる。

でも、ほとんどの子どもたちが、職業体験をしながら、笑っていた。

(もしかして――)

と僕は思った。

(もしかして、仕事は、笑いながらできるものなんじゃないか)

それは、理屈を超えた直感だった。ただ、その直感は、確信にも近かった。

会社のトイレ掃除で体験した、〝本物の夢〟。

作業自体は、決して楽ではなかったけれど、どうすれば汚れを早く綺麗に落とせるか創意工夫をし、美しく磨き上げることができたときは達成感で満たされた。そして、その行動が大きな夢につながっているのを感じたとき、自然と笑みがこぼれていた。

「パパの分も、作ったで」

職業体験を終えたガネーシャから差し出されたのは、チョコレートパフェだった。

トッピングが恐ろしく偏っていたので面食らったが、添えてあるスプーンを手に取っておそるおそる口に運ぶと、

（ああ、美味しい……）

感動が体を駆け抜けた。

ガネーシャの作ったパフェは、過去に食べたどんなパフェよりも美味しく感じられた。

（どうしてこんなに美味しいのだろう）

——その疑問の答えはすぐに出た。

これは、ゾウの顔をからかわれたガネーシャが、楽しく作業をして完成させたパフェだからだ。

このパフェが完成した「意味」が、味を最高に高めている。

そして、僕は思った。

これは、人生にも言えることなのではないだろうか。

「最高の人生」とは、多くの人に評価されるような高級さに宿るんじゃない。

意味があれば、何の変哲もない食べ物が、最高に美味しく味わえる。

意味さえあれば、一見つまらなく面倒に感じられる作業も、最高に楽しくなる。

人生の素晴らしさを決めるのは、「意味」なのだ。

このとき、僕の頭の中には、ガネーシャが言っていた言葉がこだましていた。

「夢にはな、ものごとの『意味』をまるっきり変えてまう力があるんや」


「パパ、次はあれやってみたいねん！」

なぜか僕のことをパパと呼ぶのが定着したガネーシャに引っ張られ、新たなアトラクションに向かった。

（ああ、なんて軽やかな転職なんだろう）

心から羨ましく思うが、このテーマパークでは、大人は職業体験に参加することができない。

大人に許されているのは仕事を楽しむ子どもたちを写真に収めることだけで――ガネーシャは、僕がシャッターを押すときピースサインをするように、一瞬だけ鼻をゾウに変えていた。

「いやあ、ほんま楽しかったわぁ！」

時間ぎりぎりまで様々な職業アトラクションに挑戦したガネーシャは、帰り道で興奮しながら語った。

「正直、神様辞めることになったら、『お笑い芸人』ぐらいしか選択肢はないて思てたんやけど、他にも色んな可能性が開けたわ。ウーバーイーツにお世話になってる分、宅配業もモチベーション高くできたし、神様として森羅万象に精通した経験活かして裁判官になるのもありやしな。あと、ずっと天上界におるからか、一番新鮮に感じられたんは地下鉄の仕事やったわ」

そしてガネーシャは上機嫌にタバコを取り出したが、

「ガ、ガネーシャさん、子どもの姿ですから」

とあわててたしなめると、「おお、そうやったな」と人けのない所でおじさんの姿に戻り、近くの喫煙所でタバコを吸いながらしみじみと言った。

「やっぱり、何事もやってみんと分からんもんやねぇ」

それからしばらくタバコを吸っていたガネーシャは、僕に顔を向けて言った。

「『職探し』のポイントて何や思う？」

僕は思いつくままに答えた。

「やはり……自分の才能を活かせる仕事に就く、ということでしょうか」

するとガネーシャは言った。

「まあ、世の中でよう言われてることやな。そんで才能ちゅうのは癖《くせ》みたいなもんやから、『努力しなくても長時間できることを探しましょう』なんて言われたりするわ。まあ確かに、世間の評価やブランドを重視しすぎて、自分の強みや特技を軽んじてまうことは多々あるから、自分の特長を振り返るのも必要や。せやけど、何にも増して大事なんは、『実際にやってみる』ことなんやで」

僕がメモ帳を取り出して書き込んでいると、ガネーシャは続けた。

「自分、黒澤明《くろさわあきら》くん知ってるか?」

「は、はい。数多くの名作を残した映画監督ですよね」

「そうや。ただ、彼はもともと画家を目指しとって、映画監督になるどころか映画界に入ることすら考えてへんかったんやで。せやけど、画家として食えへんかったとき、たまたま助監督の求人広告を見つけてな。試しに受けてみることにしたんや」

「へぇ……」

「採用試験ではシナリオを書く課題が出たんやけど、彼は書き方を知らんと隣の人んかったんやけど、父親から『何事も経験だ』て諭されてやってみることにしたんやで」

「そんな経緯があったんですね……」

「しかも、最初についた監督の作品が最悪でな。すぐに『やめる』て言い出したんや。ただ、先輩たちから『こんな作品ばかりじゃないし、違う監督の下でもやってみた方が良い』てなだめられて……まあ、黒澤くんの周りの人の『なだめ力』も相当なもんやけどな。しぶしぶ次の仕事に向かったら、生涯の師となる山本嘉次郎《かじろう》くんに出会うことになったんや」

そしてガネーシャは、タバコの煙を吐き出すと過去を懐かしむように言った。

「黒澤くんは山本くんのこと敬愛してたからな。ワシのこともたまに『山さん』て呼び間違えてたもんな……」

その後もガネーシャは、

「自分、黒澤映画言うたら『七人の侍』だけやのうて『隠し砦の三悪人』は観とかなあかんで。『スター・ウォーズ』作ったジョージ・ルーカスくんは、黒澤映画を崇拝しとって、この映画に出てくる農民のコンビ、太平と又七がR2-D2とC-

3POのモデルになったんやからな」

などと黒澤映画に関するうんちくを散々語ったあと、タバコを持った指で僕を指して言った。

「次の課題はこれや。『仮体験する』。自分、夢中になれる仕事を見つけたいんやったら実際の作業を体験してみい。それを続けていけば、理屈やのうて心と体が『これだ！』て感じられるような仕事に出会えるはずやで」

「分かりました」

僕はメモを取りながら、職業体験テーマパークでの経験を振り返った。子どもたちの軽やかな転職。そして作業中の笑顔……。ガネーシャが僕のことを「パパ」と呼んでいたことも思い出してはにかんだが、そのとき、今日の経験は、「父親としての仮体験」でもあったことに気づかされた。

昔のように子どもがたくさんいて、親せきや近所との交流が盛んだったときと比べて子どもに触れ合う機会が少なくなっていると聞く。そんな時代を生きる僕たちは、子どもとのやりとりをほとんど体験せずに父親になる人も多いのだろう。実際、今日のようにたくさんの子どもたちに囲まれ、やりとりをしたのは人生で初めてのことだった。

こうして僕は、今日の体験がいかに貴重なものだったのかを振り返っていたが、

（きっとバクにとっても……）

職業体験テーマパークの入り口で感動していたバクのことを思い出し、鞄を開いて中を見た。その瞬間、

（えっ……）

思いがけないバクの姿を見て不安になった。

夢をたらふく食べてふくらんでいるものだとばかり思っていたが、バクは小さい体を丸めていた。僕の夢を食べて体型を少し取り戻していたバクだったが、最近はまた痩《や》せてきている。

その様子を見てガネーシャは言った。

「バクちゃんは、子どもの夢は絶対に食べへんからな」

「そ、そうなんですか？」

僕がたずねるとガネーシャはうなずいて言った。

「バクちゃんが生きていくために食べる分は、人間にはほとんど影響与えへんけどな。それでも、子どもの夢は一ミリも奪ったらあかん言うて、食わへんようにしてんねん」

（そうだったんだ……）

冬眠前なのに夢を食べようとしないバクの姿を見ていると、胸のざわつきが広がっていくのを感じた。

［ガネーシャの課題］

仮体験する

15

会社を辞めると決めてから、僕の頭を占めていた考えは、

「次はどの会社に就職しよう」

ということだった。

でも、ガネーシャの「仮体験する」という課題を聞いて、面接を受けるのではなく、仕事を仮体験する方法がないか調べてみることにした。

すると、驚くほどたくさんの方法があることが分かった。

たとえば資格を取るために講習を受けるのも仮体験になるし、ボランティアスタッフとして働く方法も見つけることができた。ただ、その中でも特に充実していたのは、ＩＴを活かした方法だ。

ネットで調べてみると、実際の就業体験をしながら面接をする「社会人インターンシップ」という制度を取り入れている企業がいくつも見つかった。

また、「コンテストの情報サイト」では、商品や事業のアイデアなど、ビジネス

に関わる数多くの募集をしており、これらに応募することも仮体験になるはずだ。そして何よりも、職業体験テーマパークと同じように「大人の職業体験」を提供している会社はすでに存在しており、ネット上で予約して様々な業種を体験できることが分かった。「大学生活の後半に、他の学生と一緒に就職活動を始める」という固定概念から少し離れることができれば、「職業体験テーマパーク」の参加チケットは簡単に手に入れることができるのだ。

さらに僕は、「興味を持ったことを一歩深める」というガネーシャの課題のもと、「子どもと触れ合う機会」についても調べてみた。

学童保育や児童館のスタッフであれば、資格を必要としない場合があることが分かった。また、近所で開催されている「こども食堂」もボランティアスタッフを募集していた。僕はこれまで、「こども食堂」は、生活が厳しい家庭の子どもに無料でご飯を提供している場所だと思っていたが、この認識は誤りだった。調べてみて分かったのは、「こども食堂」は地域の様々な世代の人たちの交流の場になっており、また、子育てに疲れた親を支え、人間関係を築くことで孤立を防ぐなど多様な役割のある場所だった。

（子どものころに参加していた「子ども会」や地域の「祭り」の雰囲気に近いのか

もしれないな……）

当時のことを振り返りながら、僕は懐かしさを感じると同時にワクワクしていた。こうした活動に参加すれば、前回の課題「自分と違う分野・文化の人と話す」を実行することにもなるからだ。

ただ、こうして気持ちを高めながらも、心の奥底で強く引っかかることがあった。

それは、バクのことだった。

「夢……全然食べてないみたいだけど、大丈夫なの？」

ガネーシャが眠りについたあと、僕はバクに話しかけた。

「自分で言うのもなんだけど……今の僕は、結構、夢があると思うんだ」

するとバクは、重そうなまぶたを持ち上げ、口元を歪ませて言った。

「夢なし芳一が、でけー口叩くんじゃねえよ」

長い鼻をぴくりとも動かさないバクに向かって、僕は続けた。

「で、でも、少しは食べないと……」

すると、バクは声を落とし、つぶやくように言った。

「もし俺様が、このまま夢を食べずに冬眠に入ったらどうなると思う？」

「……どうなるの？」

答えが分からず質問を返すと、バクは冷淡な口調で言った。

「死ぬ」

「えっ⁉」

驚きのあまり大声を出してしまった僕は、あわてて口を押さえてから続けた。

「でも、バクは伝説の生き物なんだから、普通の動物とは違うんだよね？」

「ただ、俺様は神じゃねえからな。命に限りはある」

バクの言葉を聞いて、急激に不安を募らせた。

昨日よりもさらにやせ細ったバクは、皮膚の表面に骨格が浮かび、呼吸も浅くなっている。

その姿は、余命いくばくもない、小さな老犬を思わせた。

そして、僕はバクの次の一言でさらに不安にさせられることになった。

「なんなら、俺様は、もう、天に召《め》されちまっても良いと思ってるんだ」

「ど、どうしてそんなことを言うの？」

震える声でたずねると、バクは小さくため息をついて言った。

「お前は、ガネーシャ様が、育てた人間と離れ離れになったあとにどれだけ深く嘆き悲しむかを知らねえからな。俺様はもう、ガネーシャ様の悲しむ姿は見たくねえんだ。いや……」

そしてバクは言い直した。

「今回は、ガネーシャ様のおそばにいて姿を見ることもできねえ。話をして慰めることすらできねえんだ。その状況に、俺様は耐えられねえんだよ」

――バクが語る様子を見て、バクの体調の心配だけでなく、新たな不安が頭をもたげてきた。

バクの思いつめた雰囲気を見る限り、ウソをついているようには思えなかったからだ。

ということは、バクの言うとおりガネーシャはもうすぐ僕のもとを去って――。

(いや、そんなはずはない)

僕は心にわきあがる疑念を懸命に追い払った。僕はまだ、何も成し遂げていない。〝本物の夢〟だって見つけていない。そんな僕を置き去りにしてガネーシャが行ってしまうなんて、そんなことが起こり得るはずがないんだ。

動揺する僕の目の前に、バクから一枚の紙が差し出された。

「これは、俺様からの最後の頼みだ」

そしてバクは続けた。

「もし、お前が俺様やガネーシャ様に何かしらの恩を感じ、少しでも苦しみを取り除こうという気があるのなら――ここに書かれた内容を実行してもらいたい」

(な、何だろう……)

おそるおそる紙を開くと、そこに記されていたのは驚愕の内容だった。

(ぼ、僕にこんなことができるのだろうか――)

激しい不安に苛《さいな》まれたが、それでも僕は顔を上げ、バクにたずねた。

「もし僕が、ここに書いてある内容を実行したら、冬眠する前にちゃんと夢を食べるって約束してくれる?」

するとバクは、

「ああ」

とうなずいて言った。

「実行したらな」

――立冬まで、あと三日。

覚悟を決めたバクの表情を見て、僕も決断せざるを得なかった。

＊

「な、なんやこれは……⁉」

朝、目を覚ましたガネーシャは、丸テーブルに置かれた朝食を見て驚きの声を上げた。

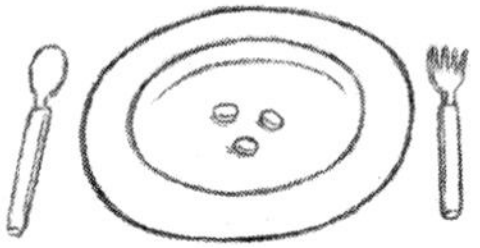

「サプリです」
僕は冷静な口調で答えた。
「今日から、ガネーシャさんの朝食は『サプリ』になりました」

「な、なんでや⁉」

大いに困惑するガネーシャに向かって、僕は淡々と続けた。

「『相手に合わせるのではなく自分に正直に生きる』――このガネーシャさんの教えを実践する上では、師匠であるガネーシャさんに対しても自分の正直な気持ちを伝え、行動を起こす必要があると考えました」

そして僕はガネーシャに向かって言った。

「前々から、というか、出会った瞬間から思っていたのですが、ガネーシャさんって肥満ですよね」

「ひっ、ひまっ……ひまっっっ……」

「完璧な肥満――パーフェクト・ヒーマン――ですよね」

「パッ、パーフェクトッッッ……ヒーマンッッッッッ……」

ショックのあまり引きつけを起こし始めたガネーシャに向かって、僕は同じ口調で続けた。

「正直、見ていて不安なんです。まず、何よりも健康的ではありませんし、食べる量が減れば食費を節約することもできます」

そして僕は、サプリが載った皿をガネーシャの方に押し出した。

ガネーシャはしばらくの間、引きつった顔で錠剤を見ていたが、突然、パッと表情を明るくして言った。

「な、なんや自分。朝からめちゃめちゃなこと言い出しよる思たら『ボケ』かいな。まあ、ワシとの共同生活が長なってくると笑いの力も自然と身についてまうもんやからな」

そしてガネーシャはニヤリと笑って言った。

「ただ、毎朝サプリだけやと、さすがにサップリ（さっぱり）しすぎやないか？」

僕は、冷静な口調で返した。

「あと、これもお伝えしておきたいのですが……金輪際、僕の前で駄洒落を言うのを止めていただきたいのです」

「ど、どういうことぉ⁉」

朝食をサプリにすると告げたときよりもはるかに驚くガネーシャに対して、僕は淡々と続けた。

「ガネーシャ様の駄洒落は聞くに堪《た》えないというか、正直、不愉快《ふゆかい》なんですよね」

「ふっ……ふゆっっ……」

「毎回サムいので、『冬か』ってくらい『不愉快』なんです」

「だっ……駄洒落を禁止した張本人がっっっ……駄洒落を使って攻撃してきよったぁぁっっっ……」

それからしばらくの間、全身を痙攣《けいれん》させていたガネーシャだったが、なんとか呼吸を整えると手を横に振って言った。

「も、もうええ。もうええわ。自分と話してると頭おかしなりそうやから、今日は、一人で過ごすわ」

そしてベッドの上に飛び乗ってごろりと横になったが、しばらくすると、

「ああーーー！！！」

ガネーシャがひときわ大きな声で叫んだ。

「『あつまれ　どうぶつの森』のデータが全部消えてるやん！！！」

「昨晩、消しておきました」

「なんでやねん！！！」

激高するガネーシャに向かって、僕は淡々と続けた。

「ガネーシャさんってゲームのしすぎだと思うんですよ。そもそもゲームって仕事や日常生活のストレスが溜まった人が息抜きにやるものなのに、ガネーシャさんの場合、寝起きと同時に息抜きを……」

「自分、ええかげんにせえよ！」

僕の声をさえぎったガネーシャは、大声で続けた。

「サプリや駄洒落に関しては、まだええわ！　ワシ一人で完結できることやからな！　でも、『あつ森』はちゃうやろ！！！　自分は、ワシだけやのうて『あんmeets《みーつ》島』に集まった十人の島民たちとの絆を断ち切ってしもたんやで！！！」

ガネーシャは怒りのあまり般若《はんにゃ》のような形相になったが、僕はすでに畳みかけるように行動を起こしていた。

ガネーシャは叫んだ。

「ていうか、何でワシがしゃべってる間、ずっと眉間にレーザーポインター当ててんねん！　あと、ワシの移動に合わせて空気清浄機近づけてくるのやめえや！！ってワシが話してる途中で何でトイレ行くねん！！！　もうええわ！　こうなったら今からめちゃめちゃ長い漫画読み始めて終わるまで絶対に自分とは口きけへんから……って、何で『金田一少年の事件簿』の登場人物紹介のページに『コイツが犯人』て赤丸つけてんねん！！！」

そしてガネーシャは、

「もう、限界や！」

と叫び、トイレから戻ってきた僕を指差して言った。

「今後、自分とは——」

僕に対して最後通牒《さいごつうちょう》を突きつけようとするガネーシャを見て、バクは満足そうにうなずいた。そして僕も、(これでバクは夢を食べてくれるだろう)とホッと胸をなでおろそうとした、そのときだった。

ピンポーン

部屋のインターホンが鳴らされた。

(こんなタイミングに……一体、誰なんだ)

拍子抜けしながら玄関の扉を開けると、立っていたのはベレー帽をかぶった初老の男性だった。

僕は男性に向かってたずねた。

「どなたです……がっ!」

話の途中でアゴに強い衝撃を受けた僕は、そのまま床に倒れ込んだ。

男は、仁王立ちして僕を見下ろすと話し始めた。

「ガネーシャ様に対する常軌《じょうき》を逸《いっ》した無礼の数々。今後、何度輪廻《りんね》をして懺悔《ざんげ》を繰り返そうとも、決してつぐなえるものではないぞ」

そして男は、床の上を滑るような足取りで進みガネーシャに近づくと、深々と頭を下げて言った。

「ご無沙汰しております、ガネーシャ様」

（い、一体、誰なんだ……）

朦朧とする頭で思ったが、ガネーシャは男のあいさつには応えず、倒れた僕のところに駆けてきた。

「だ、大丈夫か？」

そして、僕の安否《あんぴ》を確認したあと、ガネーシャは男に振り向いて言った。

「何してくれてんねん、釈迦！」

（釈迦って……もしかして、この人、お釈迦様なのか――）

アゴに受けたものとはまた違う衝撃を受けていると、釈迦の戸惑う声が聞こえた。

「し、しかし、この者のガネーシャ様に対する無礼な振る舞いは決して看過《かんか》できるものではなく――」

釈迦を言い伏せるように、ガネーシャが叫んだ。

「ワシを敬いたい気持ちは分かるんやけど、こいつはワシの大事な人やねん。マブダチやねん！」

「マ、マブダチ……」

釈迦は、あわあわと口を動かしながら言った。

「ガ、ガネーシャ様、『マブダチ』という尊号が許されているのは私だけだったはずでは――」

「できてん！」

ガネーシャは続けた。

「こいつは……こいつはなぁ！　ワシのために命を張っておとんに立ち向かってくれたんやで！　そんなやつは、これまでたったの一人もおれへんかったんや！」

そしてガネーシャは言った。

「こいつはワシの、たった一人のマブダチやねん！」

「そ、そんなぁ……」

がっくりと肩を落とした釈迦は、ふらふらとした足取りで、なぜかキッチンに向かっていった。

そして戻ってきたとき、両手には、包丁、果物ナイフ、料理バサミ……キッチンにあるすべての刃物が握られていた。

「しゃ、釈迦……早まったらあかんで……」

ガネーシャは動揺を隠せない様子で言ったが、その声は釈迦には届いていないようで、

「こいつさえいなくなれば……こいつさえいなくなれば……」

とぶつぶつつぶやきながら僕に近づいてくると、突然、刃物を振り上げた。

「こいつさえいなくなれば、私はまた、ガネーシャ様の『マブダチ枠』に返り咲けるのだ！」

そして釈迦は、僕に向かって刃物を振り下ろしながら叫んだ。

「消えろ！」

僕は恐怖のあまり目を閉じたが、いつまでたっても刃物が突き立てられる気配がないのでおそるおそる目を開けると、飛び込んできたのは驚くべき光景だった。

釈迦は、なぜか顔を白塗りにし、鼻に赤いスポンジボールをつけ、刃物を使ってジャグリングしていたのだ。

（な、何をしてるんだ――）

唖然としながら様子を見ていると、釈迦は、ハッとした表情になって言った。

「わ、私としたことが、『消えろ』と言ったはずなのに、『ピエロ』になってしまっていました」

そして釈迦は、右手を勢い良く上げた。

「はい！　オーマイゴッ……」

しかし、ガネーシャがハイタッチしようとしないのを見ると、白塗りの顔をさらに蒼白にして言った。

「ど、どうして――」

するとガネーシャは、悲しそうに首をゆっくりと横に振って言った。

「ワシ、駄洒落止めてん」

「な、なんとぉ――」

口をあんぐりと開け、驚愕する釈迦に向かって、ガネーシャは静かな口調で言った。

「マブダチから『駄洒落止めてくれ』言われたら、止めなあかんやろ」

その瞬間、

「ぎゃあああああああ！」

釈迦は断末魔のような叫び声を上げると同時に、全身から強い光を放った。

僕はあまりのまぶしさに手で目を覆い、しばらくしてから前を見ると、そこにたたずんでいたのは衝撃的なものだった。

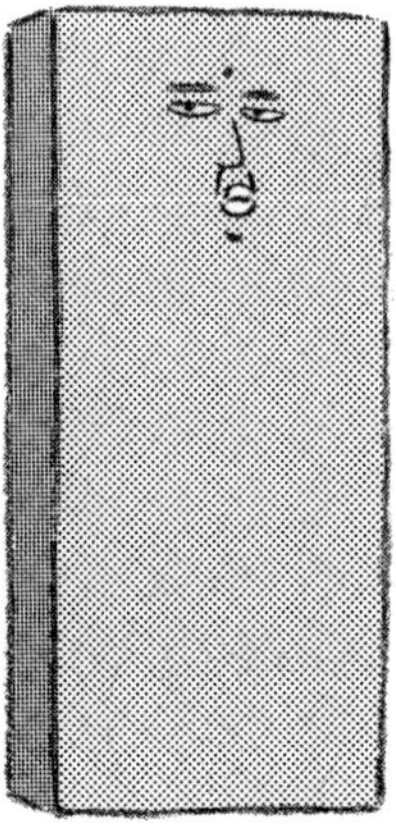

僕は唖然としながら思った。
（神様って、ショックを受けすぎるとモノリスになる習性でもあるのか――）
ただ、ガネーシャはモノリスになった釈迦（シャカリス）に驚くことなく、ゆっくりと歩み寄ると、優しく手を置いて言った。
「シャカ……こんな姿になったらあかんやん。自分には、世界中にぎょうさん信者がおるんやから、もっとシャッカリ（しっかり）せんと」

駄洒落を止めるって言ったのに、舌の根の乾かぬうちに使ってる――。

ガネーシャの言動に衝撃を受けその場に固まったが、そのことに気づいたガネーシャは、ペロッと舌を出して言った。

「やっぱり、ワシに駄洒落を止めることはできへんみたいやな。言うても、駄洒落はワシの一部やから」

僕は話を聞きながらもシャカリスの容体が気になったが、ガネーシャは特に構うことなく何かを閃いた様子で言った。

「そや。次の課題、これにしよか。『これも自分の一部だ、と思う』」

僕もシャカリスのことはいったん忘れることにし、メモ帳を持ってきて開くと、ガネーシャは続けた。

「自分、カス・ダマトくん知ってるか？」

「いいえ、ちょっと分からないです」

「え、知らへんの？　ボクシングトレーナーのカス・ダマトくんやで？　マイク・タイソンくんをはじめ数々のチャンピオンを育てた伝説のトレーナーや」

「へぇ……すごい方なんですね」

「そうやねんで。あとで調べといてや。で、そのダマトくんがな、子どもたちにこんな質問をしたことがあんねん。

『〝英雄〟と〝臆病者〟の違いは何だと思う？』

子どもたちは思いついたことをそれぞれ口にしたんやけど、ダマトくんはこう言うたんや。『英雄と臆病者は、同じだ。同じように心の中で恐怖を感じている。だから、両者に差があるとしたら、〝何をなすか〟だけだ』てな」

ガネーシャは続けた。

「不安や恐怖ちゅうのは誰もが感じるものや。ただ、こういった負の感情から逃《のが》れようとするのか、これも自分の一部だと受け入れて前に進むのか。その違いが両者を分けるんやな。ダマトくんはこうも言うてるで。『〝何をなすか〟だけを見て判断する観客は、リングの上のファイターたちが〝どう感じていたか〟を知らない』」

偉人たちが自分と同じように不安を抱えていたことを想像し、少し身近な存在になるのを感じていると、ガネーシャは続けた。

「自分の中で好きになれへん部分や、消してまいたくなる嫌な感情ってあるやろ？そういう欠点や負の感情を否定したり排除したりするんやのうて、『これも自分の一部だ』て受け入れるようにしてみいや。そうすることで、等身大の自分に自信が持てるようになる。夢を見つける力も、かなえる力も強まるんやで」

「分かりました」

僕がうなずくと、ガネーシャは言葉を付け加えた。

「あと、どれだけマイナスに思えるものでも、その裏側には必ずプラスの意味が隠れてるからな。『これも自分の一部だ』て考えることで、隠れた意味に気づくことができるんや」

そしてガネーシャは、昔を懐かしむように言った。

「『漫画の神様』て呼ばれた手塚治虫くんは、嫉妬深くて有名でな。若手の人気漫画家にいちいち反応したり、劇画が流行するとライバル心を燃やして大人向けの漫画に挑戦したりしとった。でも、彼はそうすることで生涯、第一線で漫画を描き続けることができたんや。嫉妬は治虫くんの一部であり、作品を生み出す原動力やったんやな」

僕がメモを続けていると、ガネーシャは、「まあ、その意味では――」と歩き出し、バクのところに行くと、体に優しく手を置いて言った。

「バクちゃんがどれだけワシにいじわるしようとしても、『バクちゃんはワシの一部や』ちゅう意識があれば、いかにバクちゃんがワシのことを大事に思てくれてるかに気づくことができるちゅうことや」

（え――）

ガネーシャの言葉に驚いて顔を向けた。

バクも僕と同じように、驚いた顔でガネーシャを見上げている。

そしてガネーシャは、すべてを見通したような穏やかな表情を浮かべていた。

［ガネーシャの課題］

欠点や負の感情を「自分の一部だ」と思う

16

「し、知ってたんですか……」

驚きながらたずねると、ガネーシャはソファに腰を下ろし、タバコに火をつけながら言った。

「当たり前やがな」

ガネーシャは、タバコの煙に目を細めて続けた。

「ワシを誰や思てんねん。ガネーシャやで。神様なんやで」

そして何度かタバコに口をつけてから、ガネーシャは言った。

「ずっと騙《だま》されてる感じでおっても良かったんやけどな。バクちゃんが食い溜めせずに冬眠するやなんて無茶なこと言い出すもんやから。万が一のことがあったらあかん思てな」

「ガ、ガネーシャ様……」

バクが申し訳なさそうに言うと、立ち上がったガネーシャはバクを優しく抱きかかえてソファに戻り、膝の上に置いた。

「バクちゃんはほんまに優しいなぁ。ワシ、バクちゃんのこういうとこ大好きやで」

そしていつものように舐め合おうとしたが、バクは力が入らないのか、舌を伸ばすことができなかった。

ガネーシャは、バクをソファの上にそっと置くと言った。

「バクちゃん、ちょっと待っとってや。今からバクちゃんがちゃんと冬眠できるように夢を集めてきたるからな」

ガネーシャは立ち上がって玄関に向かったが、立ち止まると振り向いて僕に語りかけた。

「ワシは、自分の優しさもちゃんと分かってるで」

ガネーシャは続けた。

「『あつ森』のバックアップデータを取るために、ニンテンドースイッチオンラインの7日間無料体験に加入してくれてることとか、ワシが何をしても殴らずにいてくれてることとかな」

——バクの優しさに比べてあまりのスケールの小ささに恥ずかしくなったが、ガネーシャは「冗談や」と言って笑うと、話を続けた。

「ワシはな……今回、自分のとこに降臨できてほんまに良かったて思てんねん」

そしてガネーシャは顔を上げると、天井のはるか向こうを見通すような目をして言った。

「もしかしたら、ワシを焚《た》きつけてきた神様連中は、全部知ってて自分を推薦《すいせん》したんかも分からんなぁ」

僕は、ガネーシャの話を聞いていると、どうしても口に出さねばならない言葉が思い浮かんでいることに気づいた。

ただ同時に、その言葉を一度でも発してしまったら、もうあと戻りはできない、そんな確信にも近い予感があった。

でも、それが避けられないことなのだとしたら、僕は、自分の意志で、この事実と向き合わねばならない。

僕は、ガネーシャに向かって言った。

「ガネーシャさんは……もうすぐ、行ってしまうんですか」

するとガネーシャは、「すまんなぁ」と言って頭をかくと、ため息と一緒に言葉を吐き出した。

「せめて、自分が〝本物の夢〟を見つけるまでは一緒におりたかったんやけどな。今、こうやって話してるだけでもかなり厳しい状況やねん」

そしてガネーシャは沈黙したが、僕が何も言葉を返せずにいると、右手を振って言った。

「ほんなら、ワシ、バクちゃんのために夢集めてくるわ」

再び歩き出したガネーシャだったが、玄関の前で立ち止まると、振り向いて言った。

「今日からは、ソファやのうてベッドで寝てや」

そしてガネーシャは、頭を下げて言った。

「ずっとベッド使わせてくれて、ほんまおおきに」

ガネーシャの感謝の言葉は、最後の時が近づいていることの宣告でもあった。

「ガネーシャさん……」

名前を呼ぶが、どう言葉を続けていいか分からない。そんな僕に対するガネーシャからの返答は、玄関の扉が閉まる音だった。

＊

その日の夜。

ベッドの上で横になった僕は、これまでの日々を振り返っていた。

会社で苦しんでいる僕のもとに、清掃員の姿で現れたガネーシャ。

思えばあのときから、僕はガネーシャの魅力に惹かれていた。ガネーシャと一緒にいるときに感じる居心地の良さや安心感は、ガネーシャの根底にある優しさが生み出していたのだと、改めて思う。

（優しさ……）

このとき、僕はふと、あることを思った。

「優しい」と「優れている」は同じ漢字を使う。

僕はこれまで、学校や会社で人よりも高い点数を取ることが「優れている」ことだと思っていた。

皆と同じ価値基準の中で競い、勝つこと。それこそが「優れている」だった。

でも、本当に優れているのは、他者にも――そして、自分にも――優しくできることなんじゃないだろうか。

僕はそのことを、ガネーシャの教えだけでなく、ガネーシャの振る舞いや雰囲気……ガネーシャという存在のすべてから学んでいたように思う。

ベッドから起き上がった僕は、机の前に座り、メモ帳を取り出して最後のページを開いた。

そこには、これまでガネーシャが出してくれた課題が箇条書きにしてある。

日の出を見る
好きな匂い、物、人、場所を見つける
やりたくない依頼を断る
自分の欠点や弱さを告白する
生活に「初めて」を取り入れる
自分の感情・感覚を丁寧に観察する
実物を見る
過去の出来事を「伏線」ととらえ、希望を持ち続ける
興味を持ったことを一歩深める
インターネットを一日断つ

自然の中でゆっくり過ごす時間を持つ
虫の役割を知り、大事にする
名作を鑑賞する
やりたくないことを全部書き出し、やりたいことに転換する
怒りの気持ちを伝える
苦手な人の信念を読み取る
自分と違う分野・文化の人と話す
仮体験する
欠点や負の感情を「自分の一部だ」と思う

周囲の人に合わせるのではなく本来の自分を取り戻すためのもの、今の自分に留まるのではなく新しい自分に出会うためのもの……様々な課題があった。

ただ、すべてに共通しているのは——自分を好きになるための課題だったということだ。

そして、僕はこの課題をこなしてきたことで、以前よりも自分のことを好きにな

れていると思う。

でも……。

でも――――。

目から涙があふれ出し、頬を伝う。

僕が僕を好きになれた理由。

それは、何よりも、ガネーシャが僕のことを受け入れてくれたからだ。

ガネーシャが、会社や社会の価値観に合わせる僕ではなく、そのままの状態でいる僕を受け入れてくれたから、自分を好きになることができた。

そんなガネーシャと――人生で一番大切なことを気づかせてくれた友人と――もうすぐ別れなければならない。

（ああ、ガネーシャと離れたくない……）

ウーバーイーツで毎晩、大量の注文をしていたガネーシャ、競馬で大金を手にするや否やバスローブ姿で葉巻を吸い始めたガネーシャ……。

そのときどきでは呆れさせられた行動も、今は、抱きしめたいくらいの貴重な出来事として思い出される。

これからもガネーシャと一緒にいたい。

そして、できることなら僕がこの世を去る瞬間まで、一番大切な友人として、時を共に過ごしていきたい。

でも――。

僕の頭には、シヴァと対峙《たいじ》したときのことが蘇《よみがえ》る。

あのときは無我夢中だったから大胆な行動を取ることができたけれど、青く隆々《りゅうりゅう》とした筋肉と凄まじい形相を思い出すだけで、気を失いそうになってしまう。

あの恐怖を前にしたら、「向き合う」とか「殻を破る」という言葉がいかに空虚なものなのかが良く分かる。

（だとしたら、僕にできることは、もう……）

時計に目をやると、針は明け方の時刻を指していた。

決意を固めた僕は、ベッドから起き上がると、ソファに近づいて言った。

「バク……」

バクは、眠ったままだった。

冬眠の直前で、体力が極端に低下しているバクを起こすのは気が引けたが、それでも僕はバクの体を揺り動かして言った。

「バク……」

「……何だ？」

重そうなまぶたを薄く開けたバクに向かって、僕は言った。

「バクは、前に……」

続きの言葉を口にするのはためらわれたが、それでも僕は言葉をつないでいく。

「バクは、前に僕と取引したよね。立冬までに一人分の夢を食べるのと引き換えに、僕がガネーシャ様……ガネーシャさんの前から姿を消すって」

バクはいら立った様子であくびをしながら言った。

「何言ってんだよ。その取引ならもう――」

「食べてもらいたいんだ」

僕は、迷う気持ちと決別するように、はっきりとした口調で言った。

「僕の、『ガネーシャさんとずっと一緒にいたい』という夢を、食べてもらいたいんだ」

17

バクは、何も言わなかった。ただ、悲しそうな目を僕に向けていた。

僕は、バクに向かって続けた。

「バクは冬眠前に、たくさん夢を食べなきゃいけないんでしょう？　だったらちょうど良いじゃないか」

そして僕は、右手で自分の胸元をつかんで言った。

「この夢を全部食べてよ。そうすれば、ガネーシャさんとの別れも……つらくならないから」

するとバクは、よろよろとした動きで近づいてきて、長い鼻を僕の体に這わせて言った。

「夏の終わりの果実のような、豊潤《ほうじゅん》な香り。それでいて、甘さの中に酸味がある初恋の思い出のよう……」

そしてバクは言った。

「これでもう、お前のことを、夢なし芳一って呼べなくなっちまったな」

バクの言葉を聞いて、夢を食べてもらえるのだと期待した。実際、バクは口から涎を滴らせながら、震える鼻を僕に向かってまっすぐに伸ばした。

しかし、バクは、すんでのところで鼻の力を抜いて言った。

「お前……本当にいいのか？」

バクは、暴れ出そうとする食欲を必死で抑えつけるように、苦悶《くもん》の表情を浮かべながら続けた。

「俺がこの夢を食べたら……お前がガネーシャ様との生活で感じた、楽しかったとか、嬉《うれ》しかったとか、そういう感情も全部消えちまうんだぞ」

そしてバクは、もう一度言った。

「お前は、それで、本当にいいのかよ」

僕は、すぐに言葉を返すことができず、顔をうつむけた。

僕たちは沈黙し、部屋は静寂に包まれた。

しばらく経ってから、僕は、ぽつりとつぶやくように言った。

「――幼いころにおばあちゃんが亡くなったとき、本当に悲しかった」

そして僕は、バクに顔を向けて言った。

「どうして悲しかったか分かる?」

バクは答えた。

「その人のことが、好きだったんだろう」

僕は、黙ったままうなずいて話を続けた。

「人を好きになると、色んな夢を持つことになるよね。この人とあんなことをしたい、こんなことをしてあげたい……そして何より強く願うのは、『ずっと一緒にいたい』ってことだ。でも――」

しばらく黙った僕は、悲しみと共に言葉を吐き出した。

「どれだけ人を好きになったとしても、最後は別れなきゃいけないんだとしたら――しかも、その人を好きになればなるほど、別れが悲しくなるのだとしたら――人を好きになることに意味なんてあるのかな」

僕は続けた。

「バクは、最初のころに言ってたよね。『夢を持つのとかなえるのとは別の話だ』って。……今なら、その言葉の意味が分かるよ」

僕は唇を噛みしめて言った。

「夢なんて、持たない方が良かった」

そして僕は、涙がこぼれてしまわないよう、目を閉じて言った。

「僕は、ガネーシャさんと出会わない方が良かったんだ」

その言葉を口にした瞬間、全身から力が抜け、バクの前に膝をついた。バクの鼻が僕の頬をなでるのを感じたが、それは、僕の夢を食べようとしているのではなく、慰めてくれている優しい動きだった。

そのとき、僕の鼻にふんわりと漂ってくる匂いがあり、あることに気づいてハッとさせられた。

――以前、バクの体の匂いをかいだときに思い出せなかった懐かしい匂い。

それは、おばあちゃんの家の匂いだ。おばあちゃんの家の玄関を開けたときに漂っていた匂いだった。

そのことを告げると、バクは言った。

「俺様の体は、色々な夢が混ざり合って特殊な匂いになってってな。かいだ人間が一番安心する匂いになるんだよ」

「一番安心する匂い……」

バクは続けた。

「人間は――特に、幼いころの人間は――心が安らぎを感じているときに、『あんなことがしたい』『あんな風になりたい』と夢をふくらませることができるんだ。逆に、何かを望んだところで傷つくことになると思い込んでいるとき——それはつまり、この世界への信頼を失っているわけだが——夢が見れなくなるんだよ」

(そうだったのか……)バクの話を聞いて深く納得した。

おばあちゃんが亡くなったとき、失ったのは、おばあちゃんだけじゃなかった。僕は、この世界に対する安心感を失くしていたのだ。

そして僕は再び、ガネーシャを失おうとしている。

あのときの悲しみを、いや、それ以上の悲しみを受け止めることは、僕にはどうしてもできなかった。

僕は顔を上げ、バクに向かって言った。

「さあ、食べて……。僕の夢を」

バクの、ごくりと唾を飲み込む音が聞こえた。バクの鼻が再び僕に向かって伸びてくる。

(さようなら、ガネーシャさん)

心の中でガネーシャに別れを告げて、目を閉じた。胸の奥が強く締めつけられる。

(でも、こうするしかないんだ……)

そう自分に言い聞かせると、暗くなった視界の中で、ガネーシャと出会ってからの日々が走馬灯のように浮かび上がった。その映像を観続けるのが苦しくて、僕は一刻も早くバクが夢を吸い出してくれるよう願った。

しかし、頭の奥が冷えていく感覚は、一向に訪れなかった。

（どうしたんだ？）

疑問に思って目を開けると、そこには鼻をだらりと垂らしたバクがいた。

バクは言った。

「……やっぱりだめだ。この夢は食えねえ」

「どうして？」

僕はバクを問いつめるように言った。

「さっき、この夢は豊潤な香りがするって褒めてくれたじゃないか。美味しそうだって言ってくれたじゃないか」

するとバクは、頭を横に振って言った。

「そうじゃねえ。そういうことじゃねえんだ」

そしてバクは、前足でお腹をつかんで空腹と戦いながら、苦しそうに続けた。

「この夢は、この夢はなぁ……」

「〝本物の夢〟を見つけるために、必要な夢だからや」

声は、玄関の方から聞こえた。

扉の前に立つガネーシャは、両手いっぱいに袋を抱えていた。ガネーシャが床の上に袋を置くと、バクがふらふらとした足取りでそちらに向かった。

袋の封を解いたガネーシャは、夢を食べ始めたバクを優しい目で見つめながら言った。

「バクちゃんが褒めてくれたちゅうことは、自分の夢に対する思いが――ワシへの愛情が――そんだけ深いちゅうことやな」

それからガネーシャはソファまで歩いて来ると、腰を下ろしタバコを取り出した。そして、僕に隣に座るよう、うながした。

僕はソファに座りながら、ガネーシャが最初にこの部屋にやってきたときのことを思い出していた。

あのときはガネーシャの前にひざまずいていた僕が、今はソファに並んで座っている。

そのことを感慨深く思っていると、ガネーシャはタバコに火をつけて吸い込み、煙を吐き出して訥々と語り出した。

「ワシは自分に、どうしたら夢を見つけることができるかを教えてきたやろ？」

僕がうなずくとガネーシャは続けた。

「周囲の視線に囚われず、自分の『好き』を大事にすること。あらかじめ決めた予定に従うんやのうて、『分からない』『先が読めない』ことを取り入れること……」

ガネーシャは指を折りながらこれまでの教えを振り返ると、僕に顔を向けて言った。

「でも、ワシはまだ自分に教えてへんことがあるんや」

（教えてもらってないこと……）

僕はメモ帳を持ってくるために立ち上がろうとしたが思い直し、言葉を心に刻み込むことにした。

ガネーシャは続けた。

「それはな、〝本物の夢〟を見つける上で一番大事なことや。しかも、それは、手に入れようとして手に入れられるもんやないねん」

不安と疑念を混じらせた僕は、たまらずガネーシャにたずねた。

「〝本物の夢〟を見つけるために一番大事なことって、何なんですか？」

するとガネーシャは、タバコの煙をゆっくりと吐き出して言った。


「『痛み』や」


「痛み……」

ガネーシャの言葉をつぶやくように繰り返す。

ガネーシャは続けた。

「悲しいこと、苦しいこと、つらいこと、悔しいこと……人生では、自分が望んでへん心が傷つく出来事が起きるやろ。そんで、そういう経験をすると、『神様はどうしてこんな意地悪な出来事を起こすんだ』て嘆《なげ》く人もおるわな」

ガネーシャの言葉に、静かにうなずいた。

玄関の方からは、バクが夢を飲み込む音が微《かす》かに響いてくる。

ガネーシャは言った。

「人間が痛みを感じる器官は何て言う？」

僕は少し考えてから答えた。

「……神経ですか？」

「そうや」

ガネーシャは、うなずいて続けた。

「神経は『神を経る』と書くけどな。まさに神様は、痛みを通して自分らに大事なことを伝えてんねん。人は、痛いと感じるからこそ、やり方を変えられる。また、筋肉痛のように、痛みを経ることで成長して前よりも強くなることができる。そして何より――」

ガネーシャは言った。

「人間は『痛み』を経験することで、他者の『痛み』が分かるようになる。他者の苦しみや悲しみを、まるで自分のことのように感じられるようになるんや」

そして、ガネーシャは言った。

「人は、『痛み』によって、つながることができるんやで」

（人は、痛みによってつながることができる……）

ガネーシャの言葉の内容は理解できた。

課長に苦しめられるようになってからは、同じ境遇の人を知るたびに胸が締めつけられ、ときに涙が浮かぶことすらあった。

もし僕が、課長の標的になっていなかったとしたら——苦しみはなかっただろうけれど——そうした感情を抱くこともなかっただろう。

ガネーシャは言葉を続けた。

「前に話した、南アフリカ共和国大統領のネルソン・マンデラくんな。彼は、幼いころに父親を亡くして、村の族長に預けられとった。そんで十六歳のとき、その村の伝統やった割礼《かつれい》の儀式をすることになったんや。割礼ちゅうのは、おちんちんの皮を切ることや」

（おちんちん……）

緊迫した空気にそぐわない言葉に戸惑ったが、ガネーシャはそのまま話し続けた。

「族長や親せき、友人……村じゅうの人々が見守る中、マンデラくんは村の二十五人のエリートの少年たちと一堂に集められた。そして、儀式を執《と》り行う老人が槍を持って現れ最初の少年の皮を切り取ると、少年は、『ンディインドダ！（男になったぞ！）』と決まり文句を叫んだ。こうして四人の少年が順調に儀式を済ませ、マンデラくんの番になった」

僕は固唾《かたず》を呑んで、話の続きに意識を集中させた。ガネーシャは言った。

「老人がマンデラくんに槍を振るったとき、彼は、痛みのあまり倒れ込んでもうた。

他の少年のように、声高に決まり文句を叫ぶことができへんかったんや。そして、マンデラくんがこの出来事を公の場で語ったのは――六十年後。彼が七十代半ばのときやった。マンデラくんは、『私は、痛みに負けてしまった。力強くあの言葉を叫ぶことができなかった』て当時を振り返ったんやけど、この出来事はマンデラくんの心に、決して忘れることができない深い傷を刻んだんやな」

「そんなことがあったんですね……」

マンデラの抱え続けた苦しみに思いを馳せていると、ガネーシャは続けた。

「体の痛みは時間が経てば消えるけど、心の痛みはずっとマンデラくんの中に居続けた。せやから彼はいつも、あのときの痛みを乗り越えようと、勇敢に行動し続けたんや。そして、自分と同じような弱さやみじめさを持つ人に寄り添って、手を差し伸べ続けたんやな」

そしてガネーシャは、

「マンデラくんだけやないで」

と言って立ち上がると、遠い目をして続けた。

「ガンジーくんが『非暴力・不服従』の運動を始めたきっかけは、列車の1等席の切符を持っていたにもかかわらず、人種を理由に3等席へ移るよう車掌から脅されたからやった。

ゲーテくんがヨーロッパ中にその名を轟《とどろ》かせることになった『若きウェルテルの悩み』を書いたんは、最愛の女性との恋に破れ、さらには旧友を亡くすという悲しみから抜け出すためやった。

心理学者のフロイトくんとユングくんは最終的に決別してもうたけど、二人には共通点があった。それは、自身の精神疾患を治すために精神分析を始めたちゅうことや。

ジョン・レノンくんは、幼いころから歌を歌《うと》てた。両親が仲違いして冷え切った家庭で、自分を癒やすための子守唄を歌ってたんや。

オードリー・ヘプバーンちゃんがユニセフ親善大使としての活動を、『俳優時代よりも幸福で充実している』と感じたんは、第二次世界大戦中に栄養失調になった経験があったからや。

外科医を目指してた世界初の女性医師、エリザベス・ブラックウェルちゃんは、当時の男尊女卑の価値観で助産師の仕事しか与えられへんかった。しかも、その仕事中に赤ん坊の眼炎が伝染して失明したことで外科医の道が閉ざされてもうたんや。ただ、その出来事が彼女に『女性の医師を増やす』という新たな夢を抱かせ、女性が職業として医師を選べる時代が始まったんや。

そして、パスツールくんが世界最初のワクチンを開発したんは、愛する二人の娘を伝染病で亡くしたからやった」

ガネーシャは続けた。

「〝本物の夢〟ちゅうのはな、自分と同じ痛みを持つ他者を救うことで、自分を救うことなんやで」

（〝本物の夢〟は、自分と同じ痛みを持つ他者を救うことで、自分を救うこと……）

僕は、ガネーシャの言葉を深く胸に刻み込んだ。

ガネーシャは、ゆっくりとタバコを吸ってから、話を再開した。

「なんでそういう夢が、世界を変えるような結果を生み出すか分かるか？」

「それは……」

なんとなく分かる気もしたがうまく説明できずにいると、ガネーシャが引き取って答えた。

「夢ちゅうのはな、『自分はこういう風になりたい』『こういう世界を作りたい』ちゅう思いや。そして、その思いの元になるのは、怒りや悔しさ、他者への羨望《せんぼう》……色々な感情があるんやけど、一言で言うたら、『エゴ』やな」

「エゴ……」

「そうや。人は、『誰かのために』『世の中のために』ちゅう建前だけでは頑張り切られへん。自分自身のために頑張ること――エゴが大きな力を生み出すんや。『痛み』に関しても、自分を傷つけた相手を見返してやりたいとか、傷つけられへんだけの力を手に入れたいて考えるとエネルギーがわいてくるもんやろ。せやけどな……」

少し間を取ってから、ガネーシャは続けた。

「エゴの力だけでは、できることが限られてまう。成し遂げたいことが『自分』ちゅう範囲にとどまってまうからな。でも、自分と同じような境遇の他者を救いたい、他者を救うことを通して自分を救いたいちゅう、自分と他者の境界線がなくなったとき――できることの範囲も、無限になるんや」

ガネーシャの言葉にうなずいていると、僕たちのやりとりに新たな声が加わった。

「ブレンド、なんだよ」

夢を食べ終えたバクは、ソファに飛び乗って続けた。

「〝本物の夢〟を醸成するには、『自分への愛』と『他者への愛』、両方が必要なんだ。『自分のため』と『人のため』が最も高い次元で交わったときに表れる思いが

〝本物の夢〟であり――その夢を持ったとき、人は、自分の『最高』を引き出すことができるんだ」
そしてバクは顔を上げ、言葉を諳《そら》んじた。

美しい唇を持つためには、優しい言葉を話すこと
美しい目を持つためには、他者の美点を見出すこと
美しい体を保つためには、飢えた人と食べ物を分かち合うこと
美しい髪を保つためには、一日に一度、子どもの指でといてもらうこと
美しい身のこなしのためには、決して自分一人で歩いているのではないと知ること

物は一度壊れてしまうと復元するのが難しいが、人は、転べば立ち上がり、失敗すればやり直し、挫折すれば再起し、間違えれば正し、何度でも再出発することができる

決して人を見捨ててはならない。一方で、忘れてはならない。あなたが人生に迷い、助けが必要なとき、いつもあなたの手の少し先に救いの手が差し伸べられていることを

年を重ねると、人は、自分に二つの手があることに気づく

一つは自分を助けるため

そして、もう一つは他者を助けるため

ガネーシャはうなずきながら言った。

「サム・レヴェンソンくんの詩『時を超えた美しさの秘密』やな。オードリー・ヘプバーンちゃんが気に入って、よう子どもに読み聞かせてたやつや」

そしてガネーシャは付け加えた。

「詩は、この世界を『例え』で表現する文学の形式やからな。バクちゃんの大好物やねん」

すると、バクもゆっくりとうなずいた。

僕は、ガネーシャとバクの話を頭の中で咀嚼《そしゃく》しながら、〝本物の夢〟がどういうものであるか、どうすればその夢を持つことができるのか、真実に迫っている感覚があった。

（でも……）

僕の頭の中には、それとは対極にある、強い思いも渦巻いていた。

そして、その思いを口にすることは、ガネーシャやバクを失望させることになるかもしれなかった。

でも、言わなければならない。

自分を好きでいるためには、自分に正直であること。

それは、僕がガネーシャから学んだ、最も大事な教えだからだ。

僕は、ガネーシャに向かって言った。

「本物の夢を持つためには、必ず深い悲しみが必要なのだとしたら……僕は――」

ガネーシャと過ごした日々の出来事が自然と思い出される。あの喜びに彩られた経験が、この先、もう二度と訪れないのだとしたら――。

僕は、目を閉じて言った。

「僕は、夢を持ちたいとは思えません」

ガネーシャとバクは沈黙し、部屋は静寂に包まれた。

それからしばらくすると、僕の固く閉じた心に優しく触れるような声で、ガネーシャは言った。

「人は、何で『悲しみ』を感じる思う?」

「それは……」

僕が答えられないでいると、ガネーシャは、

「ほな、聞き方を変えよか」

と言って続けた。

「同じような出来事に遭った二人がおるとして、一人は悲しいと感じるけど、もう

一人は悲しいと感じへん。この違いはどこからくるんやろ？」

僕は少し考えてから答えた。

「二人にとって、その出来事の持つ『意味』が違うからだと思います」

――僕は、職業体験テーマパークでの『お菓子作り』を思い出していた。

子どもが作ったパフェを見た親の中には、「子どもにあまり甘い物を食べさせたくない」「お菓子でお腹をいっぱいにさせたくない」と思った人もいただろう。

でも、僕にとって、ガネーシャが作ったパフェはどんなお菓子よりも美味しく、素晴らしく感じられた。

「そのとおりや」

ガネーシャはうなずいて続けた。

「『悲しみ』ちゅうのはな、その出来事以上に、出来事が持つ『意味』によって引き起こされる感情やねん」

そして、ガネーシャは続けた。

「でも、ほとんどの人が、普段の生活を送る上で、『意味』を意識して生きてへん。日々の出来事やそばにいる人は自分にとって『当たり前』になってもうてるからな。当たり前ちゅうのは、意味に気づけてないちゅうことなんや」

そして、ガネーシャは言った。

「意味を思い出すことができるんは――失ったときや」

ガネーシャの言葉に胸が痛む。ガネーシャは続けた。

「そばにいてくれた人や普段の出来事が、自分にとってどんな意味があったのか。失ったときの痛みが大きければ大きいほど、その意味もまた強く意識させられる。そして、これからの人生に対して、自分はどんな意味を抱いて生きていくのかを深く考えさせられるんや」

そしてガネーシャは言った。

「自分の『人生の意味』を教えてくれるのは、痛みやねん」

ガネーシャの言葉は理解できる。だからこそ、言葉を返すことができない。

そんな僕に対して、ガネーシャは優しく語り続けた。

「『天職』って、横文字で何て言うか知ってるか?」

ビジネスカタカナ語辞典で得た知識を振り返ったが、そこに答えはなかった。

すると、ガネーシャは言った。

「calling《コーリング》や」

ガネーシャは続けた。

「神様に呼ばれた——神様にその仕事をするよう招かれた——ちゅう意味でそう表現するんやけどな」

ガネーシャは、少し間を取ってから続けた。

「自分の身に起きる悲しみも同じやねんで」

そしてガネーシャは、遠い目をして続けた。

「挫折、苦悩、病、喪失《そうしつ》……人生には、自分で選ぶことはできへん悲しい出来事が起きるやろ。そんとき、『自分はどうしてこんなに苦しまなければならないんだ』て思うわな。『どうして自分だけがこんな思いをしなければならないんだ』てな。でも、自分は、その悲しみを通して、自分だけの意味を見出そうとしてるんや。この悲しみが自分にとってどんな意味を持つのか、自分だけの『人生の意味』を見出そうとしてるんや」

ガネーシャが言い終えると、バクが顔を上げ、言葉を諳んじた。

北風の中にさえ
さざんかの花は咲きます

さあ　涙をふいて
あなたが花におなりなさい
あなたの花を咲かせなさい
探しても探しても
あなたの望む花がないなら
自分がそれにおなりなさい

ガネーシャは言った。
「車椅子の詩人、小曽根俊子《おぞねとしこ》ちゃんの『花』やな。バクちゃんが特に気に入ってるやつや」

ガネーシャの言葉を受け、バクがうなずいて言った。

「『さあ　涙をふいて』という一文に――痛みをきっかけに人間が夢を見つけ、人生を開花させていく過程が見事に表現されていますから」

ガネーシャは言った。

「どんな悲しい出来事も、そこに意味を見出すことで――それはもちろん、すぐできるわけやあらへん。場合によっては長い時間がかかるかも分からん。でも、最後には必ず、人生を喜びに満ちた、豊かなものにしてくれるんやで」

そしてガネーシャは言った。

「悲しみは、自分ちゅう花が開くための、種なんや」


「この悲しみも……」

僕は、こらえきれなくなった涙をこぼしながら言った。

「ガネーシャさんと別れなければならないこの悲しみも、いつか、喜びに変わりますか？」

ガネーシャは、瞳を潤ませて言った。

「もちろんや」

ガネーシャは続けた。

「保証したるわ。自分の今後の人生には、ワシ以上に分かりあえる人間が、必ず現れるで」

「で、でも……」

僕は、涙をとめどなく流しながら言った。

「やっぱり、僕には、この悲しみが……いつか……喜びに変わるなんて思えません……」

そして僕は続けた。

「だって……こんなにも……こんなにも……悲しいんですよ……」

するとガネーシャは、しばらくの間、僕をじっと見つめた。

そして、静かな口調で語り始めた。

「自分には何度か話した、フランクルくんな。精神科医やった彼は、ドイツの強制収容所におったとき、周りの囚人たちに『あなたの帰りを待っている人がいる』言うて『生きる意味』を与え、たくさんの囚人を生き延びさせたんや」

ガネーシャは続けた。

「せやけど、解放されたすべての人が『待っている人』と再会できたわけやなかった。収容所の中で何年もの間、極限の苦しみに耐えながら夢見続けた我が家に到着して呼び鈴を押したとき、ドアを開けてくれるはずの人がすでにこの世を去っていた――そんな人らもおったんやで。その事実を知ったフランクルくんはこう言うてる。『これは乗り越えることが極めて困難な体験であって、精神医学の見地からもこれを克服するのは容易ではない』てな」

「そ、そんな……」

強制収容所という悪夢を乗り越えたのに、さらなる悪夢と向き合わねばならなかった人たちの悲しみを想像して愕然としていると、ガネーシャは言った。

「ただ、フランクルくんは、さらにこう続けるんや。『しかし、その事実も私をめげさせることはできない。それどころか、奮《ふる》い立たせる。この人たちを助けるのだという使命感が呼び覚まされる』

この痛みからもフランクルくんは意味を見出し、新たな夢に向かっていったんやで」

（す、すごい……）

僕は、ガネーシャの話に深い感動を覚えながらも、一方で強い不安を感じることになった。

この僕に――。

ありふれた人間の僕に、フランクルのような強靭《きょうじん》な生き方をすることができるのだろうか――。

新たな不安に怯え始めた僕に向かって、バクが口を開いた。

「『眼は、〝眼、そのもの〟を見ることはできない』――フランクルが好んで使っていた例えだ」

バクは続けた。

「人間の目は、自分自身を見ることはできない。自分の目に映る、自分以外のものを見て、そこに近づき、経験することで『自分とは何か』『自分は何のために生きているのか』を知ることができる。自分の目に映る『自分以外の美しさ』に惹きつけられることで、人は、自分の『生きる意味』を知ることができるんだ」

ガネーシャは、バクの言葉を引き取って続けた。

「深い悲しみに陥ったときは、無理に立ち直ろうとせんでもええ。無理やり悲しみを消し去ろうとせんでもええ。悲しみも、自分の大事な一部や。ただな……」

ソファから立ち上がったガネーシャは、歩きながら続けた。

「気の向いたときでええから――ほんの少しだけ、顔を上げてみい」

そしてガネーシャは、ガラス戸の前に立つとカーテンをそっと動かした。

生まれた隙間から、オレンジ色の美しい光が部屋の中に差し込んでくる。

そして、徐々にカーテンが開かれると、部屋全体が朝日に照らし出された。

僕は、その光を見ながら、ガネーシャの最初の課題を思い出した。

あのとき、日の出は、僕の人生の幕開けを照らし出してくれた。新たな人生の始まりの象徴――それが太陽の美しさだった。

でも、あの日から、毎日のように日の出を見てきた僕は思う。

太陽の本当の偉大さは、毎朝、必ず昇っているということだ。

太陽は、いつも眩《まぶ》しく映るわけじゃない。空は人生と同じように、晴れだけじゃなく、曇りや雨の日もある。

でも、灰色の雲の向こう側ではいつも太陽が輝いていて、僕たちの目に見えないところでこの世界を照らし、支え続けてくれているのだ。

そして、その光は――フランクルが、マンデラが、リンカーンが、パスツールが――オードリー・ヘプバーンが、エリザベス・ブラックウェルが――深い悲しみから立ち上がるのを支え続け、立ち上がった彼ら、彼女らは、あとに続く僕たちの行く手を照らす太陽になった。

その光を背に、ガネーシャは言った。

「痛みを経たあとに顔を上げたとき、自分の目には、これまで決して気づくことのできへんかった世界の美しさが映っているはずや」

そしてガネーシャは言った。

「それが、〝本物の夢〟なんやで」

ガネーシャの言葉を聞いた瞬間、僕の両目から涙があふれ出し、嗚咽《おえつ》をこらえきれなくなった。

ああ、だめだ。だめなんだ。

朝日がどれだけ美しく輝こうとも――。

新たな美しさで世界を照らし出すのだとしても――。

今、僕の両目に映っているのは、その光を背にした、ガネーシャだ。

僕の目の中で美しく輝いているのは、ガネーシャなんだ。

そのガネーシャの体が徐々に薄く透《す》き通り、向こう側の景色が映し出されていく。

（ああ、ガネーシャが行ってしまう……）

涙にまみれた僕は、鼻をすすりながら思った。

まだ行かないでほしい。僕にはあなたに教えてもらいたいことが山ほどある――

いや、そんなことはどうでもいい。

僕は、ただ、ただ、あなたと一緒にいたいんだ。

「ガネーシャさん……」

声をかけたとき、ガネーシャの体はさらに薄く消えかかっていた。

ああ、どうして行ってしまうんだ。

あなたは僕を、宇宙一の偉人に育て上げるって言ったじゃないか。

僕に夢を見させたんだから、ちゃんと最後まで面倒見てくれよ。このまま行ってしまうなんて、あまりにも無責任だ。

僕の頭には、次から次へと、ガネーシャを引き留める言葉が浮かんでくる。

でも、僕は、そんな言葉をすべて飲み込んで、今にも消えそうになっているガネーシャに向かって言った。


「僕、ガネーシャさんの顔、好きです」

ほとんど透明になったガネーシャの顔に、驚きの色が浮かぶ。

僕は続けた。

「僕は、本当は神様とか、全然詳しくないんです。無宗教だし、神様なんてまったく信じていませんでした。でも、ガネーシャさんのことを初めて知ったとき……『ぷよぷよ』っていうゲームに出てくる『ぞう大魔王』のモチーフがガネーシャさんだとネットに書いてあったので興味がわいて調べたのがきっかけなんですが……すごく魅力的だと思いました」

僕は続けた。

「僕、子どものころから、ゾウが大好きなんです。小学生のとき、遠足で行った動物園でも、他の子が、『ライオン』とか『パンダ』を見に行こうとする中で、僕は『ゾウが見たい！』と言ってました。あと、映画の『ダンボ』が大好きで……あの映画は本当に名作ですよね……」

涙で声がつまってしまう。でも、ガネーシャが消えてしまう前に、どうしても伝えなければならない。僕は、喉の奥から声を絞り出して続けた。

「自由自在に動いて何でもつかめてしまう鼻、大きくて翼のように軽やかな耳、口元から生える凛々しい牙《きば》、そして何よりも、思慮《しりょ》深くて優しい瞳……。僕、ゾウの顔が大好きなんです。ガネーシャさんは僕の心が見抜けるから、ウソとかお世辞《せじ》でこんなこと言ってないの分かるでしょう?」

ガネーシャがうなずくのが見える。

僕は必死に続けた。

「戻ったら、お父さんに、はっきりと言っておいてください。あなたは間違っているって。ゾウの顔はカッコ良くて、魅力的で、愛らしくて……」

僕は、声をつまらせながら言った。

「最高に……美しいんだって」

ガネーシャからの返答はなかった。

ただ、ガネーシャの目尻が、朝日に反射してきらりと光った。

そのガネーシャの体はさらに薄く透き通り、輪郭《りんかく》すらもほとんど消えかかっている。

(ああ、本当にこれが最後なんだ……)

いよいよ別れを覚悟したが、そのとき、僕の目に飛び込んできたのは予想外の光景だった。

いまにも消えそうになっていたガネーシャの顔と体が、徐々に色を取り戻し始めたのだ。

ガネーシャは言った。

「ほんまは、もう行かなあかんのやけど……こうやって話してるのも、かなりまずいんやけど……最後に、これだけはちゃんと自分に伝えとかなあかん思てな」

「は、はい」

ガネーシャの言葉に何度もうなずくと、元の姿に戻ったガネーシャは頭を下げて言った。

「ほんま、すまんかった」

「え?」

思いがけない言葉に戸惑う僕に向かって、ガネーシャは続けた。

「ワシ、自分に会うたばかりのころ、『どこにでもおる平凡なやつ』て言うたやろ。でも、あれは間違うてたわ」

そして、ガネーシャは言った。

「自分はどこにでもおるやつやない。ちゅうか、逆や。自分はワシにとって、この宇宙でたった一人の、かけがえのない――偉大な存在やった」

「ガネーシャさん……」

ガネーシャの言葉に涙があふれ、視界がぼやけていく。ガネーシャとの別れの時間を余すところなく目に焼きつけたいのだけれど、涙の勢いが勝《まさ》ってしまう。

ガネーシャは言った。

「実はな……ワシ、自分に出そうと思てた課題があんねん」

(課題……)

僕は、ガネーシャにすがるように言った。

「お願いします。その課題……教えてください！」

するとガネーシャは、ゆっくりと首を横に振って言った。

「いや、その必要はあれへんかった」

そしてガネーシャは続けた。

「自分はその課題、できてもうてたわ。その課題は——」

ガネーシャは言った。

「『誰かのありのままを愛する』や」

(誰かのありのままを愛する……)

心の中で唱えると、ガネーシャは言った。

「ワシのありのままを愛してくれて、ほんまおおきに」

この言葉を聞いた瞬間、胸がじんわりと温かくなり、そのぬくもりが体の隅々まで広がっていくのを感じた。

その感覚に身を委ねながら、僕はあることに気づいた。

ガネーシャとずっと一緒にいたい僕は、今にも消えそうになっているガネーシャに、

「行かないでほしい」

と懇願したかった。

でも、僕は、ガネーシャの素晴らしさを伝えることを選んだ。

――「夢を持つのと、かなえるのとは違う」――

確かにそのとおりだと思う。

現に、「ガネーシャとずっと一緒にいたい」という僕の夢はかなえられないし、この世界は、かなえられない夢であふれているのだろう。

でも、もし、結果的に夢がかなえられなかったとしても、その過程で「必ず」手に入れられるものがある。

それは、自分ができる最高の行動を選ぶことで、「自分を好きになれる」ということだ。

「自分を好きになる」ことは、夢をかなえようとする過程の、ありとあらゆる瞬間にできるのだ。

僕は、たった今気づいた、この世界の美しさをガネーシャに伝えたかった。

しかし、ガネーシャの体は再び薄く透き通り始める。

ガネーシャとの別れの悲しみに襲われながらも、僕は、心を奮い立たせ、この瞬間にできる最高の行動を選択する。

僕は、ガネーシャの前で姿勢を正すと、頭を深く下げて言った。

「ガネーシャさん、これまで僕を育ててくれて、本当にありがとうございま……」

――その瞬間の出来事だった。

（え――）

何が起きたのか分からず、頭が真っ白になり呆然としていると、声が聞こえた。

「ほんま、どんだけ門限破ったら気い済むねん」

――大黒だった。

どこから現れたのか、大黒が打ち出の小槌を使って、まるで達磨《だるま》落としのように
ガネーシャの首を飛ばしたのだ。大黒は、大きな舌打ちをして言った。

「こっちはずっとしびれ切らしてんのに、今帰りますーみたいな雰囲気出した思たら、また戻ったりしよって……さすがに堪忍袋《かんにんぶくろ》の緒《お》が切れたわ」

そして大黒は、肩にかけていた袋をガネーシャの体に強引にかぶせると、

「暴れんなや。反省するまで首はナシや」

と言って袋の口を縛り、肩に担《かつ》いで言った。

「ほな、帰るで」

ガネーシャの体は依然として袋の中で激しく動いていたが、大黒が呪文のような言葉を唱え始めると、煙が現れ大黒たちを包んでいった。

「あ、あの……」

やっとのことで声を出したが、その瞬間、大黒の人差し指から光が放たれ、僕の喉に焼けつくような痛みが走った。

（こ、声が出ない……）

喉を押さえて悶えていると、大黒は言った。

「虫けらはしゃべんなや。前んときもお前がしゃしゃり出てきたから話がややこしなってんで」

そして、大黒は再び呪文を唱え始めた。

このまま大黒を行かせてしまってはダメだ――頭では分かっているのだけど、恐怖で体がすくんで一歩も動くことができない。

バクも、僕の足元で小さな体を震わせていた。

（ああ、こんな形でガネーシャと別れなければならないなんて……）

あまりにも理不尽な出来事だったが、とてつもない恐怖を前に怒りすら感じることができなかった。

そして、大黒とガネーシャの体がいよいよ煙に包み込まれようとしたときだった。

「待てや」

部屋の中で聞こえた声に、大黒の周囲を漂う煙の動きがピタリと止まった。大黒は言った。

「……今の、ワシに言うたんか？」

　すると声は続いた。

「と、当然やろ」

　声のする方を見ると、そこにあったのは大黒に飛ばされたガネーシャの顔だった。

　ガネーシャは声を震わせながらも、毅然とした表情で言った。

「い、いきなり首飛ばすて、自分何考えてんねん」

「自分？」

　この部屋に現れてから、薄《うっす》らと笑みを保っていた大黒の顔が一気に険しくなり、青く染まり始めた。

「今、ワシのことを――最高神シヴァを――『自分』言うたんか？」

　ガネーシャは慄《おのの》いて一瞬、沈黙したが、恐怖を振り払うように声を張って続けた。

「あ、ああ、言うたで。何べんでも言うたるわ。自分、自分、自分、自分、自分、自分！　ほんま自分、何してくれてんねん！　大切な友人との別れ際に首飛ばすてあり得へんやろ！　自分の力を誇示したいんか知らんけど、『本当の強さとは、身体の能力ではなく不屈の意志から生まれる』てガンジーくんも言うてるで！　つまり、ワシが何を言いたいかっちゅうとやな、自分なんかよりワシの方が全然強いちゅうことじゃぁ！」

ごごご……と空気が振動し、部屋の中にあるものが音を立てて揺れ始める。

シヴァは言った。

「今言うたこと、もういっぺん言うてみい」

シヴァの青く染まった体がふくらんでいき、天井がみしみしと音を立てる。しかし、床に転がっているガネーシャの顔は、はるか高くそびえ立つシヴァを見上げて叫んだ。

「せやからそんな脅しは効かへんねん！　最高神か何か知らんけど、ワシの方が強いんじゃ！　自分なんか全然怖ないねんで！」

シヴァは、ガネーシャの体が入った袋を無造作に床に落とすと、右手を持ち上げた。いつのまにか、打ち出の小槌がトリシューラに変わっている。

シヴァは言った。

「自分、いよいよ本気でシヴァいたらなあかんな」

そしてシヴァは、トリシューラを大きく振りかぶって言った。

「最高神であるワシに、二度までも盾つきよって。一度目は、最初に首を飛ばしたとき。そんで二度目が——今や。ほんま、お前みたいな親不孝もんは、ゾウの頭なんかつけずに首飛ばしたままにしといたら良かったんや」

するとガネーシャは、怒りの中に悲しみをにじませたような声で言った。

「……そのとおりや」

ガネーシャは続けた。

「ワシの首を切ったままにしといたら良かったんや。せやのに自分は……」

真っ赤な目を見開いたガネーシャは、大声で叫んだ。

「自分は、首を切ったままにしとかへんかったんやのうて、できへんかったんやろ！」

「どういうことや？」

眉間に大きなしわを寄せたシヴァに向かって、ガネーシャは叫び続けた。

「おかんが怖かったんやろ！　おかんに怒られるのが嫌で、ワシの首探しに行ったんや！　ほんまはワシのことなんてどうでも良かったんや！」

そしてガネーシャは視線を落とし、目に涙を浮かべて言った。

「せやから……せやから自分は……ワシに適当な首をつけたんや……」

――ガネーシャの言葉に部屋は静まり返った。まるで、この世界の活動がすべて止まってしまったかのような静寂だった。

その静寂を破ったのは、ドスッ！　という大きな音と、床の振動だった。

見ると、トリシューラが床に落ちていた。

シヴァは言った。

「……ワシかて、知らへんかってん」

そしてシヴァは、ガネーシャの顔に向かって続けた。

「あの日、ワシはいつもどおり家に戻ったんや。そしたら、見たことないガキが門の前に立っとって、『この家に近づくな！』て剣を振り回しながら喚《わめ》き散らしてくるもんやからついカッとなってもうて……でも、そのあとに、『あなたの息子だ』言われて……そんなんパニックにならへん方がおかしいやん」

そしてシヴァは、遠い昔を振り返るような目をしたあと、床に落ちているトリシューラに視線を移して言った。

「あの日以来、ワシは毎日のように、あのときのことを後悔してんねん」

「……」

二人は黙り込んだ。長い沈黙だった。

それからシヴァは、ガネーシャの顔の前に腰を下ろすと、顔の傾きを整えてから床に両手をついて言った。

「ガネしゃん、ほんま、堪忍や。あのときのことがガネしゃんをこんなに深く傷つけてるとは思えへんかった。何よりも……ワシはガネしゃんに一度もちゃんと謝ってへんかった」

そしてシヴァは頭を下げて言った。

「ほんま、堪忍やで」

シヴァが頭を下げた風圧で、テーブルやクローゼットがカタカタと音を立てた。

すると、ずっと沈黙していたガネーシャが、ぽつりとつぶやいた。

「……何で、もっと早よ言うてくれへんかったんや」

ガネーシャは、感情の抜け落ちたような表情で続けた。

「もっと早よ言うてくれたら、ワシも気持ちの整理がつけられたかも分からん。もっと違う関係が築けたかも分からん」

ガネーシャの苦しそうな表情には、これまでシヴァから受けてきた数々の仕打ちが刻まれているようにも見えた。何よりも、今、シヴァの暴力によって首だけにされているガネーシャの姿がすべてを物語っていた。

ガネーシャは、シヴァに向かって言った。


「もう、手遅れや」


その言葉を聞いたシヴァは落胆の気持ちを表情に滲《にじ》ませ、二人は再び沈黙した。

（ガネーシャさん……）

僕は、互いに傷つけ合いながら、出口を見つけられずに苦しんでいる二人を見ていると、あることを思わずにはいられなかった。

でも一方で、（自分が、そんなことをしていいのだろうか……）という不安もわきあがってきた。

ガネーシャとシヴァの関係に、僕なんかが立ち入ってしまって良いのだろうか。僕が行動を起こすことによって、事態がさらに悪化してしまうかもしれない。ガネーシャの心の傷を増やし、苦しみを深めることになるかもしれない。

（でも――）

僕の頭には、これまでガネーシャから授かった数々の教えが去来した。不安に怯えて行動を止めるのではなく、それがどんな結果を生むのか分からないのだとしても、自分を信じ、新たな行動を起こすこと。

そして、何よりも、これがガネーシャと交わす最後のやりとりになるのなら――後悔のない選択をしたい。

僕は、ゆっくりと動き出すと、ガネーシャの首の前に行き、ひざまずいた。

ガネーシャさん、と話しかけようとしたが、喉に鋭い痛みが走る。

一瞬ひるんだが、すぐに迷いを打ち払った。たとえ声が奪われていたとしても、心の声はガネーシャに届くのだ。

ガネーシャとシヴァの視線が注がれる中、僕はスマホを取り出すと、画面を操作して画像を表示した。それは、「夢を吸われた課長の間抜けな顔」だった。

その画像をガネーシャに向けると、心の中で語りかけた。

ガネーシャさん、思い出してください。あなたがこの画像を使って、僕に教えてくれたんです。どれだけ許せない相手がいたとしても、その人には、必ず愛おしく思える欠点や弱さがあるのだと。

――ガネーシャの表情が強張るのが分かった。それでも僕は、ガネーシャに向かって語り続けた。

シヴァさんに首を飛ばされてから、僕には決して想像できないような、悔しいことや、苦しいこと、悲しいことがあったでしょう。

本当に、大変な日々だったと思います。そして、あなたがどうしてもシヴァさんを許せないのなら、僕もできるかぎりその気持ちに寄り添いたいと思います。でも――。

――僕は、ガネーシャの両目を見つめて続けた。

ガネーシャさんが最後に出してくれた課題、「誰かのありのままを愛する」は、その人の表面に現れる言葉や気持ちを、ただ何も言わずに受け入れることではないと思います。

もし、ガネーシャさんの心の奥底に、殻を破りたい、成長したい――変わりたい――という思いがあるのなら、その気持ちも大切にしたい。僕は、そんなあなたの背中をそっと押せる存在でありたいです。

だって、僕は……。

僕と、あなたは――。

――僕はガネーシャに向けていたスマホを震える指で操作して、画像を閉じた。

そして、スマホに現れた待ち受け画面を、ガネーシャに向けた。

ガネーシャと出会ったばかりのころ、僕のスマホの待ち受けは、ガネーシャだった。神々しく荘厳《そうごん》で、ひれ伏すべき対象としてのガネーシャ。

でも、今、僕のスマホの待ち受け画面になっているのは、僕と肩を組んでいるガネーシャだ。そして、お酒のジョッキを片手に笑い合う僕たちの目の前の鉄板にあるのは――「絆」の文字だった。

(伝わってくれ……!)

心の中で話しかけていることも忘れ、思わず願ってしまう。

すると、何かがこちらに向かって近づいてくる気配を感じ、顔を上げ視線を向けた。

その瞬間、(ひっ……)僕は心の中で悲鳴を上げることになった。

こちらに向かってきていたのは、ガネーシャの体だった。

袋の縛りを解いたガネーシャの体は、首を持たない不気味な風貌《ふうぼう》でふらふらと近づいてくると、ガネーシャの首の横に立った。

ガネーシャは、しばらくの間シヴァを見つめたあと、口を開いた。

「ワシは、さっき言うたはずや。『手遅れ』やって」

(ダメだったか――)

ガネーシャの言葉にがっくりと肩を落とすと、ガネーシャは続けた。

「せやから、『手遅れ』や。『手遅れ』言うてんねん。『手遅れ』やって」

どうして分かり切ったことを何度も口にするのだろう、と僕とシヴァは困惑する。

すると、ガネーシャは言葉の一部を強調して言った。


「手をくれ、や」


ハッとした表情になったシヴァが震える手を差し出すと、ガネーシャの体は呼応するようにゆっくりと手を上げ、シヴァの手をしっかりと握り込んだ。

「ガ、ガネしゃん……」

シヴァが目に涙を溜めながら言うと、ガネーシャはつぶやくように言った。

「……謝らなあかんのはワシの方や」

見開いたシヴァの両目から涙がこぼれ落ちる。ガネーシャは続けた。

「ワシはいつも自分の気持ちばっか気にしてた。なんでこんな風に適当に顔つけられなあかんのや、なんでもっと考えてくれへんかったんやって、ずっと恨んできた。ワシは、自分の周りの神様がどんな気持ちでおったのか、全然考えてこうへんかった」

そして、ガネーシャは言った。

「ほんま、堪忍やで、おとん」

「ほ、ほな……」

シヴァは握っていた手を放すと、震える四本の手をガネーシャの顔に伸ばして言った。

「ガネしゃんは、ワシのこと許してくれるんか」

すると、穏やかな笑みを浮かべたガネーシャの顔が、うなずくように縦に傾いた。

「ガネしゃん……！」

「おとん……！」

シヴァは、ガネーシャの顔を持ち上げて力強く引き寄せると、すごい勢いで舐め始めた。ガネーシャも負けじとシヴァの顔を舐め返す。

それは、最高に感動的な雪解けの光景のはずだったが——あまりの異様さに目をそらさざるを得なかった。

その後、二人に視線を戻したのは、シヴァの声がきっかけだった。

「ええこと思いついたで！」

シヴァは、唾液まみれでテカテカになった顔をさらに輝かせて言った。

「改めて言うまでもあれへんことやけど、ワシって破壊の神であるのと同時に、再生の神やん？　せやから仲直りの印として、ワシにガネしゃんの顔を再生させてや」

そしてシヴァは、「あかんあかん、こっちの再生忘れとったわ」と人差し指を僕に向けて光を放った。

すると喉がじんわりと温かくなり、ゴホッゴホッとむせ返ったあと、「あっ……」と声が出て元通りになったのが分かった。

シヴァはガネーシャに向き直ると、神妙な口調で言った。

「ガネしゃん、あの日のこと、やり直させてや」

それからシヴァは、持っていたガネーシャの顔を丁寧に床に置くと、四本の青い腕を大きく広げて言った。

「さあ、ガネしゃん。この宇宙に存在するどんな顔でもええから、好きなの言うてや！　その顔をガネしゃんのものにしたるで！」

「好きな顔……」

ガネーシャがつぶやくと、シヴァはさらに声を張り上げた。

「ほんまに何でもええんやで！　ライオン、パンダ、ウサギ、ウーパールーパー……」

「おとん……」

「冗談やがな！　超一線級の冗談やがな！　もちろん、超一線級の画家に描かせた顔や、キャラクターの顔でもええで！　なんやったら今ある有名なキャラクターをガネしゃんの顔にして、そのキャラクター関連のものを全部破壊して、ガネしゃんオリジナルの顔にしてもええんやから！」

「……」

沈黙するガネーシャに向かって、シヴァは続けた。

「そら、すぐには決められへんわな！　せやったらどんどん試したらええ！　こういうのは、服の試着みたいなもんやから！」

そしてシヴァは床に落ちていたトリシューラを持ち上げると打ち出の小槌に戻し、素早く上下させた。すると、動物や人間、架空のキャラクターの顔が次から次へと現れ、部屋の床を埋め尽くしていった。

しかし、ガネーシャが沈黙を続けているので、それを見たシヴァは、わざとらしく額をおさえて言った。

「ああー！　またやってもうた！　これがワシの一番アカンとこやな！　調子に乗ると相手の気持ちを考えずに、好き勝手やってまう！」

シヴァは大きなため息をつき、肩をすくめて言った。

「そんなん、ガネしゃんの元々の顔が一番ええに決まってるやん」

そしてシヴァが打ち出の小槌を一振りすると、長い黒髪を持つ男の子の顔が現れた。

（これがガネーシャの……）

僕は、床に置かれた顔を見て思わず息を呑んだ。

その顔は、目鼻立ちの整った、彫刻で作られたような美しい造形をしていた。

シヴァは、ご機嫌な様子で言った。

「あんときは、パー（ルヴァティー）ちゃんの作った顔やったから探さなあかん思たけど、最初からこうしとけばよかったんやな。まあ、色々あったけど、これにて一件落着や！　魔法をかけられて違う生き物になってもうてたけど、最後は魔法がとけて元の美男子に戻るんはハッピーエンドの定番やもんな。『美女と野獣』や『かえるの王さま』、日本のやと『たにし長者』とか……」

シヴァが得意げに話し続ける横で、ガネーシャの体は静かに動き出した。

（ガネーシャはどうするんだろう……）

固唾を呑んでガネーシャの動向を見守る。ガネーシャの体は、部屋の床に置かれた顔の一つに向かって手を伸ばすと、ゆっくりと持ち上げた。

その瞬間、

「ぎゃははは！」とシヴァが大声で笑った。

「さすがワシの息子や！　めちゃめちゃギャグセンスあるやん！」

そしてシヴァはしばらくの間、大声で笑っていたが、ガネーシャの雰囲気を見ると徐々に笑顔が消えていき、最後は真剣な表情になって言った。

「……ほんまに、その顔でええんか？」

ガネーシャの手はシヴァの言葉にためらうことなく、持ち上げた顔をそのまま体に載せた。

その瞬間、僕の両目からは涙があふれ出した。

「ガネーシャさん……」

思わず名前を呼ぶと、ガネーシャの体に載せられた顔から、穏やかな声が発せられた。

「おとん、『この顔でええ』んちゃうで」

そしてガネーシャは、シヴァに顔を向けるとにっこり笑い、長い鼻をぶらりと揺らして言った。

「この顔が、ええんや」

［ガネーシャの課題］

自分と同じ痛みを持つ人を助ける

誰かの「ありのまま」を愛する

——三月二十一日（春分）

「ふあぁぁぁ……」

俺様は大きく口を開け、あくびをして体を伸ばしたが、その瞬間、

(痛ててて……)

と顔を歪めることになった。ずっと同じ姿勢だったから体のふしぶしが痛みやがる。

もちろん、この程度の伸びで覚醒《かくせい》できるなんざ思っちゃいねえ。ギターに例えるなら一弦のチューニングが終わった程度だ。いつも通りの冴《さ》えた頭を取り戻すにはもうしばらくかかるだろう。

――で、俺様は何をしてたんだっけ?

いつものことながら、冬眠明けは記憶があいまいだ。口の奥に残った、数か月前の夢の残りかすを舐めながら眠る前のことをぼんやりと思い出していると、突然、俺様は飛び上がりそうになった。

――そうだ。そうだった!

久方ぶりに、ガネーシャ様が下界に降臨されたのだ!

俺様は、思い出し笑いならぬ「思い出し感動」で全身を震わせた。例えるなら、出産の痛みで失神していた母親が、意識を取り戻して生まれた我が子と対面したときのような喜びだ。

（いつも以上に尻尾が痛いのは、起きてるときに振りすぎたからだな！）

そんなことを考えながら、ガネーシャ様と過ごした至福の時を思い出す。ガネーシャ様の肌のぬくもり、ガネーシャ様に撫でられたときの心地良さ、そして、ガネーシャ様が持ってきてくれた極上の夢……。

しばらくの間、余韻に浸っていたが――そして願わくばずっとその状態で居たかったが――あることを思い出し、口の中に砂利を放り込まれたような気持ちになった。

それは、もちろん、あいつのことだ。

過去、ガネーシャ様が降臨された中でも、とりわけからっぽだったあの男。

例えるなら、テナントも住民もいない薄汚れた雑居ビルのような男なのに、ガネーシャ様から妙に気に入られてやがった。

あいつは、俺様とガネーシャ様との関係に入り込んできた（しかも土足で）、初めての人間だったんだ。

あいつは色々と勘違いしていたようだが、俺様はあいつが一刻も早くガネーシャ様の前から姿を消せば良いと思っていた。あいつの上司の声を録音したのは、単に自分より立場の弱い者を踏みにじるのが胸クソ悪かったからだ。俺様を虐《しいた》げてきたやつらに対する恨みの方が勝っちまったんだな。

まあ、そんなわけだから、俺様はこのままあいつに気づかれないよう部屋から姿を消しちまっても良いわけだが……その前にどうしても確認しておかねばならないことがあった。

それは、もちろん――

あいつが〝本物の夢〟を見つけたかどうかだ。

(万が一にも、あいつが〝本物の夢〟を見つけていたら――)

そう思った瞬間、

ぐるるるるるる……

びっくりするくらい大きな唸り声が聞こえたから熊でもいるんじゃねえかと思ったが、鳴いていたのは、俺様の腹だ。

――そうなんだ。冬眠明けってのは、もう、めちゃくちゃに腹が減るんだ。

俺様は、物音を立てないよう、そっとクローゼットの扉を開け、顔を外に出した。

温かい春の空気が、俺様の全身をふわりと包み込む。

そして、俺様の目に映ったのは、冬眠前とまったく変わらない、冴えないマンションの一室だった。

ただ、

(こりゃぁ〝本物の夢〟は期待できねえぞ)

と、俺様は思わない。

もちろん、〝本物の夢〟を持った人間の中には、国が買えちまうくらいの大金を手にするやつもいる。

だが、金はあくまで副産物だ。そいつの持ち物で〝本物の夢〟を持っているかどうかは一切見分けられねえ。

それを見分けられるのは——。

そして俺様は、自慢の長い鼻をピンと伸ばす。

まあ、あいつに限って〝本物の夢〟は見つけてねえだろうが、それでも、万が一があると思うと体がブルっちまう。

なんてったって、あいつは——ガネーシャ様の教えを受けたわけだからな。

そして俺様は、緊張しながら鼻先をヒクヒクと動かしたあと、すうっと息を吸い込んだ。

その瞬間、俺様は心底がっかりすることになった。

あいつの体の匂いが、ベッドの方から流れてきていたからだ。

俺様は、寝ている人間の夢は食べられねえ。

それができるのは、普通のバクだ。

(一応確認しとくか)

俺様はクローゼットを出ると、体を伸ばしながら歩き、ベッドの上に飛び乗った。

——やっぱりだ。

例えるなら、解け始めた雪だるまみたいな間抜けな顔で寝てやがる。

と同時に、冬眠前にこいつが起こした忌々《いまいま》しい出来事の数々を思い出し、むかっ腹《ぱら》を立てていると、
ぐるるるる……

腹の虫が急かすように一段と大きな音を立てた。

(だから、俺様はこの夢は食えねんだよ)

腹の虫に言い聞かせながら、思う。

昔の俺様だったら、こんなときは例の嫌な気分が——俺みたいなバクはこの世界に存在しなくても良いんじゃねえかっていう気分が——むくむくとわきあがってきて、例えるなら、ほつれだした編み物のように心をばらばらにしちまうんだろうな。

バクという生き物は、悪夢を食べることで人間に重宝されてきた。バクたちの間で「ヨッシー」の愛称で親しまれていた豊臣秀吉なんて、悪夢を見たくないばかりに毎晩、枕元にバクを置いて可愛がってたんだ。

悪夢を食べるのが「良いバク」で、食べられないのは「悪いバク」。

人間ってのは本当に愚かな生き物だから、何でもかんでも、「良い」と「悪い」に分けちまう。価値が「ある」ものと「ない」ものに分けちまうんだ。

でも、物事の価値っていうのは、どの部分に注目してどう解釈するか——つまりは、どんな意味を持つかによってまったく変わる。

——ただ、まあ、俺様がそう思えるようになったのも、ガネーシャ様に会うことができたからなんだけどな。ガネーシャ様が、俺様の持っている価値を見つけてくださった。

俺様の存在に、「意味」を見出してくださったんだ。

改めて思うぜ。

大事なのは、「出会い」だってな。

それに、昔を振り返って思うけどよ、人生の最初から、「自分には価値がある」と言い切れちまうやつなんて、つまんなくねえか？

足りないところがあるからこそ、他の誰かに補ってもらうことができる。そして、互いに補い合える存在と出会えたとき、最高の幸せを感じることができるんだ。

つまり、自分に価値を感じられない、自分のことが好きになれないやつっていうのは、その分だけ、出会いの幸福を味わえる余白を持ってるってことなんじゃねえのかな。

裏を返せば、時代の価値観や周囲の評価で「価値がない」方に振り分けられちまったやつこそ、自分の価値を見つけてくれる存在に出会わなきゃならねえってことだ。

「そこんとこ、分かってんのか、お前」

俺様は、呑気《のんき》に寝息を立てているこいつの頬を鼻で軽く小突いた。

こいつがガネーシャ様と出会えたのは、例えるなら、木の実を埋めようとして穴を掘ったリスが温泉を掘り当てたみてえなもんだ。野良馬を保護して育てたら凱旋《がいせん》だ。

門賞《もん》を獲ったと例えることもできる。まあ、とんでもなくラッキーだったってことだ。

でも、お前はガネーシャ様と離れることになったんだから、自分の価値を見出してくれる人間に出会わなきゃいけねえ。

ガネーシャ様は、そのことまで考えて色々な課題を出してくださってたんだぞ。

その中でも、とりわけ重要だったのが、

「誰かのありのままを愛する」

という課題。

ガネーシャ様に対しては、たまたまできていたみたいだが、これを実践するのは本当に難しい。

相手の隠れた魅力を発見したり、欠点に感じられることを受け入れたり……面倒や困難を抱えながら、時に、家族のように一緒に生きていく覚悟が求められることもある。

でも、相手のありのままを愛せる人間になることができれば――まるで申し合わせたように、自分のありのままを愛し、隠れた能力を引き出してくれる人が目の前に現れるんだ。

その幸運を人はセレンディピティなんて呼ぶが、ガネーシャ様のそばにいた俺様は、そんな出会いの場面を数えきれないほど見てきた。

例えば、アガサ・クリスティ。

四十歳になった彼女が、二度目の結婚相手として十四歳年下の考古学者を選んだときに、おどけてこう言っていた。

「考古学者だったら、古いものにも価値を見出してくれますから」

ただ、実際にあの考古学者は彼女のありのままを愛していたし、彼女も毎年必ず、遺跡の発掘調査に同行して中東に向かった。そして、発掘を手伝う合間に書かれたのが『オリエント急行の殺人』や『そして誰もいなくなった』――彼女の最高傑作と語り継がれる作品だったたんだ。

だからお前が、俺様の冬眠中もちゃんと課題をこなしていれば、お前の中に埋もれている価値を見出してくれるガネーシャ様のような存在に……っと、それはさすがに言いすぎか。そんな人間、地球上のどこを探してもいやしねえ。

でも、例えるなら、ラーメンの名店の味を再現したインスタントラーメンぐらいの、ガネーシャ様っぽさをほんのりと帯びた人間には出会えてるはずだ。ていうか、出会ってろ。出会って〝本物の夢〟を見つけて、冬眠明けの俺様に、最高のブレックファースト用意しとけよ！

興奮した俺様は、鼻をぶん回してこいつの頬をはたきそうになったが、すんでのところで止めた。昔は、眠っている人間の見ている夢が食えねえ腹いせに起こしてやったもんだけど、そういうのはもうやめたんだ。

ただ、
ぎゅるるるる……！

腹の虫の訴えはさらに激しくなり、例えるなら曲の間奏で自分の存在を猛アピールするギタリストみたいになっていた。

——仕方ねえ。

こいつが目を覚ますまでの暇つぶしに、〝本物の夢〟を見つけていそうかチェックしておいてやるか。

まあ、これは、コース料理のお品書きに目を通すみたいなもんだな。

そして俺様は机に近づき、書き終えたメモ帳が仕舞ってある引き出しを開けた。

それから入っていたメモ帳を全部引っ張り出して、俺様が冬眠に入ったあとすぐに書かれたものを開いた。

——だめだこりゃ。ガネーシャ様との別れを悲しむあまり、しみったれた言葉ばっかり並んでやがる。

すぐさま二冊目を開いたが……こっちもだめだ。全然だめ。何から何まで泣き言じゃねえか。

だいたい、

「この悲しみも自分の一部なんだ」

とかノートに書きまくってる時点で全然一部にできてねえんだよ！

こうしてがっくりと肩を落とし、あきらめかけた俺様だったが、三冊目にして、やっと夢に関わる文言を見つけることができた。

それは、この言葉だ。


「過去の痛み」


（どれどれ……）

俺様は続きの文章にぐっと目を凝らす。

そこには、こいつが過去に経験した、

「みじめな思いをしたこと」

「何かに挑戦して失敗したこと」

「両親との関係で苦しんだこと」

……心が傷ついた出来事について書かれてあった。

(悪くねえな)

と俺様は思った。

人が、自分の人生に意味を見出せる天職に出会うとき、過去の痛みと無関係な仕事であることはほぼないと言っていい。

こうして自分の心の痛みと向き合っているのは、かなりの好材料だ。

勢いづいてページをめくると、今度は、仕事を含む色々な仮体験に関するメモが並んでいた(こいつは律儀《りちぎ》に乗馬にも挑戦したようだ)。

そうそう、それでいいんだ。

どれだけ自分の過去を遡《さかのぼ》り、考えを巡らせてノートを埋めていったとしても、経験を積まなければ宝の持ち腐れだ。

自分が得意なこと、人の役に立てることっていうのは、実際にその作業をしたとき「これだ!」って感覚がある。ガネーシャ様も言ってただろ? 大事なのは、自分の感情や感覚を丁寧に観察することだってな。

まあ、確かに、「考える」と「経験する」を両方大事にするってのはしんどい作業だ。どっちかに偏っちまえば自分を疑わずに済む。そっちの方が、断然楽なんだよ。

でも、夢の味の深みってのは、そいつがどれだけ苦しみ、葛藤《かっとう》したかで決まるんだ。

それは、子どものころを思い出せばすぐに分かる。

子どもは、無邪気に夢を持つ。

そしてその夢は、たいがい破れる。すると、

「夢なんて持たない方が良かったんじゃないか……」

「頑張っても意味なんかないんじゃないか……」

と心が傷つく。でも、夢を失った苦しみの中で、もがき、葛藤することで、失った夢を土台にして新たな夢が生まれる。バラバラになった人生の「意味」が、再構築されていく。

そうやって、人間の夢は、〝本物〟になっていくんだ。

だから、俺様は子どもの夢には一切手をつけない。無垢《むく》にふくらませた夢が、その人間に最大の行動を起こさせ、それによって受けた傷や痛みが、〝本物の夢〟を

醸成するわけだからな。

そんなことを考えながら四冊目のメモ帳を開くと、こいつの今の職場に関する記述があった。

ザッと目を通した俺様の口から、「ほほう」と感嘆が漏れる。

こいつは会社を辞めたあと、急成長中の転職支援企業で経験を積みながら、社会課題を解決する組織の立ち上げを準備しているようだ。

世の中には、メンタルの不調、病気、事故、障がい……さまざまな事情で働くことが難しい人がいる。そういった人たちを、最先端のテクノロジーでキャリア支援する計画が何十ページにもわたってびっしりと書いてあった。

俺様は、ここでメモ帳を読むのを止めた。

(とはいえ、だ)

ここにあるのは、あくまであいつの外側に出たものだ。外見、肩書、ブランド、知名度、場合によっては言葉ですら、人間の外側に出てるものを俺様は信用しねえ。人間はそういうのを大事にしたがるけど、夢の味には一切関係ねえんだ。

「夢の味は、内側に宿る」

——夢ソムリエ・バク様だけが知る、夢の真理だ。

こうして俺様は悦に入りながら優雅な動きでメモ帳を閉じたが、その瞬間、全身を寒気が駆け抜けることになった。

俺様の前足に書かれた文字に気づいたからだ。

Ｚｏｏｍ

（し、しまった――）

冬眠から目覚めたら真っ先にしなければならないことがあったのに、すっかり忘れてしまっていた――。

俺様は、もしバクを診れる獣医がいるのなら、「冬眠明けは絶対におやめください」と言われるであろう電光石火の動きで机の上に飛び乗ると、ノートパソコンを開きＺｏｏｍのアプリを立ち上げて、前足に書かれたアクセスポイントを打ち込んだ。

それから背筋を伸ばし、

「お座り」

の姿勢で緊張していると、ついにあのお方が画面に姿を現した。

「ガ、ガネーシャ様ぁぁぁっ！」俺様が言うと、ガネーシャ様は、
「バクちゃぁぁぁぁん！」と叫び、画面がこうなった。

（こ、これは……）

ガネーシャ様との付き合いが長い俺様とはいえ、この状況は初めてだ。

ただ、ためらう時間が長引けば長引くほど、ガネーシャ様の信頼を失うことになると判断した俺様は、

（ええい、ままよ！）

とノートパソコンの画面に向かって舌を伸ばした。

（なんだよ、この状況！　例えるなら、一塁で確実にアウトになるのが分かってるのに監督へのアピールのためだけにヘッドスライディングしてるみたいなもんじゃねえか！）

そう思いながらも必死に舌を動かし続け、

（もうそろそろいいだろう）

と思って舐めるのを止めて画面を見たが、ガネーシャ様はまだ舐めていたのであわてて舐めるのを再開する、を十一回繰り返した。

唾液まみれの画面はひどく見づらいので体をこすりつけて拭き取っていると、ガネーシャ様が口を開いた。

「しかし、こんな簡単に天上界と下界がつながるなんて、リモートちゅうのはほん

まに便利やねぇ。……ただ、Ｚｏｏｍに関しては、ワシらやからこそつながっているとも言えるかもしれへんな」

「どういうことですか？」

俺様が首をかしげると、ガネーシャ様は続けた。

「ほら、ワシはゾウでバクちゃんも色んな動物が合わさってるやん？」

そしてガネーシャ様は、ニヤリと笑って言った。

「ワシらやからこその、Ｚｏｏｍやね」

意味不明の言葉に戸惑っていると、ガネーシャ様は口を尖らせて言った。

「——バクちゃん、こんなん言いたないけど、冬眠明けやから笑いの勘が鈍《にぶ》ってるんちゃうか？」

「えっ……」

ガネーシャ様の言葉に困惑したが、

（そ、そうか……！　ＺｏｏｍのＺｏｏと動物園が掛かっていたんだ！）

と気づいた俺様は、とっさに返した。

「い、いいえ、あの者がまだ寝ているので笑い声を押し殺さねばならない状況でして」

そして、俺様はささやくように言った。

「Ｚｏｏｍと Ｚｏｏ（動物園）を掛けたギャグ、控えめに言って、爆です」

そう言って笑顔を作りながらも、寝ているあいつが本当に起きてしまっていないか不安になって確認したが、布団が小さく上下していたのでホッと胸をなでおろした。

ガネーシャ様は、

「やっぱり、そうやんな。今のＺｏｏｍのギャグは、バクちゃんが冬眠に入るや否や考え始めて、破壊と再生を繰り返してたどりついた渾身のやつやから、バクちゃんにウケへんわけあれへんもんな」

と機嫌を直しつつも、残念そうな口調で言った。

「でも、あいつがまだ寝てるちゅうことは、〝本物の夢〟を見つけたかどうか分からへんのやな」

「はい」

と言ってうなずくと、ガネーシャ様は、

「なんや、せっかくこれ用意したのに」

と不満を漏らしながら画面の中で何かを取り出した。

衝撃を受けた俺様は、画面に向かって口を震わせながら言った。

「ガ、ガネーシャ様……まさか神様を廃業されて宅配業を……」

するとガネーシャ様は、

「何言うてんねん」

と呆れて言うと続けた。

「サプライズやがな」

「サプライズ？」

「そうや」

　そしてガネーシャ様は、ジェスチャーを交えながら興奮した口調で説明を始めた。

「ウーバーイーツの配達員の格好したワシが、その部屋のインターホン押すやろ？　そんで、『頼んでませんけど』言うあいつに、『ガネーシャ様からです』て言うて宅配ピザの箱取り出すねん。すると中から出てくるんは、火のついた蝋燭《ろうそく》と、『本物の夢　おめでとう』のプレートが載った、

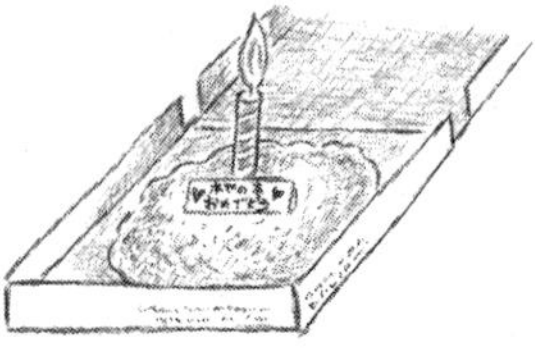

もんじゃ焼きゃ。

それを見て泣き崩れるあいつにティッシュを差し出すんやけど、そのティッシュを受け取ろうとしてこっちを見たあいつは、泣き崩れを超えた、泣き崩壊、泣き爆発、泣き超新星爆発《スーパーノヴァ》や。なぜなら――目の前におるウーバーイーーツの配達員が、ゾウの顔になってるわけやからな。そんで抱き合うて感動したあと、『これ覚えてる？』言うて、懐かしのガネー馬に変身したワシはあいつを背に乗せてウーバーイーーツの配達を続けんねん。ちなみに、人と人とのやりとりを重んじるワシは『置き配』は認めへんから、土佐ーシャになってドアノブを噛み千切《ちぎ》って手渡しすんねんで」

（ど、どこにどうツッコミを入れたら良いんだ……？）

あまりにも型破りなサプライズ計画に言葉を失ったが、ハッと気づいて言った。

「ということは、ガネーシャ様は、下界に来ることを……」

「せやねん」

ガネーシャ様はうれしそうに続けた。

「ワシがおとんと仲直りしたあと、そっちにおられへんかったんは、おとん以外にもワシの人を育てる趣味に難色示してる神様がおるちゅう話があったからやろ？　ただ、あのあとおとんが奔走《ほんそう》してくれてな。まあ奔走ちゅうか8割方、脅迫《きょうはく》やったけど。ワシの趣味が天上界で正式に認められて、育てた人間にも会いに行ってええことになったんや」

「お、おめでとうございます！」

俺様はそう言いながら、全力で尻尾を振った。

人を育てているときのガネーシャ様の苦悩を誰よりも身近で見ていた者として――そして何より、これからガネーシャ様と過ごせる時間が増えるかもしれないと思うと――俺様はたまらなくうれしかった。

興奮した俺様は、画面を舐めようと舌を伸ばしたが、ガネーシャ様の寂しそうな声が聞こえたので舌を止めた。

「せやけど、そっちに行けるかどうかは、あいつが〝本物の夢〟を見つけたかどうかにかかってるからな。もし見つけてへんかったら、ワシが出した課題とじっくり向き合うた方がええからな」

今すぐにでもガネーシャ様と直接会いたい俺様だったが、その気持ちをぐっとこらえて言った。

「確かに、〝本物の夢〟は、ワインと同じで熟成するための時間が必要ですからね」

そして俺様は畏《かしこ》まった口調で続けた。

「〝本物の夢〟を見つけたことが分かり次第、Ｚｏｏｍでご連絡差し上げます」

するとガネーシャ様は言った。

「バクちゃん、おおきにやで。……でも、こうやってバクちゃんと話してたら、早よバクちゃんに会いたなってきたわ。その部屋に置き忘れた大事なもんもあるから、なる早でそっちに……」

ガネーシャ様は話している途中だったが、俺様は勢い良くディスプレイを閉じた。

なぜなら、ベッドの方から声が聞こえてきたからだ。


「バク？」


振り向くと、あいつがベッドの上で起き上がっていた。

「バク……起きたんだね？」

あいつの声は震えていた。こんなとき、人間とどう接すれば良いか分からない俺様は、よお、なんて言おうとしたが、声を出すことはできなかった。

ベッドを飛び降りて走ってきたあいつが、いきなり抱きついてきたからだ。

「良かった！」

きつくするんじゃねえ、痛えだろうが。あと何でYシャツのまま寝てんだよ、俺様への肌ざわりが悪すぎるだろ、とか言おうと思ったが、続く声に黙らされた。

「バク！　心配したよ！　冬眠中って本当にまったく起きないし、体も冷たくなってたから、もしかしたら……もしかしたらって思って……」

そして、感動を噛みしめるように言った。

「良かった。本当に良かった……」

――このとき、俺様は、あることに気づいた。

人間に体を触られているのに、嫌な感じがしねえ。

それどころか、参ったぜ――心地良く感じるんだ。

（俺様が、人間に対してこんな感情を抱く日が来るとはな……）

そう思いながらも、俺様の意識は違う方に向いていた。

それは、言うまでもなく――こいつの夢だ。眠りから覚めた状態の夢であれば、俺様の鼻を使って確かめることができる。

気づかれないようにそっと鼻を伸ばした俺様は、ゆっくりと息を吸い込んだ。

夢が鼻孔を通り、鼻の奥へと流れ込んでくる。

この匂い……。この香りは――。

春の陽だまりに咲くフリージアのような、甘さと爽やかさを兼ね備えた香り――。それでいて、アスファルトの隙間から芽吹くタンポポのような力強さと、どこまでも広がっていける綿毛のような軽やかさが……。

そこで俺様はハッと我に返る。

あぶねえ、あぶねえ、あまりにも美味い夢だから食いすぎちまうところだったぜ。ただ……マジかよ。こんなに美味い夢は長いこと食ってねえぞ。しかも、まだまだ伸びしろがあるってんだからな。

俺様は歓喜に震えながら、ふとこいつの顔に視線を向けたが……なんだよ、めちゃくちゃ良い面《つら》構えになってやがるじゃねえか。

俺様は人間を見た目で判断しねえが、内面の輝きが外側まで変えちまうのは否定しねえ。特に顔ってのは、それが一番出ちまう箇所でもあるんだ。

何よりも、こいつの活き活きとした顔を見れば、夢を追う毎日がいかに充実しているか、誰でも一瞬で分かっちまうだろうよ。

（こいつとの付き合いは長くなりそうだぜ）

俺様は今後の満ち足りた食生活に思いを馳せ、今食べたばかりなのにもう口の中に涎を溜め始めたが、いけねえ、とあわてて飲み込んで思った。

(まずはこのことを、ガネーシャ様に報告しねえと、だな)

そしてガネーシャ様の喜ぶ顔を想像したが、すぐに俺様は思い直す。

(でも、ガネーシャ様以上に喜ぶのは、こいつなんだろうな)

俺様が冬眠から目覚めただけで涙ぐんでいるようなやつだ。ガネーシャ様と再会した日にゃ、泣きすぎてスプリンクラーみたいになっちまうんじゃねえか。

そして、そのとき、こいつは「夢の真理」に気づくことになるんだ。


「最高の行動を選択し続けた人間は、本人がまったく想像しなかった形で夢をかなえる」


ってことにな。

確かに、この世界の現実では、夢を持つのとかなえるのとは違うし、すべての夢がかなえられるわけでもねえ。

でも一方で、夢ってのは——これが夢の面白いところでもあるんだが——本人が思いもよらなかった形でかなっちまうもんなんだ。

特に、俺様が見てきた人間は、そうやって夢をかなえているやつらばっかりだったな。

どうしてそんなことになっているのか——俺様もはっきりとは分からねえけど、一つ、思い当たることがある。

ガネーシャ様は、人間界に降臨するとき、大好物のあんみつを忘れてくるだろ？

その理由は、あんみつと出会ったときの感動を——予想外の感動を——味わうためだ。

つまり、ああいう神様がこの世界を創っているのだとしたら、そうするんじゃねえか？

人間の抱いた夢が、意外な形で、意外なタイミングで——サプライズで——かなうようにするんじゃねえかな。

なぜなら、「最高の『楽しい』は、必ず『分からない』を含む」からだ。

ガネーシャ様は、人間たちが「最高の喜び」を味わえるように、この世界を創ったんだと思うぜ。

（しかし……）

まだ俺様の体を離そうとしないこいつの泣き顔は、本当にしゃくに障《さわ》る。

俺様は、こいつがガネーシャ様のお気に入りであることを完全に認めたわけじゃねえんだ。それなのに、近い将来、この部屋に降臨されるガネーシャ様とこいつはボロボロに泣き崩れながら抱き合って……その輪の中に、俺様まで加わっちまうことになる。

そして何より腹立たしいのは、三人で抱き合いながら深い絆を感じるその瞬間を――俺様自身が夢見ちまってるってことだな。

……まあ、そういうわけで、例えるならガネーシャ様のお腹のように「丸く」収まる展開を想像して幸せな気持ちに浸っていたが、ふと、部屋の片隅からとてつもない殺気が放たれているのを感じて視線を向けた。

その瞬間、俺様は衝撃のあまり、卒倒しそうになった。

（ガネーシャ様が言っていた、この部屋に置き忘れた大事なものって、これか――）

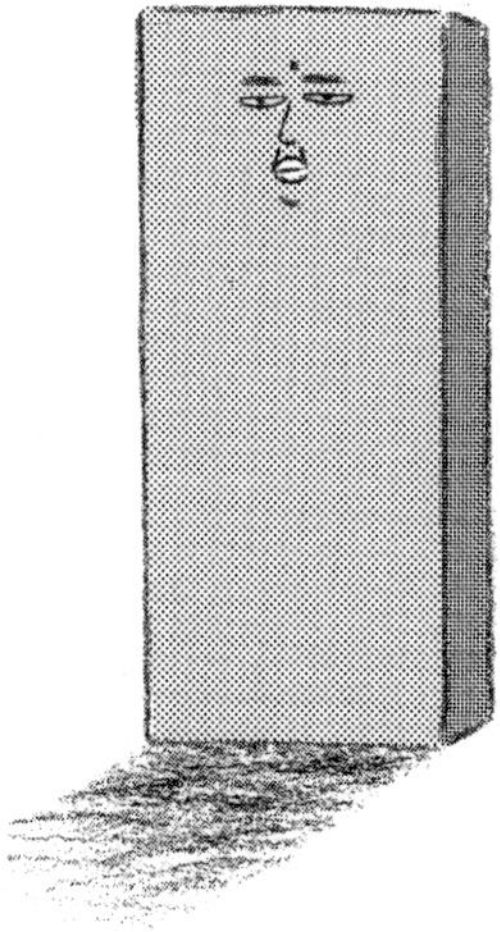

ガネーシャの教え

「この光を前にしたら、自分ちゅう存在が――自分の持つ悩みが――いかにちっぽけなもんか分かるやろ。人間は、自分ちゅう存在の小ささに気づけたとき、変わることができる。新たな人生を始められるんや。（中略）今も語り継がれる偉人の多くが、早朝に起きて活動しとった。その理由は何か分かるか？　早朝は、誰の邪魔も入らへん『自由』に使える時間だからや。〝本物の夢〟を持つ人間が何よりも大事にしてるもの。それが、『自由』なんやで」（P．132）

日の出を見る

「今、自分の頭と心には『他人の好み』がべったりと貼りついてもうてるからな。でも、それを少しずつ、少しずつ、剥がしていって、自分がほんまに好きなもんを掘り起こすんや。そうすれば、自分が本当にやりたいこと――夢――も、おのずと見えてくるからな」（P．164）

好きな匂い、物、人、場所を見つける

「恥ずかしいという感情はどこから来るのか？　それは、周囲の評価が下がるのを恐れる心だ。周囲の評価が気にならなくなるくらいパッションを燃やせる対象を見つけなさい！　そして、まだその対象が見つかっていないのなら、周囲の評価に囚われない心を手に入れるのだ！」（P．190）

やりたくない依頼を断る
自分の欠点や弱さを告白する

「いつもと違う道を歩く、普段とは違うものを買う、見知らぬ店に入る……どんなささいなことでもいい。日々の生活に『初めて』を取り入れなさい。そして、人間は、未知なるものにこそ喜びを見出す存在であることを――未知の要素がないのなら最高の楽しさは決して得られないことを――実感するのだ」（P．216）

生活に「初めて」を取り入れる

「目に見えるものだけが、耳に聞こえるものだけが、世界ではない。君には、君自身が意識していない素晴らしい能力が備わっているのだよ！　（中略）自分に元々備わっている大いなる力に蓋をしたまま偉業を成し遂げた人間など、この世界には一人も存在しない！」（P．221）

自分の感情・感覚を丁寧に観察する

「この世界を知る方法は、ただ一つ。『実物を見る』ことだ。実物にできる限り近づき、見て、触れて、感じることだ。そのとき君は気づくだろう。この世界がいかに美しく、感動に満ちあふれたものかということを。そしてこう思うだろう。『もっと、この世界を知りたい』と」（P．229）

実物を見る

「これまで、君の人生には、君から自信を奪い、自分への不信感を募らせる出来事が起きたろう。苦しみ、嘆き、みじめな気持ちになる出来事が起きたろう。それらのすべてに向かって言いなさい。『君たちは、伏線だ』と。これらは自分が夢を見つけるという——自分が幸せになるという——人生のドラマを最高に盛り上げるための必要不可欠な伏線なのだと！」（P．２４４）

過去の出来事を「伏線」ととらえ、希望を持ち続ける

「レオナルドくんは単に解剖実習にのめり込んだだけやのうて、実物を正確に把握するために様々な分野に興味を広げていったんやで」（P．２５９）

興味を持ったことを一歩深める

「現代人の多くは、いつでもスマホでインターネットと接続できる環境——目の前のマシュマロにすぐ手を伸ばせる環境——におるぜよ。そしてインターネットは、消費者にいかに目の前のマシュマロを食べさせるかを追求することで進化しゆう。じゃからこそ、その行為に慣れすぎると時間をかけて満たす欲求——夢——から遠ざかってしまうがよ」（P．２７６）

インターネットを一日断つ

「ユングくんはずっと仕事中心の生活を送っちょってな。心身の疲れが限界に達しているのを感じた彼は、ボーリンゲンちゅう村の湖畔に土地を買い、簡素な家を建てたがよ。（中略）人間の心に誰よりも精通しちょったユングくんは、この家での生活をこう表現しちゅう。『ボーリンゲンでは本当の人生を生きている。とても深いところで自分自身になれる』となー」（P．278）

自然の中でゆっくり過ごす時間を持つ

「虫を嫌う感情は、短期的な欲求じゃ。じゃけど長期的に見たら、虫は、人間が生きていくには欠かせん大事な存在じゃ。もちろん虫の被害を防がにゃいかん状況もあるじゃろうが、害虫として一方的に嫌い、排除することはできんはずぜよ」（P．281）

虫の役割を知り、大事にする

「人間の欲求には、短期と長期のものがあり、夢は長期の欲求と言えるがじゃけど

——これは長編映画と似た構造になっちゅう。もし前半に観るのがつらくなったり、退屈に感じたりする場面があったとしても、それは物語が感動を生むために必要不可欠な一部ぜよ。また、時代を超えて受け継がれる名作は、人物や情景の描写が丁寧じゃき冗長に感じられたり、当時の時代背景が分からんかったりしてとっつきにくい部分もある。じゃが、名作と呼ばれる作品は必ず人間の普遍的な奥深さを描いちゅうき、新たな生き方や人生の意味を示唆してくれるもんながよ」（P．297）

名作を鑑賞する

「やりたくないことをひっくり返して、やりたいことに変える。（例）ダイエットしたくない　↓　何も気にせずたくさん食べたい」（P．305）

やりたくないことを全部書き出し、やりたいことに転換する

「もちろん、怒りを伝えるちゅうても大声で叫んだり、やたらめったらキレてええちゅうわけやないけど、自分が傷ついて苦しんでることをちゃんと相手に伝えることが、自分を大事にすることにつながんねんな」(P．383)

怒りの気持ちを伝える

「信念ちゅうのは、言い換えたら、その人が『〜すべきだ』て考えてることや。人の行動は、それがたとえ不快に感じられるものでも、その人なりの信念に基づいて生まれてる。そんで、その信念を読み取ることができたら、ただ不快に感じるだけやのうて共感できる幅が広がるんやで」(P．384)

苦手な人の信念を読み取る

「じ、自分らは仕事を探すちゅうと、め、面接のことしか考えてへん。せ、せやけど、まったく別業種の人との関係が自分の才能を引き出してくれることもあんねん……」(P．411)

自分と違う分野・文化の人と話す

「自分、夢中になれる仕事を見つけたいんやったら実際の作業を体験してみい。それを続けていけば、理屈やのうて心と体が『これだ！』て感じられるような仕事に出会えるはずやで」（P．445）

仮体験する

「自分の中で好きになれへん部分や、消してまいたくなる嫌な感情ってあるやろ？そういう欠点や負の感情を否定したり排除したりするんやのうて、『これも自分の一部だ』て受け入れるようにしてみいや。そうすることで、等身大の自分に自信が持てるようになる。夢を見つける力も、かなえる力も強められるんやで。（中略）どれだけマイナスに思えるものでも、その裏側には必ずプラスの意味が隠れてるからな。『これも自分の一部だ』て考えることで、隠れた意味に気づくことができるんや」（P．467）

欠点や負の感情を「自分の一部だ」と思う

「〝本物の夢〟ちゅうのはな、自分と同じ痛みを持つ他者を救うことで、自分を救うことなんやで」（P．493）

自分と同じ痛みを持つ人を助ける

「ワシのありのままを愛してくれて、ほんまおおきに」（P．514）

誰かの「ありのまま」を愛する

偉人索引・用語解説

渋沢栄一 Eiichi Shibusawa（1840～1931）〈P．13、38〉
日本の明治・大正期の実業家。フランス留学中にヨーロッパ経済を学び、日本が諸外国と対等に渡り合うためには金融機関の整備が必要であると説き、日本初の銀行（第一国立銀行）を開設。その生涯で1000以上の事業に関わり、「日本資本主義の父」と呼ばれている。

永守会長 Shigenobu Nagamori（1944～）〈P．14〉
売り上げ高1兆6000億円を超える総合モーターメーカー、日本電産の創業者、永守重信のこと。28歳の時に3人で日本電産を立ち上げ、世界トップシェアを誇る企業に一代で育て上げた。

ヘミングウェイ Ernest Miller Hemingway（1899～1961）〈P．16〉
アメリカ合衆国の小説家。暴力的・反道徳的な内容を批判せず、小説へと昇華させるハードボイルドジャンルを確立。代表作に『老人と海』（ノーベル文学賞）『誰がために鐘は鳴る』『キリマンジャロの雪』など。

スティーブ・ジョブズ Steven Paul Jobs（1955～2011）〈P．17、193、222、276、370、396〉
世界的コンピューターメーカー「アップル」の創業者。彼の服装のトレードマークである、黒のタートルネックとジーンズは何着も保有しており、その理由は、さして重要ではない意思決定である「今日は何を身につけるか」という選択に時間を使いたくなかったためと言われている。

ピーター・ドラッカー　Peter Ferdinand Drucker（1909〜2005）〈P. 33〉
経営学者、社会学者。現代経営学（マネジメント）の発明者と呼ばれる。組織自体を歴史の流れと社会全体の中でとらえ、マネジメントとはいかなるものかを世に提唱し、日本の企業人や経営学者らに大きな影響を与えた。

孔子　Coufucius（紀元前5世紀ごろ）〈P. 38〉
中国、春秋時代の思想家。弟子を3000人以上持ったとされる賢人で、その死後、門弟たちによって書き留められていた孔子の言葉をまとめた『論語』は、今なお世界各国で広く読まれている。

スティーヴン・キング　Stephen Edwin King（1947〜）〈P. 39〉
『スタンド・バイ・ミー』や『シャイニング』といった作品で知られる米国の小説家。大学卒業後に英語の教師になるが経済的に苦しく、トレーラーハウスで生活しながら仕事の合間を縫って執筆活動を続けた。

シュバイツァー　Albert Schweitzer（1875〜1965）〈P. 39〉
フランスの神学者、哲学者、医師。アフリカのガボンでの医療活動に生涯を捧げ、「密林の聖者」と呼ばれた。その功績によって、1952年にノーベル平和賞を受賞。

アガサ・クリスティ　Agatha Mary Clarissa Christie（1890〜1976）〈P. 44、48、544〉
イギリス生まれの推理小説家。代表作に『オリエント急行の殺人（オリエント急行殺人事件）』『そして誰もいなくなった』など。会話調で読みやすい文体、巧みなトリックなどで人気を博し、ミステリーの女王と呼ばれる。

トーマス・エジソン　Thomas Alva Edison（1847～1931）〈P．45、56、103、133、396〉
アメリカ合衆国の発明家、起業家。白熱電球の生みの親と思われているが、彼の前にジョセフ・スワンというイギリス人がプラチナ製のフィラメント（発光部品）を用いた白熱電球を完成させていた。エジソンは試行錯誤の末、竹製のフィラメントでスワンの電球の30倍の点灯時間を記録。広く普及させたために、電球の発明者と呼ばれるようになった。

ベートーヴェン　Ludwig van Beethoven（1770～1827）〈P．46、133〉
ドイツの作曲家、ピアニスト。「ジャ・ジャ・ジャ・ジャーン」のリズムで始まる『運命』は『交響曲第5番　ハ短調』の中の1フレーズで、「運命」は彼の弟子、アントン・シントラーによってつけられた副題という説がある。

ナポレオン　Napoléon Bonaparte（1769～1821）〈P．47〉
フランス革命期の軍人、政治家。ショートスリーパーとしても知られており「(睡眠時間) 3時間は勤勉、4時間は常識、5時間は怠惰」という言葉を残したとされる。ただ、夜の睡眠以外にも、軍事会議の合間などに昼寝の習慣を持っていたことが近年の研究で明らかにされた。

チャップリン　Charles Spencer Chaplin（1889〜1977）〈P．47〉
イギリスの映画俳優、映画監督、映画プロデューサー。ドタバタ喜劇に社会批判を込めた作風でハリウッド映画に革命をもたらし、喜劇王と呼ばれる。トレードマークのチョビヒゲは「つけヒゲ」であり、つけヒゲを外したチャップリンの素顔は、爽やかな美男子と評判だったという。

ジョン・フレミング　John Ambrose Fleming（1849〜1945）〈P．48〉
イギリスの電気技術者、物理学者。真空管の開発者。有名な「フレミングの左手の法則」は人差し指が磁界、中指が電流の向きを示し、親指がそれによって生じる電磁力の向きを表している。

聖徳太子　Shotokutaishi（574〜622）〈P．49〉
飛鳥時代の皇族、政治家。冠位十二階や十七条憲法を定めるなど、天皇を中心にした中央集権国家体制の確立に貢献。複数の人間が同時に話す内容を聞き分けたとされる逸話は『日本書紀』に記述があり、他にも「未来を予言できた」といった超人的なエピソードが記されている。

アルベルト・アインシュタイン　Albert Einstein（1879〜1955）〈P．56、163〉
ドイツの理論物理学者。相対性理論の提唱者として広く知られている。20世紀最高の物理学者と呼ばれた彼のIQは160超とも言われ（平均値は100）、その死後、彼の脳はひそかに病理学者ハーヴェイによって摘出され、研究用に保管された。

ウォルト・ディズニー　Walt Disney（1901〜1966）〈P．56〉

米国のアニメーター、映画監督、プロデューサー。世界的キャラクター、ミッキーマウスの生みの親で、ディズニーリゾートの創設者。「大人も楽しめる遊園地」として晩年のすべてを費やしたディズニーリゾートは、現在、5カ国6都市にあり、大人と子どもが一緒に楽しむことのできる「夢の国」として不動の人気を誇っている。

ガンジー Mohandas Karamchand Gandhi（1869～1948）〈P．56、491、519〉
インドの宗教家、政治指導者。武力に頼らない非暴力主義を掲げ、インドの独立運動を指揮。彼の思想は、キング牧師やネルソン・マンデラなど、のちの世界的政治指導者に大きな影響を与えた。

山本五十六 Isoroku Yamamoto（1884～1943）〈P．67〉
日本の海軍軍人。第二次世界大戦下で、大日本帝国海軍の連合艦隊司令長官を務めた。早くより欧米各国と日本の国力の差を熟知し、対英米戦争に最後まで反対した良識派としても知られる。本文中の「やってみせ、言って聞かせて、させてみせ」は後に「ほめてやらねば、人は動かじ。話し合い、耳を傾け、承認し、任せてやらねば、人は育たず。やっている、姿を感謝で見守って、信頼せねば、人は実らず」と続く。

餃子の王将 GYOZA-OHSHO〈P．70〉
関西地方を中心に全国展開をする中華料理チェーン。餃子一日200万個というCMで有名。

たまごっち Tamagotchi〈P．70〉

１９９６年にバンダイから発売された玩具。可愛らしいデジタルのキャラクターを持ち運びしながら育成できるというゲーム性が受け、爆発的にヒット。品薄が続き、その入手のために店頭に徹夜で並ぶ人が続出するなど、社会現象にまでなった。

耳なし芳一〈P. 71〉
平家の亡霊にとり憑かれた盲目の琵琶法師・芳一の顚末《てんまつ》を描いた日本の怪談。小泉八雲『怪談』に収録されているものが有名。

ピカソ Pablo Ruiz Picasso（１８８１〜１９７３）〈P. 73〉
スペインの画家。その類まれなる創作意欲で、生涯におよそ15万点の作品を残し、最も多作な美術家としてギネスブックに掲載されている。「青の時代」は１９０１年から１９０４年の間に描かれた作品群を指し、地味な色使いや暗い題材で、描かれた当時は全く人気がなかったとされている。

松下幸之助 Konosuke Matsushita（１８９４〜１９８９）〈P. 88〉
松下電器産業（現・パナソニック）の創業者。掃除一つできないような人間など、何一つ成し遂げることはできないというのが持論の一つで、「掃除は一大事業」とは松下政経塾において塾生たちに語った言葉。

本田宗一郎 Soichiro Honda（１９０６〜１９９１）〈P. 90〉
本田技研工業の創業者。企業と地域社会の絆の重要性に目を向け、１９７０年代より全国の事業所の周りに植樹を行い、近隣住民や自然との共生を目指したHonda Woodsの取り組みを続けた。

ヴィクトール・フランクル　Viktor Emil Frankl（1905〜1997）〈P. 96、242、504〉
オーストリアの精神科医、心理学者。ナチス強制収容所の体験を元に書いた『夜と霧』は、17カ国語に翻訳され、現在も世界各国で読み継がれている。ユーモアとウィットを愛する快活な人柄で、講演会はいつも盛況だったという。

るるぶ〈P. 124〉
株式会社JTBパブリッシングが発刊する国民的旅行ガイドブック。1973年に旅行雑誌として創刊され、のちにガイドブックに。2010年に「発行点数世界最多の旅行ガイドシリーズ」としてギネス世界記録にも認定された。書名の由来は「見る」「着る」「遊ぶ」の送り仮名をつなげたもの（のちに「着る」は「食べる」に変更された）。

マザー・テレサ　Mother Teresa（1910〜1997）〈P. 126〉
カトリック教会の修道女で、修道会「神の愛の宣教者会」創始者。貧しく病んだ人を生涯愛し続け、1979年ノーベル平和賞を受賞。

ナイチンゲール　Florence Nightingale（1820〜1910）〈P. 126〉
イギリスの看護師、看護教育学者。裕福な家に生まれ不自由なく育つが、慈善活動を通して看護の道に目覚め、両親の反対を押し切ってロンドンの病院に赴任。従軍したクリミア戦争での、昼夜を問わない献身的な看護から「クリミアの天使」と呼ばれた。

立冬　Ritto〈P．１２８〉
二十四節気の第十九。十一月七日前後で、旧暦では立冬をもって冬の始まりとした。

ゲーテ　Johann Wolfgang von Goethe（１７４９〜１８３２）〈P．１３３、４９２〉
ドイツの作家、自然科学者、政治家。作家としての代表作に『若きウェルテルの悩み』『ファウスト』など。多くの学問分野に精通し、非常に多くの名言、格言を残しているため、ドイツには「ゲーテはすべてを語っている」という諺《ことわざ》があるほどである。

ベンジャミン・フランクリン　Benjamin Franklin（１７０６〜１７９０）〈P．１３３〉
アメリカ合衆国の政治家、物理学者、気象学者。アメリカ独立宣言の草稿作成に関わり、アメリカ合衆国建国の父の一人として讃えられている。気象学者としても凧《たこ》を使った実験で、雷が電気であることを証明。科学史に大きな功績を残した。

ジェフ・ベゾス　Jeffrey Preston Bezos（１９６４〜）〈P．１３３、２９８〉
米国の実業家、投資家。Amazon.com の共同創設者、取締役会長。世界最大級の資産家として知られる。仕事の生産性を上げるために、早寝早起きをして、朝はゆっくり過ごすことを自分のルールに据えている。

ティム・クック Timothy Donald Cook（1960〜）〈P．133〉
米国の実業家、作家。Appleの最高経営責任者（CEO）。2011年にスティーブ・ジョブズの後を継ぎ、CEOに就任。iPhoneに大きく依存していた経営を、デジタルサービス分野を拡充することで、10年間で売り上げを4倍近くに押し上げた。

道元 Dogen（1200〜1253）〈P．144〉
仏教・曹洞宗の開祖。彼が執筆した仏教思想書『正法眼蔵』は100巻構成を予定していたが、本人の死去により87巻で絶筆となった。

うしおととら Ushio to Tora〈P．144〉
藤田和日郎《かずひろ》による日本の漫画。少年うしおと妖怪とらが共闘し、人に害をなす妖怪を退治していくハイパー伝奇ロマン。

ヘンリー・フォード Henry Ford（1863〜1947）〈P．149〉
米国の自動車会社フォード・モーターの創設者。フォード車開発時に「もし顧客に、彼らの望むものを聞いていたら、『もっと速い馬が欲しい』と答えていただろう」と語っている。「人が本当に欲しているものは表層的なもの（速い馬）ではなく本質的なもの（自動車）なのだ」という類まれな洞察力を有していた。

もんじゃ焼き monja-yaki〈P．156、556〉

ゆるく水で溶いた小麦粉をキャベツなどの具材と共に鉄板で焼いて食す、東京発祥のローカルフード。

ダーウィン　Charles Robert Darwin（1809～1882）〈P．163〉
イギリスの自然科学者。分類学に精通し、すべての生物種は共通の祖先から長大な年月をかけて進化したという進化論を提唱。現代生物学の礎を築く。晩年にはミミズの研究に没頭。人生が幕を閉じるまで、自らが興味のある物事の研究に心血を注ぎ続けた。

ウーバーイーツ　Uber Eats〈P．169、317、357、442、477、557〉
アメリカ合衆国のテクノロジー企業ウーバーが2014年に立ち上げたオンラインフード注文・配送サービス。

ダイソン　Dyson〈P．172〉
シンガポールの電気機器メーカー。サイクロン式掃除機を初めて開発・製造した会社として知られる。

ウォーレン・バフェット　Warren Edward Buffett（1930～）〈P．183〉
アメリカ合衆国の投資家。経営者。推定資産は日本円で7兆円を超えるとされるが、その99％以上を慈善事業に受け渡すことを公言し、ビル・アンド・メリンダ・ゲイツ財団をはじめ、慈善団体に毎年多額の寄付を行っている。

ルー大柴　Lou Oshiba（1954〜）〈P．187〉
日本のお笑いタレント。「トゥギャザーしようぜ！」「寝耳にウォーター」のような英語と日本語をミックスさせた「ルー語」で一世を風靡《ふうび》した。

安藤百福　Momofuku Ando（1910〜2007）〈P．188〉
日本の実業家。日清食品株式会社の創業者で、『チキンラーメン』『カップヌードル』の発案者。世界初の即席麺である『チキンラーメン』は、安藤が自宅裏庭に建てた小屋で開発が行われ、1日平均4時間睡眠で丸1年間、1日も休まず研究に没頭して発明したと言われている。

マーライオン〈P．191〉
シンガポールにある、上半身がライオン、下半身が魚の彫像。口から絶えず水を吐いている。

盛田昭夫　Akio Morita（1921〜1999）〈P．193〉
日本の技術者、実業家。ソニー創業者の一人。スティーブ・ジョブズがソニーの国内工場を訪れた際、従業員が皆同じ三宅一生デザインの制服を着て働いていた。その理由を聞いたところ、盛田曰く、「絆みたいなものだよ」。感動したジョブズはアップルでも制服を導入しようとしたが、社員から猛反対を受け断念。ジョブズ一人だけ、三宅一生デザインのタートルネックを着用するようになったという逸話がある。

アレクサンダー・フレミング　Alexander Fleming（１８８１～１９５５）〈P．２１６〉
イギリスの細菌学者。世界初の抗生物質、ペニシリンの発見者。彼の研究室はいつも散らかっていたため、実験用の培地に異物が混入することがしょっちゅうだった。ただ、彼はそれを「ダメになった」と捨ててしまうことはせず、「これは面白い発見だ」とさらなる観察を続けた。その好奇心がペニシリンの発見につながったという。

遮眼帯（ブリンカー）〈P．２１７〉
馬がレースに集中できるよう、目の外側に装着して左右の視野を遮《さえぎ》り、前方しか見えないようにするもの。

レオナルド・ダ・ヴィンチ　Leonardo da Vinci（１４５２～１５１９）〈P．２２２、２２９、２５９〉
イタリアの芸術家。音楽、建築、美術、数学、物理学、化学、工学、解剖学、動・植物学、鉱物学、天文学、気象学、地質学、軍事工学などありとあらゆる分野で顕著な研究業績を残し、「万能の天才」の異名を持つ。彼がキリストの肖像を描いた『サルバトール・ムンディ』は２０１７年の美術オークションにおいて５０８億円で落札され、これまでの美術品の中で最高額となった。

ショーペンハウアー　Arthur Schopenhauer（１７８８～１８６０）〈P．２２２〉
ドイツの哲学者。30歳で代表作『意志と表象としての世界』を完成。ヴィトゲンシュタインやニーチェ、アインシュタイン、森鷗外など、のちの多くの学者や作家に影響を与えた。

リンカーン Abraham Lincoln（1809〜1865）〈P．236、507〉
アメリカ合衆国第16代大統領。南北戦争での奴隷解放や類まれなリーダーシップで歴史的な評価が高く、最も偉大な合衆国大統領の一人に数えられている。ちなみに、若くして抱えた事業の借金を返し終わるのに15年の歳月を要したという。

コッホ Heinrich Hermann Robert Koch（1843〜1910）〈P．259〉
ドイツの医師、細菌学者。誕生日に妻に買ってもらった顕微鏡をきっかけに顕微鏡観察にのめりこみ、細菌の観察法を確立。炭疽菌、結核菌、コレラ菌を次々に発見。それまでの衛生学や防疫学を一変させ、「病原微生物学の父」と呼ばれている。1905年にノーベル生理学・医学賞を受賞。

コバエ〈P．267〉
ショウジョウバエ、ノミバエといった小さな蝿の総称。

ウォルター・ミシェル Walter Mischel（1930〜2018）〈P．275〉
アメリカの心理学者。オーストリアに生まれるが、ナチスから逃れるために移住。専門はパーソナリティ理論、社会心理学。ミシェルのマシュマロ実験は1960年代後半に行われ、その後、オレオクッキーやM&M、バタークッキーなどを使った研究グループも存在した。

ビル・ゲイツ　William Henry Gates III（1955～）〈P．277〉
世界最大のコンピューターソフト会社、マイクロソフトの創業者。彼が開発した「ウィンドウズ」で知られるOS（オペレーション・ソフト）は広く世界に普及し、莫大な利益を上げた。2000年、その収益の一部を使い、当時の妻と共に世界最大の慈善基金団体「ビル・アンド・メリンダ・ゲイツ財団」を設立。世界の貧困や感染症、気候変動問題に取り組んでいる。

ユング　Carl Gustav Jung（1875～1961）〈P．278、492〉
スイスの精神科医、心理学者。フロイト、アドラーと共に「心理学界の三巨人」と称される。チューリッヒ湖畔のボーリンゲンに土地を購入し、自らの手で「石の塔」と呼ばれる別荘を建て、休日はそこで過ごし、思考の成熟をはかった。

坂本龍馬　Ryoma Sakamoto（1835～1867）〈P．280〉
幕末の土佐藩士。薩長同盟の仲介や、日本初の商社である亀山社中の結成など、日本の近代化に大きな功績を残した。高知空港は地元の雄にあやかり、2003年より、高知龍馬空港の愛称を冠している。

僕のワンダフル・ライフ　A Dog's Purpose〈P．294〉
大好きな飼い主に再び出会うために生まれ変わりを繰り返す犬の奮闘を描いたアメリカのドラマ映画。

カズオ・イシグロ　Kazuo Ishiguro（1954〜）〈P．298〉
イギリスの小説家。35歳のとき『日の名残り』で英語圏最高の文学賞であるブッカー賞を受賞。2017年にはノーベル文学賞を受賞。『日の名残り』はイギリスの大豪邸に仕えてきた老執事が、人生の悲哀を回顧する形で語られる物語である。

司馬遼太郎　Ryotaro Shiba（1923〜1996）〈P．315〉
日本の作家。歴史小説を得意とし、代表作に『坂の上の雲』『竜馬がゆく』『燃えよ剣』など。1963年に刊行された『竜馬がゆく』は後に全8巻で文庫化され、以降の大衆が抱く坂本龍馬像に大きな影響を与えた。

象印　zojirushi Corporation〈P．317〉
象印マホービン株式会社の略称。電気ポットや魔法瓶などの調理家電やリビング製品の製造・販売事業を主とし、炊飯器の国内シェアはトップを誇る。

小僧寿し　Kozosushi Co., LTD.〈P．317〉
持ち帰り寿司事業を行う日本の企業。国内各所に店舗を展開している。店名の由来は志賀直哉の短編小説『小僧の神様』より。

モノリス　monolith〈P．318〉
一般的には建築・彫刻に用いる一枚岩のこと。大ヒット映画『2001年宇宙の旅』では人類の祖先であるヒトザルに、物を使う、作る、食物を捕獲する、など進化をうながす神秘的な存在として描かれた。

キラウエア火山 Kilauea Volcano〈P．330〉
ハワイ島にある活火山。1983年の噴火以降、断続的に噴火を続けており、観光スポットとしても人気がある。

真言 Shingon〈P．333〉
密教における、仏・菩薩などの真実の言葉、またはその働きを表す秘密の言葉。サンスクリット語で唱えることで効力が高まると言われる。

セグウェイ Segway Personal Transporter〈P．340〉
米・セグウェイ社が販売する、立ち乗り用の電動二輪車。ペダルはなく、乗り手の重心移動で走行する。

バンクシー Banksy（?～）〈P．348〉
イギリスを拠点とする素性不明のアーティスト。街の壁などに反権力・反資本主義的なグラフィティ（落書き）アートを描くことで有名。日陰者の象徴であるドブネズミは彼が好む題材の一つで、世界各国で描かれている。

大黒鼠　Daikoku nezumi〈P．349〉
ドブネズミの変種で全身白色をしている。古くより日本では白いネズミは吉兆とされ、大黒天の使いとして喜ばれたため、この名がついた。

ドン・キホーテ　Don Quijote〈P．360〉
驚安の殿堂と銘打った、日本の総合ディスカウントストア。

解雇予告手当〈P．367〉
会社が従業員に対して、解雇日の30日以上前に解雇予告をせず解雇を行う場合、支払いが義務付けられている手当のこと。即日解雇の場合は30日分の平均賃金が支給される。

くまモン　Kumamon〈P．380〉
熊本県のマスコットキャラクター。県のPRにつながるのであれば、国内企業の商標使用は原則無料。

ネルソン・マンデラ　Nelson Rolihlahla Mandela（1918～2013）〈P．384、490〉
南アフリカ共和国第8代大統領。政治家、弁護士。若くしてアパルトヘイト（人種隔離政策）反対運動に参加し、逮捕、投獄された。終身刑の判決を受けるも、27年の獄中生活を送ったのちに釈放。1991年のアパルトヘイト完全撤廃に大きく貢献し、当時の大統領デクラークと共にノーベル平和賞を受賞した。

クリスチャン・ディオール　Christian Dior（1905〜1957）〈P．410〉
フランスのファッションデザイナー。1946年に創設した、自分の名を冠したブランド『クリスチャン・ディオール』は本国フランスのみならず世界中で人気を博した。その死後も、イヴ・サンローランなどの後継デザイナーによって不動の地位を得、現在に至っている。

セネカ　Lucius Annaeus Seneca（紀元4ごろ〜後65）〈P．419〉
ローマ帝国の政治家、哲学者、詩人。劇作家としても多くの名作悲劇を残し、モンテーニュやマキャベリ、シェイクスピアといった思想家や作家に大きな影響を与えた。

黒澤明　Akira Kurosawa（1910〜1998）〈P．443〉
日本の映画監督、脚本家。『羅生門』で第24回アカデミー賞名誉賞を受賞。「世界のクロサワ」と呼ばれる。『七人の侍』は野武士から村を守るために農民が雇った七人の浪人が活躍する時代劇で、ハリウッドでも度々リメイクされた。『隠し砦の三悪人』は戦国の敗残の姫を守りながら逃避行をする武士（三船敏郎）と二人の百姓を描いた冒険活劇で、この作品に強く影響を受けたジョージ・ルーカスは自らが監督する『スター・ウォーズ』のオビ＝ワン・ケノービ役として三船に熱烈なオファーを送ったことが知られている。

山本嘉次郎　Kajiro Yamamoto（1902〜1974）〈P．444〉
日本の映画監督、脚本家。榎本健一（エノケン）の映画を数多く手がけ、スターへと押し上げたことで知られる。若き日の黒澤明は山本を師と仰ぎ、彼のもとで脚本や編集術を学んだ。

ジョージ・ルーカス George Walton Lucas, Jr.（1944〜）〈P．444〉
『スター・ウォーズ』や『インディ・ジョーンズ』シリーズで知られるアメリカの映画監督、映画プロデューサー、脚本家。R2‐D2とC‐3POは『スター・ウォーズ』に登場する、ファンの間でも特に人気の高い2体のロボット。

こども食堂 〈P．449〉
地域住民や自治体が主体となり、無料または低価格帯で子どもたちに食事を提供する場所。2016年には300か所ほどだったその数も、メディアに取り上げられ世間の関心が高まったこともあり2021年には6000か所を超えるほどになった。一方で、「貧困」のイメージを強調した報道によって、サービスを必要とする人が通いづらかったり、本来の役割が世間に伝わっていなかったりという課題も生まれた。

あつまれ　どうぶつの森 〈P．457〉
任天堂より2020年に発売されたゲームソフト。通称「あつ森」。無人島の動物たちが暮らす村にプレイヤーのキャラクターが移り住み、ほのぼのとした生活を送るというゲーム性が人気となる。コロナ禍の巣ごもり需要に応える形で爆発的にヒットし、社会現象になった。

金田一少年の事件簿 〈P．458〉

天樹征丸、金成陽三郎（原作・原案）、さとうふみや（作画）による日本の推理ミステリー漫画。名探偵・金田一耕助を祖父に持つ主人公、一《はじめ》が持ち前の推理力で難事件を解決していく人気作品。

カス・ダマト　Constantine "Cus" D'Amato（1908〜1985）〈P．466〉
米国のボクシングトレーナー。マイク・タイソンやフロイド・パターソン、ホセ・トーレスといった重量級の世界的ボクサーを育てた名伯楽として知られる。特に、札付きのワルとして少年院に収監されていたマイク・タイソンは、彼によってその才能を見出され、通算成績は58戦50勝6敗44KO。屈指のハードパンチャーとして世界に名を轟かせた。

手塚治虫　Osamu Tezuka（1928〜1989）〈P．468〉
日本の漫画家。医学部在学中に4コマ漫画『マアチャンの日記帳』で漫画家としてデビュー。代表作に『鉄腕アトム』『リボンの騎士』『ブラック・ジャック』『火の鳥』など。それまで縦読みしかなかった漫画の概念を覆したコマ割りで、漫画界に革命をもたらした。現在、日本人が意識せずに読んでいる漫画のコマ進行は手塚から始まったとされ、ストーリー漫画の祖と呼ばれている。

フロイト　Sigmund Freud（1856〜1939）〈P．492〉
オーストリアの心理学者、精神科医。精神分析学の創始者、『夢判断』の著者として知られる。心理学者のユングはフロイトを師と仰ぎ父親のように感じていたが、次第にフロイトとの理論的なすれ違いが大きくなり、ついには袂《たもと》を分かつ結果となった。

ジョン・レノン　John Winston Lennon（1940～1980）〈P．492〉
イギリスのロックバンド「ビートルズ」のヴォーカル・ギターを担当し、楽曲の多くを制作した。両親の育児放棄により伯母に育てられたジョンは、よく近所の孤児院に出入りして、そこの友人と遊んだり、思索にふけったりしていた。後年、彼が作曲した『ストロベリー・フィールズ・フォーエバー』にはその郷愁の思いが色濃く綴《つづ》られている。

オードリー・ヘプバーン　Audrey Hepburn（1929～1993）〈P．492〉
イギリス出身の女優。米ハリウッド映画で主に活躍。代表作に『ティファニーで朝食を』『ローマの休日』など。晩年はユニセフ親善大使として、世界中の恵まれない人々への支援活動に邁進。そのさなか、病に倒れたヘプバーンに、当時の米国大統領ジョージ・ブッシュは最高勲章である「大統領自由勲章」を授与、国民に向けて異例の緊急記者会見を開き、その労をねぎらった。

エリザベス・ブラックウェル　Elizabeth Blackwell（1821～1910）〈P．492〉
世界初の女性医師として知られる。右目を失明したことで外科医の道を断たれたエリザベスだったが、フローレンス・ナイチンゲールとの出会いにより、内科医として開業することを決意。1868年には女性医師を育成するための世界初の女子医学校を開設し、女性医師の社会的な地位の向上に努めた。

パスツール　Louis Pasteur（1822～1895）〈P．493〉
フランスの生化学者、細菌学者。伝染病の原因となっている細菌を探し出し、伝染病予防のための様々なワクチンを開発。細菌学の父と呼ばれる。彼が創設したパスツール研究所は感染症の発見や予防、撲滅のための施設であり、現在は世界26カ国、33の研究施設で国際的なネットワークを形成。10人のノーベル賞受賞者を輩出している。

サム・レヴェンソン Sam Levenson（１９１１〜１９８０）〈P．４９７〉
米国の作家、詩人、ジャーナリスト。本文に引用されている詩は彼の孫娘の誕生日に贈られたものである。

小曽根俊子 Toshiko Ozone（１９５４〜２００５）〈P．５０２〉
日本の詩人。生後まもなくの高熱により脳性麻痺を患い、不自由な四肢、言語障害と共に生きながら多くの詩を残し、「車椅子の詩人」と呼ばれる。『アンパンマン』の作者として知られるやなせたかしは彼女の詩に大きな感銘を受け、自身が編集した雑誌『詩とメルヘン』に小曽根の詩を度々掲載している。

ぷよぷよ Puyopuyo〈P．５１０〉
落ち物パズルゲームの最大ヒット商品の一つ。各ステージに出てくる「すけとうだら」「ぞう大魔王」「ミノタウロス」といった敵キャラクターも人気。

ダンボ Dumbo〈P．５１０〉
ディズニー制作の長編アニメーション映画。耳の大きさに劣等感を抱いていた子ゾウ「ダンボ」が、その大きな耳を翼にして空を飛び、サーカス団のスターになるまでを描く。

美女と野獣　Beauty and the Beast〈P．533〉
フランスの民話をもとにした、ディズニー制作の長編アニメーション映画。魔女の呪いによって獣に変えられてしまった王子と心優しい町娘ベルとの愛を描く。

かえるの王さま〈P．533〉
グリム童話のひとつ。蛙が姫に対して、泉に落とした金色の毬《まり》を取ってくる代わりに「一緒に遊び、一緒に食事をして、一緒にベッドで寝る」ことを条件として出す。物語の終わりに蛙が王子に変身するが、そのきっかけは色々なバージョンが流布している。

たにし長者〈P．533〉
老夫婦が観音様より授かった、たにしの子が人間の娘と結婚。娘の献身により、たにしが立派な若者の姿になる日本のおとぎ話。

豊臣秀吉　Hideyoshi Toyotomi（1537〜1598）〈P．541〉
戦国時代の武将。織田信長の重鎮として仕え、その死後、全国を平定。徳川家康へと続く封建社会の礎を作った。バクと秀吉の縁は深く、京都の豊国神社には、毎夜悪夢にうなされる秀吉が、それを逃れるために愛用していたとされる「獏御枕《ばくおんまくら》」が残されている。

凱旋門賞　Prix de l'Arc de Triomphe〈P．542〉
フランスのロンシャン競馬場で行われる競馬の重賞競走。米国のケンタッキーダービー、英国のダービーステークスなどと並んで、世界最高峰のレースとして知られる。日本からも毎年のように有名競走馬が出走するが、まだ優勝は果たされていない。

セレンディピティ　serendipity〈P．544〉
何かを探しているときに、本来の目的とは違う、人生に価値のあるものを偶然発見してしまうこと。

Zoom〈P．550〉
米・Ｚｏｏｍビデオコミュニケーションズが提供する、ウェブ会議サービス。テレワークやリモートワークの需要増大に伴い、大きく業績を伸ばした。

超新星爆発　supernova explosion〈P．557〉
質量の大きな恒星が、自らの重力崩壊によって一生の最後に起こすとされる大爆発。爆発時のエネルギーは、太陽が１００億年間に放出するそれに匹敵すると言われる。

バク　Baku
貘。中国から日本へ伝わった幻獣。人の悪夢を食べるとされる伝説上の生き物で、鼻はゾウ、目はサイ、胴はクマ、尾はウシ、脚はトラの姿をしていると言われる。

釈迦　zaakya（紀元前463〜前383　※諸説あり）
仏教の開祖。本名をゴータマ・シッダールタ。釈迦族の王子として生まれるが、「なぜ人は苦しむのか」という問いの答えを追求すべく出家。6年間の苦しい修行ののち、35歳で悟りを開く。

パールヴァティー　Pārvatī
ヒンドゥー教の女神でシヴァ神の后。穏やかで心優しい性格で、母性愛の象徴とされる。子どもは、ガネーシャの他にスカンダがいる。

大黒神　Daikokushin
大黒天とも呼ばれる。シヴァ神の日本での異名。日本では五穀豊穣の神として祀られ、米俵の上に乗り、福袋を抱え、打ち出の小槌を持った姿で知られる。

シヴァ　Śiva
ヒンドゥー教の最高神の一柱。凶暴性と慈悲深さを併せ持つ「破壊と再生」の神として、インドで圧倒的な人気を誇る。天地創造の際、世界を滅ぼすほど強い猛毒を無毒化するために飲み込んだことで、喉が青くなったと言われている。

ガネーシャ gaNeza

人間の体とゾウの頭、四本の腕を持ったインドの大衆神。商売繁盛、学業・恋愛の成就、疫病除け、文化・芸術の勃興……すべての事象を司る万能の神。また、あらゆる障害を除去する神として知られ、新しい事業を始めたり、人生の転機が訪れたりした際には、まずガネーシャに祈りを捧げると良いとされる。

参考文献

『夜と霧　新版』ヴィクトール・E・フランクル著 池田香代子訳（みすず書房）
『*Ein Psychologe erlebt das Konzentrationslager*』Frankl, Viktor E., DTV Deutscher Taschenbuch
『〈生きる意味〉を求めて』ヴィクトール・E・フランクル著 諸富祥彦 監訳 上嶋洋一・松岡世利子訳（春秋社）
『生きがい喪失の悩み』ヴィクトール・E・フランクル著 中村友太郎訳（講談社学術文庫）
『生きる意味』上田紀行著（岩波新書）
『「逃げおくれた」伴走者　分断された社会で人とつながる』奥田知志著（本の種出版）
『書くことについて』スティーヴン・キング著 田村義進訳（小学館文庫）
『ジェフ・ベゾス 果てなき野望』ブラッド・ストーン著 井口耕二訳（日経ＢＰ社）
『松下幸之助発言集44』（ＰＨＰ研究所）
『本田宗一郎という生き方』（宝島社）
『渋沢栄一と岩崎弥太郎』河合敦著（幻冬舎新書）
『あの偉人たちを育てた子供時代の習慣』木原武一著（ＰＨＰ研究所）
『私の履歴書 魔法のラーメン発明物語』安藤百福著（日本経済新聞出版）
『敏感すぎるあなたが7日間で自己肯定感をあげる方法』根本裕幸著（あさ出版）
『スマホ脳』アンデシュ・ハンセン著 久山葉子訳（新潮社）
『1日ごとに差が開く 天才たちのライフハック』許成準著（すばる舎）
『すぐに真似できる 天才たちの習慣１００』教養総研著（ＫＡＤＯＫＡＷＡ）
『天才と呼ばれる人の習慣術』渋谷昌三著（メディアパル）

『天才たちの日課』メイソン・カリー著 金原瑞人・他訳（フィルムアート社）
『遅咲きの成功者に学ぶ逆転の法則』佐藤光浩著（文響社）
『デール・カーネギーの知られざるリンカーン』デール・カーネギー著 関岡孝平訳（パンローリング）
『命よ燃えろ心よ光れ』小曽根俊子著（講談社）
『現実は厳しい でも幸せにはなれる』アルバート・エリス著 齊藤勇訳（文響社）
『アガサ・クリスティー』モニカ・グリペンベルク著 岩坂彰訳（講談社選書メチエ）
『ホワイトハウスを祈りの家にした大統領リンカーン』ジョン・クゥアン著 吉田英里子訳（小牧者出版）
『伝記 世界を変えた人々10 パストゥール』ビバリー・バーチ著 菊島伊久栄訳（偕成社）
『ＨＡＲＤ ＴＨＩＮＧＳ』ベン・ホロウィッツ著 滑川海彦・他訳（日経ＢＰ）
『5分で「やる気」が出る賢者の言葉』齋藤孝著（小学館１０１新書）
『蝦蟇の油　自伝のようなもの』黒澤明著（岩波書店）
『つながり続ける　子ども食堂』湯浅誠著（中央公論新社）
『オードリー・ヘップバーン　彼女の素顔がここに』マーティン・ギトリン著　中尾ハジメ訳（クレヴィス）
『信念に生きる　ネルソン・マンデラの行動哲学』リチャード・ステンゲル著 グロービス経営大学院訳（英治出版）
『世界逸話全集』（東京創元社）
『人を動かす［名言・逸話］大集成』鈴木健二、篠沢秀夫監修（講談社）
『一日一話活用辞典』（講談社）
『名言ナビ』https://meigennavi.net/
『名言+Quotes』https://meigen-ijin.com/

本作品は２０２２年５月に文響社より刊行された単行本に加筆・修正を加え文庫化したものです。

水野敬也（みずの・けいや）

愛知県生まれ。著書に「夢をかなえるゾウ」シリーズほか、「雨の日も、晴れ男」「顔ニモマケズ」「運命の恋をかなえるスタンダール」「四つ話のクローバー」、共著に「人生はニャンとかなる！」「最近、地球が暑くてクマってます。」「サラリーマン大喜利」「ウケる技術」など。また、画・鉄拳の絵本に「それでも僕は夢を見る」「あなたの物語」「もしも悩みがなかったら」、恋愛体育教師・水野愛也として「ＬＯＶＥ理論」「スパルタ婚活塾」、映像作品ではＤＶＤ「温厚な上司の怒らせ方」の企画・脚本、映画「イン・ザ・ヒーロー」の脚本を手掛けるなど活動は多岐にわたる。

公式ブログ「ウケる日記」https://ameblo.jp/mizunokeiya/
Twitter アカウント @mizunokeiya

夢をかなえるゾウ0

ガネーシャと夢を食べるバク

２０２５年４月８日　第１刷発行

著　者　水野敬也

発行者　山本周嗣

発行所　株式会社文響社

ホームページ　http://bunkyosha.com

お問い合わせ　info@bunkyosha.com

印刷・製本　中央精版印刷株式会社

編　集　畑北斗

Printed in Japan ©2025 Keiya Mizuno ISBN 978-4-86651-918-0

本書に登場する名称や思想には著者の拡大解釈が含まれており、
実在のものとは異なる場合があります。